AF402916

Eva-Maria Silber, geboren 1959, studierte Jura und arbeitete als Rechtsanwältin und Strafverteidigerin, bevor sie 2010 ihren Beruf wegen hochgradiger Schwerhörigkeit aufgeben musste. Seit sie nicht mehr ihrem Beruf nachgehen kann, schreibt sie Krimis und Thriller. Sie lebt sie mit ihrem Mann an der Nordsee und im Harz.

EVA-MARIA SILBER

DEICH
SCHATTEN

Überarbeitete Neuausgabe Februar 2025

Copyright © 2024 dp Verlag, ein Imprint der
dp DIGITAL PUBLISHERS GmbH
Made in Stuttgart with ♥
Alle Rechte vorbehalten

Deichschatten

ISBN 978-3-98998-793-7
E-Book-ISBN 978-3-98998-427-1

Covergestaltung: Nadine Most
Unter Verwendung von Abbildungen von
shutterstock.com: © Lightboxx, © Evannovostro, © bohosta,
© Tanysl
Lektorat: Katrin Ulbrich
Satz: dp DIGITAL PUBLISHERS GmbH
Druck und Bindung: Books on Demand GmbH, Norderstedt

Das Werk darf – auch teilweise – nur mit
Genehmigung des Verlages wiedergegeben werden.

Sämtliche Personen und Ereignisse dieses Werks sind frei erfunden. Etwaige Ähnlichkeiten mit real existierenden Personen, ob lebend oder tot, wären rein zufällig.

Bei dem Roman handelt es sich um reine Fiktion. Die Handlung basiert zwar auf tatsächlichen Ereignissen, ist im Übrigen aber frei erfunden. Jede Ähnlichkeit mit lebenden oder toten Personen oder tatsächlichen Begebenheiten ist rein zufällig und nicht beabsichtigt.

Dieser Roman enthält potentiell triggernde Inhalte:

Explizite Darstellung körperlicher, und seelischer Gewalt

Wenn du mehr erfahren willst, dann gehe ans Ende des Romans (Achtung Spoiler!).

Prolog

Bin ich tot? Fühlt es sich so an, tot zu sein? Schwerelos, schmerzfrei, ohne Gefühl für mich und die Dinge um mich herum. Alles schwarz. Keine Sorgen mehr. Vor mir erscheint eine klitzekleine Flamme. Während ich hinschaue, wird sie größer, bunter, wird runder und formt sich zum Tunnel. Erst klein, doch die Öffnung vergrößert sich, je näher sie mir kommt. Als würde ich in eine bunte Windhosenröhre blicken.

Dann beginnt sich die Windhose zu drehen, erst langsam, aber sie nimmt Fahrt auf. Nähert sich mir. Doch ich habe keine Angst, im Gegenteil, will in die Öffnung schweben. Erkenne am Ende der Röhre ein weißes Licht, das mich magisch anzieht. Da will ich hin! Ich beginne darauf zu zu schweben, ganz leicht, ganz glücklich ...

Ah, der Schmerz ist unerträglich. Was ist das? Woher kommt er? Warum lassen die – wer ist das? – mich nicht in Ruhe schweben, es ist doch so schön hier. Ich will ins Licht.

Wieder dieser furchtbare Schmerz. Weg, lasst mich in Ruhe. Ich will weg, will nicht hier sein, was fällt euch ein? Oh Gott, tut das weh. Dann sinke ich weg.

Ein Brennen und Stechen im Bauch. Was geschieht mit mir? Ich habe Angst. Angst? Wieso habe ich Angst? Ich bin doch tot! Wieder lasse ich mich sanft hinabgleiten in das Nichts, das Schweben.

Als ich das nächste Mal auftauche, irgendwo aus dem Nirgendwo, bin ich nicht mehr schwerelos, sondern wiege Zentner. Mein eigenes Gewicht drückt mich nieder. Wohin? Unter Wasser? Ich bekomme kaum Luft. Wo ist das Licht, in das ich schweben wollte? Und wo sind die Ruhe und die Körperlosigkeit?

Alles tut mir weh. Am schlimmsten ist, dass ich mich nicht bewegen kann. Irgendetwas hält mich fest, drückt mich nieder, presst mir die Beine auseinander. Was geschieht da nur mit mir? Wer ist das? Was macht der mit mir? Ich will das nicht, versuche die Beine zusammenzudrücken, aber es geht nicht. Meine Knie liegen auf einer gepolsterten Lehne und sind festgezurrt.

Explosionsartig setzt der Schmerz wieder ein. Mein ganzer Körper zieht sich zusammen und versucht das, was sich zwischen meinen Beinen befindet, wegzudrücken. Vergebens. Jetzt scheint mein Unterleib zu zerbersten.

Dann dieses Dröhnen. Es presst meinen Schädel zusammen wie ein Schraubstock. Nun kommt auch noch ein beißender Geruch hinzu. Er ist kaum auszuhalten. Irgendetwas scheint meine Luftröhre zu verätzen. Ich versuche zu husten, kann aber nicht. Mein eigenes Gewicht drückt meine Brust so fest zusammen, dass statt eines befreienden Hustens nur ein kleines Röcheln herauskommt. Zu wenig, um mich von dem quälenden Gefühl in meiner Kehle zu befreien.

Erneut versuche ich, das alles wegzuschieben, zurück in den Tunnel zu gelangen. Will nur weg. Aber schon wieder zerrt etwas an mir. Was ist das nur? Und wo ist der Tunnel geblieben?

Da! Da ist es, das weiße Licht. Aber warum habe ich nicht mehr das wohlige Gefühl? Und was drückt da auf mein Gesicht? Nun verfärbt sich das Licht und nimmt Farbe an. Gelb, rot und blau, wie ein Regenbogen, nur nicht so schön. Ich schnappe wieder nach Luft. Die erreicht kaum meine Lunge. Jetzt drückt etwas auf meine Schultern, presst mich noch weiter nach unten. Was geschieht bloß mit mir, warum hilft mir keiner?

Plötzlich ist alles vorbei. Der Schmerz ist weg, aber auch der Tunnel und die Lichter. Undeutlich nehme ich den Schrei in meiner Nähe wahr, laut, verzweifelt. Kommt das Geräusch von mir? Oder wird da noch ein Mensch gequält? Ich versuche, die Augen zu öffnen, werde aber von dem grellen Licht geblendet. Nach einem kurzen Moment sehe ich immerhin undeutliche Umrisse: Vor mir steht eine blutverschmierte weiße Gestalt mit einem tropfenden Bündel in der Hand.

Kapitel 1

26. Mai 2009, 6 bis 11 Uhr

Um sechs Uhr morgens wird in Etzel im Landkreis Wittmund bei einem der Erdgas-Untergrundspeicher der Firmengruppe EAC ein Druckabfall registriert. Die Kaverne, ein unterirdischer Hohlraum, wurde aus dem unter dem Gebiet lagernden viertausend Meter hohen Salzstock mit Wasser ausgespült. Der zigarrenförmige Speicher ist sechshundert Meter hoch und hat einen Durchmesser von siebzig Metern. Sind die Kavernen mit Erdgas gefüllt, hält der Druck des Gases sie gegen den Druck des sie umgebenden Gesteins weitgehend stabil. Werden sie entleert, sacken sie zusammen und der darüber liegende Erdboden gibt nach.

Die Belegschaft kann sich den plötzlichen Druckabfall nicht erklären. Alle Maßnahmen, ihn wieder auf Normal zu bringen, scheitern.

Nach einer Stunde werden die ersten Gasaustritte aus dem Boden festgestellt. Noch hofft die Betreibergesellschaft, das Problem ohne externe Hilfe und vor allem ohne Beunruhigung der Zivilbevölkerung in den Griff zu bekommen.

Das misslingt gründlich. Gegen neun Uhr hat die Konzentration von Erdgas in der Luft beunruhigende Werte angenommen. Endlich entschließt man sich von

Werksseite, Havariealarm auszulösen. Die Werksfeuerwehr rückt an. Noch kann man sich nicht dazu durchringen, auch die Feuerwehren der angrenzenden Gemeinde Friedeburg sowie den Gefahrgutzug des Landkreises Wittmund um Hilfe zu bitten.

Gegen zehn Uhr tritt an mindestens zwanzig Stellen Gas aus dem Boden aus. Es entsteht ein Riss in der Erdoberfläche, der immer größer wird. Bereits eine Viertelstunde später hat er eine Länge von einem halben Kilometer erreicht. Seine Breite variiert zwischen wenigen Zentimetern und einem Meter. Die Bildung des Risses ist mit geysirähnlichen Ausbrüchen verbunden. Ein Gemisch aus Erdgas, Schlamm und Wasser erreicht in Fontänen Höhen von bis zu fünf Metern. Es entsteht eine Gaswolke, die gegen elf Uhr eine Ausdehnung von drei Kilometern hat.

Endlich werden auch die Feuerwehren der Umgebung beigezogen. Es wird die Anweisung erteilt, die Bevölkerung im Umkreis von zwei Kilometern zu warnen. Mit dem Sirenensignal ›eine Minute Heulton‹ werden die Anwohner aufgefordert, sich in geschlossene Räume zu begeben und das Radio oder den Fernseher einzuschalten. Doch die wenigsten kennen die Bedeutung des Sirenentons. Sie halten den Warnton für eine Übung.

Zu diesem Zeitpunkt ist bereits klar, dass alle Menschen im Umfeld der Kavernen evakuiert werden müssen, da die Konzentration des Gases in der Gaswolke inzwischen hochexplosiv ist. Betroffen sind zunächst die Einwohner von Etzel, Horsten und Marx. Die Fernstraße zwischen Friedeburg und der Autobahn 29 muss wegen des Westwindes mit einer Stärke von 3 auf der

Beaufortskala gesperrt werden. Kein Mensch kann vorhersagen, wie weit die Erdgaswolke nach Osten getrieben werden wird.

Die Einwohner der betroffenen Ortschaften werden von Polizeibeamten, die von Tür zu Tür gehen, auf die Gefahr hingewiesen. Panik bricht aus. Viele versuchen, mit ihrem eigenen Fahrzeug die Umgebung der Kaverne zu verlassen. Die Ängste werden weiter geschürt, als die ersten toten Kühe auf Wiesen neben den Kavernenschächten entdeckt werden.

Inzwischen hat die Werksleitung auf Drängen der Werksfeuerwehr eingesehen, dass die Katastrophenschutzzüge aus Wittmund, Jever und Wilhelmshaven angefordert werden müssen. Nachdem sie eingetroffen sind, wird schnell klar, dass auch deren Ausstattung für eine Katastrophe solchen Ausmaßes nicht ausreicht. Deshalb wird zur weiteren Unterstützung der Katastrophenschutzzug der Richthofen-Kaserne in Wittmund um Hilfe gebeten.

Christina riss die Augen auf. Wo war sie? Was war passiert? Und wovon war sie aufgewacht? Sie schnappte nach Luft und hielt sich am Bettrahmen fest. Neben ihrem Bett entdeckte sie eine Krankenschwester. Eine Krankenschwester?

»Da sind Sie ja, na endlich. Ich dachte schon, Sie wollen gar nicht mehr aufwachen. Wollen Sie jetzt gleich das niedliche Püppchen sehen, das Sie heute Nacht zur Welt gebracht haben?«

Christina verstand kein Wort. Was für ein Püppchen? Hilflos sah sie die weiß gekleidete fremde Frau an, die in wirren Worten mit ihr sprach.

»Sind Sie noch ein bisschen durcheinander? Das ist ganz normal, war ja auch eine schwierige Geburt. Fast wäre es schiefgegangen mit Ihnen. Und ein bisschen zu früh ist die Kleine auch gekommen. Wir alle bekamen einen Riesenschreck, als Sie mit dem Rettungswagen eingeliefert wurden. Sogar fixieren mussten wir Sie am Ende, so haben Sie um sich geschlagen. Muss ein ganz schön mieser Alptraum gewesen sein, in dem Sie sich verheddert hatten. Aber dann hat doch noch alles prima geklappt.«

Wovon sprach die?

»Na, nun gebe ich Ihnen erst mal die Kleine, dann ist die Welt wieder in Ordnung. Hat Ihnen bestimmt eine Heidenangst gemacht, die Geburt, was?« Mit diesen Worten drückte die Schwester ihr ein weißes Bündel in den Arm. Als Christina genauer hinsah, entdeckte sie das rote Gesicht eines Affen zwischen den zurückgeschlagenen Tüchern. Vor Schreck stieß sie es von sich.

»Was machen Sie denn?«, schrie die Schwester auf. »Fast hätten Sie das Püppchen fallen gelassen!«

Angewidert starrte Christina in das Affengesicht und fragte sich, was daran ein Püppchen sein sollte. Ihre Puppe hatte ein rosiges Gesicht, große blaue Augen und wunderschönes, langes blondes Haar besessen. Damit hatte das hier nicht das Geringste zu tun.

»Nun stellen Sie sich nicht so an, das wird doch nicht Ihr Erstes sein. Also, schön Arme aufhalten, dann lege ich Ihnen die Kleine so, dass Sie ihr die Brust geben können. Hat schon mächtig Hunger, die Süße.«

Mit diesen Worten zog ihr die Schwester das hinten offene Nachthemd vom Oberkörper und legte den Affen an ihre Brust. Mit einem schmatzenden Geräusch zog er sogleich an der Brustwarze. Christina schrie auf und gab der Schwester dieses widerliche, sabbernde Monster wieder zurück.

Die Krankenschwester blickte sie entsetzt und hilflos an, bevor sie mit der Bemerkung: »Ich hole mal eben einen Arzt« zusammen mit dem Monsteraffen das Zimmer fluchtartig verließ.

Endlich war es ruhig. Eine Wohltat. Doch sie musste sich konzentrieren, herausfinden, was hier los war. Versuchen, klar zu denken. Was also war passiert? Inzwischen war ihr klar, dass sie sich in einem Krankenhaus befinden musste. Nur den Grund verstand sie nicht. Was wollte die verrückte Krankenschwester mit dem Affen von ihr? Was war heute überhaupt für ein Tag? Und wie war sie hierhergekommen?

Oh Gott, die Schwester hatte von letzter Nacht gesprochen. Sie hatte nicht den geringsten Schimmer, was da passiert war. Nur eins wusste sie ganz genau: Wenn sie nach Hause käme, würde ihr der Mann eine Tracht Prügel verpassen.

Weiter kam sie nicht mit ihren Gedanken, denn ein weiß bekittelter Mann mit einem Stethoskop um den Hals betrat das Zimmer. Er sah aus wie der personifizierte Weihnachtsmann. Kurz vor siebzig, dominierten ein schneeweißer Vollbart und gütige Augen hinter dicken Brillengläsern das Gesicht.

»Na, was haben wir denn hier? Sie haben die arme Schwester ganz schön erschreckt.«

Christina sah ihn stumm an und harrte der Dinge, die da kommen würden und denen sie nicht ausweichen konnte – nicht hier in diesem Zimmer.

»Mir scheint, Sie sind noch ein bisschen durcheinander. Können Sie sich daran erinnern, dass Sie letzte Nacht ein gesundes, bildhübsches kleines Mädchen zur Welt gebracht haben?«

Sie schüttelte wortlos den Kopf. Wie sollte das denn passiert sein? Sie war doch gar nicht schwanger gewesen. Auch der redete wirr. Ihr schwirrte der Kopf von dem Quatsch, den die hier verzapften. Außerdem wurde ihr langsam übel. Der typische Krankenhausgeruch nach Desinfektionsmitteln, Stuhl und Urin drehte ihr den Magen um. Oder war es das, was der alte Mann behauptete?

»Na, dann will ich Ihnen mal auf die Sprünge helfen. Sie wurden heute Nacht auf dem Radweg zwischen A-sel und Wittmund ohnmächtig aufgefunden. Sie sind mit dem Fahrrad gestürzt. Im Rettungswagen stellten die Rettungsassistenten dann fest, dass bei Ihnen Wehen eingesetzt hatten. Daraufhin brachte man Sie auf meine Station. Die Beule an Ihrem Hinterkopf ist nicht weiter schlimm. Haben Sie Schmerzen?«

Wieder schüttelte Christina den Kopf, obwohl ihr der Schädel brummte und schwummerig war.

»War ganz schön leichtsinnig von Ihnen, in Ihrem Zustand kurz vor der Geburt noch Rad zu fahren. Was haben Sie sich bloß dabei gedacht? Na egal, ist ja gerade noch mal gut gegangen. Leider hatten Sie keine Ausweispapiere bei sich, sodass wir Ihren Mann nicht herbeirufen konnten. Können Sie mir Ihren Namen und Ihre Adresse geben?«

Erneut schüttelte sie den Kopf. Alles, nur das nicht.

Stirnrunzelnd sah sie der Weihnachtsmann an.

»Wollen oder können Sie mir Ihren Namen nicht geben?«

Sie sah ihn nur stumm an.

»Was ist los mit Ihnen? Sie können sich mir anvertrauen. Ich will Ihnen doch bloß helfen.«

Helfen wollte er ihr? Fast hätte sie laut losgelacht. Ihr konnte niemand helfen. Sie musste hier weg, und zwar ganz schnell. Wo war sie hier überhaupt?

»Wissen Sie eigentlich, wo Sie sind?«, kam nun von dem Weihnachtsmann, als habe er ihre Gedanken gelesen.

Ein erneutes Schütteln des Kopfes war alles, was Christina zustande brachte.

»Das ist übel. Ich glaube, ich ziehe gleich mal einen Kollegen, der Neurologe ist, hinzu. Vielleicht kann der Ihnen weiterhelfen.«

Noch ein Arzt? Um Gottes willen, sie musste hier raus und nach Hause. Jetzt hatte sie noch eine – wenn auch geringe – Chance, dass ihr Mann nichts gemerkt hatte. Vielleicht, oder besser hoffentlich, lag er mal wieder sturzbetrunken im Bett und hatte gar nicht mitbekommen, dass sie weg war. Das konnte schon mal passieren. Ansonsten stand eine Tracht Prügel an. Wieder einmal. Grün und blau würde er sie schlagen, wenn sie das diesmal überhaupt überlebte. Noch nie war sie eine ganze Nacht weggeblieben, im Gegensatz zu ihm.

Aber was sollte sie mit dem Affen machen? Ganz klar. Irgendjemand wollte ihr da was anhängen. Leichte Panik stieg in ihr auf. Ihr Kopf war leer. Schlagartig erkannte sie, dass sie von hier verschwinden musste – und zwar so schnell wie möglich. Niemand durfte wissen, dass sie hier gewesen war. Den Affen musste sie mitnehmen, so widerlich er ihr war. Der Affe könnte sie verraten, irgendwie. Im Fernsehen schafften sie es auch immer, aus den kleinsten Details so viel herauszubekommen, dass am Ende alle geschnappt wurden. Das musste sie verhindern.

Und wo kam er überhaupt her? War er aus ihr rausgekrochen? Hatte sie wegen dem die ganze letzte Zeit höllische Unterleibsschmerzen gehabt und noch mehr zugenommen, sodass ihr die alten Stretchhosen nicht mehr gepasst hatten? Aber nein, das konnte nicht sein, es handelte sich sicherlich um eine Verwechslung. Aber im Grunde war das egal, solange die anderen glaubten, es wäre ihr Affe. Der musste verschwinden, und zwar ganz schnell und endgültig.

***

Dr. Erwin Volkers strich sich über seinen langen weißen Rauschebart. Was war bloß los mit dieser Frau? Eine heiße Tasse Kaffee dampfte auf dem Schreibtisch seines Arztzimmers im dritten Stockwerk des Wittmunder Krankenhauses vor sich hin. Nachdenklich ließ er die zweite Tüte Zucker in die Tasse rieseln. So was war ihm in seinem ganzen langen Berufsleben noch nicht untergekommen.

Ein Jahr noch, fiel ihm ein, dann konnte er in den wohlverdienten Ruhestand treten. Bis dahin hatte er die Verluste aus den Finanzgeschäften mit dieser dubiosen spanischen Immobiliengruppe ausgeglichen. Wurde ja auch Zeit, jetzt, wo er der Siebzig immer näher rückte. Endlich so viel und oft Golf spielen, wie er Lust hatte.

Sicherlich würde ihm die Arbeit fehlen. Es war schon was, einer jungen Mutter ein gesundes Kind in die Arme zu legen. Das Strahlen der Väter, wenn sie erfuhren, dass alle Arme, Beine, Hände und Füße dran waren.

Da waren aber auch die anderen Fälle, in denen sie trotz schnellem Eingreifen nicht verhindern konnten, dass ein Baby tot zur Welt kam. Gottlob kam das nicht allzu oft vor. Die Angst in den Augen der werdenden Mutter, wenn sie merkte, dass sich das Kind in ihrem Bauch nicht mehr bewegte. Wenn die Schwangeren plötzlich wieder dünner wurden, braunes Fruchtwasser abging und er ihnen sagen musste, dass er nicht mehr helfen konnte. Schlimm waren auch die Fälle, in denen die Eltern nach der Geburt die mandelförmigen Augen des Babys entdeckten. Er atmete schwer aus.

Ihm kam die seltsame Frau von letzter Nacht wieder in den Sinn. Da hatten sie ihr ein wunderbares Baby, ein niedliches kleines Mädchen, ein perfektes Wesen, in den Arm gelegt und sie stieß es weg, als handele es sich um ein Monster. Was war nur los mit der Frau, die kein Wort sprach? Er hatte schon häufiger Fälle von Kindbettdepression erlebt. Doch die hatten alle gesprochen, häufig geweint. Das Schweigen der unbekannten Frau war ihm unheimlich.

Ach ja, er wollte doch seinen Kollegen Winterstein anrufen. Vielleicht litt sie tatsächlich unter Gedächtnisverlust. So ein Fall war ihm noch nicht untergekommen. Besser, er holte sich kollegialen Rat. Irgendetwas stimmte da nicht, ganz und gar nicht.

***

Als Schwester Melanie das Zimmer wieder betrat, sah sie in das freundlich lächelnde Gesicht der komischen Frau, die heute Nacht dieses niedliche Mädchen zur Welt gebracht hatte. Na, endlich war sie normal geworden.

»Ist alles okay? Soll ich Ihnen Ihre süße Kleine bringen?«

Die Frau nickte. War sie stumm? Das gabs doch nicht, dass die kein Wort sagte.

»Können Sie sprechen?«, hakte Schwester Melanie nach. Nach einem kleinen Zögern schüttelte die Frau den Kopf. Das also war das Geheimnis, sie konnte nicht reden. Das musste sie gleich Dr. Folkers berichten. Natürlich war der nicht selbst darauf gekommen. Aber so war das eben mit diesen uralten Ärzten. Konnten einfach nicht aufhören zu arbeiten und wurden nachlässig. Melanie seufzte. Ob es wohl stimmte, dass er große Schulden hatte und deswegen nicht aufhören konnte? Im Schwesternzimmer wurde schon lange darüber getuschelt.

Aber das war nun wahrlich nicht ihr Problem. Erst würde sie der Frau ihr Kind bringen und dann gleich die zwei Stockwerke rauf zu Dr. Folkers rennen. Sie hatte schon lange aufgegeben, ihn anzurufen. Entweder führte er Dauertelefonate – mit wem er wohl die ganze Zeit sprach – oder stand mit einer Tasse Kaffee auf dem Flur und hielt mit einem Schwätzchen die Schwestern von der Arbeit ab. Früher war er mal eine Koryphäe als Geburtsarzt gewesen, aber inzwischen war die Luft raus. Er sollte wirklich langsam aufhören und in den Ruhestand treten.

***

Das hatte gut geklappt. Christina wäre nie selbst auf die Idee gekommen, dass man sie für stumm halten könnte. Aber das war die Lösung. Dann brauchte sie nicht zu antworten und konnte sich auch nicht verraten. Zumal Reden noch nie ihre Stärke gewesen war.

Sofort erschien ein Strahlen auf dem Gesicht der Schwester, als sie den Affen halten wollte. Na prima, wenigstens war deren Welt wieder in Ordnung. Obwohl es ihr schwerfiel, nahm sie den Affen entgegen und zwang sich ein Lächeln ins Gesicht. Dabei war ihr das Wesen zuwider, das sie gezwungen war zu halten.

Christina hatte Riesenglück, dass sie alleine in dem Zimmer lag. Mühsam quälte sie sich aus dem Bett, kaum dass die Schwester wieder verschwunden war. Das Bündel, das sie ihr in den Arm gedrückt hatte, legte sie auf den Stuhl daneben. War ihr doch egal, wenn der Affe runterfiel.

Vorsichtig schlurfte sie zum Schrank. Etwas wackelig war ihr schon. Aber sie tröstete sich damit, dass es ihr bestimmt gleich besser gehen würde. Sie war hart im Nehmen, hatte nie etwas anderes gekannt.

Im Schrank entdeckte sie tatsächlich ihre alte Hose, die sie am Bund aufgeschnitten hatte, als ihr Bauch immer runder geworden war. Auch das weite bunte T-Shirt, das sie bei der Arbeit trug, hing darin. Ihre Crocs entdeckte sie unter dem Bett. Schnell schlüpfte sie hinein und schnappte sich das Bündel, das glucksende Geräusche von sich gab. Im Vorbeigehen erhaschte sie im Spiegel einen Blick auf sich selbst. Vor Schreck blieb sie stehen. Ihr Haar war fettig nach dieser Nacht und dunkle Ringe unter den Augen ließen sie älter erscheinen, als sie war. Wie gerne hätte sie sich kaltes Wasser ins Gesicht gespritzt. Doch sie musste weg, ganz schnell raus aus diesem Zimmer und verschwinden.

Vorsichtig öffnete Christina die Tür. Der Gang war bis auf einen jungen Mann leer, der zappelig vor einer großen Scheibe stand. Der war so fixiert auf das, was sich hinter der Scheibe abspielte, dass er nicht wahrnahm, dass sie die Tür zum Treppenhaus aufstieß.

Die eine Treppe zum Hauptausgang des Krankenhauses brachte Christina mühsam hinter sich. Sie stöhnte bei jedem Schritt leise auf und musste sich den Schweiß aus den Augen wischen. Schon sah sie den Ausgang vor sich, als sie von hinten angesprochen wurde.

Als sie sich umdrehte – warum bloß hatte sie den Ruf nicht einfach ignoriert – sah sie Ännchen Tjardes vor sich. Entsetzt drückte sie das glucksende Bündel fest an sich. Schon hörte das Glucksen auf. Beide Arme darüber verschränkend, versuchte sie, ein freundliches Lächeln aufzusetzen. An der Miene von Ännchen erkannte sie jedoch, dass ihr das gründlich misslang.

»Was machen Sie denn hier? Geht es Ihnen nicht gut?«

»Doch, doch«, brachte sie mühsam heraus.

»Sind Sie auf dem Weg nach Hause? Dann können wir Sie mitnehmen. Ich habe meine Untersuchung hinter mir und bin fertig. Der Hermann holt gerade den Wagen, damit ich nicht so weit laufen muss. Der Bruch im Mittelfuß verheilt gut, sagt der Arzt. Die Schiene haben sie schon abgenommen.«

Christina schüttelte den Kopf. »Geht nicht. Muss mein Fahrrad mitnehmen und noch im Combi einkaufen.«

So einfach ließ sich ihre neugierige Nachbarin jedoch nicht abschütteln. Ausgerechnet Ännchen Tjardes, diese Dorftratsche, musste ihr hier begegnen.

»Das trifft sich gut, wir müssen auch noch einkaufen«, erwiderte Ännchen. Dabei starrte sie auf Christinas Bauch – und das Bündel, das diese immer fester an sich drückte. Erst hatte es noch gezappelt, doch nun regte es sich schon eine ganze Weile nicht mehr. Wenn es jetzt losschrie, wäre alles verloren. Also versuchte sie, das Bündel noch fester an sich ran zu quetschen.

»Nein, nein, brauch' nachher noch das Fahrrad, um zur Arbeit zu kommen. Muss dann mal los.« Damit drehte sich Christina um. Fast wäre sie gegen die geschlossene Glastür gerannt, die sich erst im letzten Moment automatisch öffnete.

Sofort schlug ihr eine Wand schier unerträglicher Bullenhitze entgegen, die ihr den Atem raubte. Schon seit Wochen hielt diese frühsommerliche Hitzewelle an, die die Erde ausgetrocknet hatte und aufplatzen ließ wie einen überreifen Kürbis. So ein Wetter war für Ostfriesland völlig ungewöhnlich. Tagtäglich berichteten die Zeitungen darüber und über die Folgen des Klimawandels. Dabei stritten die Experten noch über die Frage, ob es sich um eine Folge der globalen Erwärmung oder um einen normalen, etwas verfrühten mitteleuropäischen Sommer handelte.

Christina eilte im Laufschritt in Richtung des Parkplatzes. Aus dem Augenwinkel sah sie den alten Mercedes von Hermann Tjardes um die Ecke biegen und auf sich zukommen. Schnell drehte sie sich zur Seite, in der Hoffnung, dass er sie nicht gleich erkennen möge.

Ihr Manöver ging auf, ohne zu zögern fuhr er an ihr vorbei zum Eingangsportal. Schnell rannte sie um die nächste Ecke. Kaum ließ sie das Bündel vor ihrem Bauch etwas lockerer, spürte sie ein Zucken durch den kleinen Körper fahren und schon ging das Geschrei los.

Die wenigen Leute auf dem Parkplatz warfen ihr mitleidige Blicke zu. Vorsichtshalber legte sie sich das Bündel so vor die Brust, dass es einigermaßen normal aussah. Doch was war schon normal, wenn man einen Affen mit sich rumschleppen musste?

Rasch überquerte Christina den Parkplatz, eilte den Fußweg zum Landkreisgebäude entlang und vorbei am Amtsgericht über den Marktplatz in die Fußgängerzone von Wittmund.

Just in diesem Moment brach hinter ihr die Hölle los. Von hinten nahten zwei Rettungswagen vom noch nahen Krankenhaus. Links hinter sich erkannte sie bei einem Blick über die Schulter ein Fahrzeug des Katastrophenschutzes, das sich am Gebäude der Landkreisverwaltung in Bewegung gesetzt hatte. Weiter links sah sie mehrere Polizeifahrzeuge vom Hof der Polizeistation losfahren, alle mit laut heulendem Martinshorn und rotierendem Blaulicht.

Christina geriet in Panik. Sollten die alle hinter ihr her sein? Mitten auf dem Fußweg blieb sie wie angewurzelt stehen und starrte auf die sich nähernden Fahrzeuge. Doch zu ihrer Erleichterung bogen sie kurz vor ihr ab auf die Isumser Straße und entfernten sich wieder. Keiner der Insassen schaute auch nur in ihre Richtung.

Etwas beruhigt drehte sie sich um und hastete weiter in die Fußgängerzone. Dort wurde sie langsamer, wollte nicht auffallen. Endlich kam sie zum Luftholen. Doch viel Zeit blieb ihr nicht dafür. Sie musste ganz schnell nach Hause, das war ihr klar. Dort könnte sie alles Weitere regeln. Aber wie sollte sie dahin kommen?

***

Als Dr. Folkers zusammen mit Schwester Melanie das Zimmer der stummen Frau betrat, blieben beide wie angewurzelt im Türrahmen stehen. Sie war weg, zusammen mit dem kleinen Mädchen, einfach weg. Fassungslos starrten sie auf das leere Bett, bevor Schwester Melanie durch das Zimmer zur Badezimmertür hastete, die nur angelehnt war. Hilflos und fragend drehte sie sich um, als sie erkannte, dass sich die Frau nicht im Bad befand.

Doch auch er wusste nicht weiter. Es war beunruhigend gewesen, als sein Kollege gesagt hatte, es könnte sich natürlich um einen einfachen Gedächtnisverlust handeln. Es könnte aber auch etwas Schlimmeres sein. Sie sollten auf jeden Fall gut auf das Baby aufpassen, es könnte in akuter Gefahr schweben. Und nun war die Frau weg und hatte das hilflose Mädchen, dieses niedliche und perfekte Wesen, mitgenommen. Was sollte er nur machen?

Am besten ging er sofort zu Dr. Winterstein und fragte ihn, was er mit der Bedrohung für das Kind gemeint hatte und was zu tun sei.

Nicht zum ersten Mal spürte er, wie alt er war.

***

Dr. Winterstein fuhr erschrocken auf. Er war es nicht gewohnt, dass jemand ohne anzuklopfen und auf sein »Herein« zu warten sein Arztzimmer betrat.

Als er seinen Kollegen Dr. Folkers erkannte, zog er erstaunt die Augenbrauen bis zu seinen untersten Sorgenfalten auf der Stirn hoch. Eigentlich sollte der alte Zausel mit seinen fast siebzig längst im Ruhestand sein. Was wollte der denn schon wieder? Sie hatten doch eben erst telefoniert.

Noch bevor er reagieren konnte, sprudelte es aus Dr. Folkers heraus: »Sie ist weg und hat es mitgenommen, einfach so.«

»Wer ist weg?«

»Na die Frau, die sich nicht erinnern konnte. Warum sagten Sie, dass wir auf das Baby aufpassen sollen?«

Entgeistert sah er seinen alten Kollegen an. Dann fiel der Groschen. »Die Frau, die sich an nichts erinnern konnte, aber das Baby weggeschubst hat, als wäre es ihr zuwider? Die ist weg und hat das Baby mitgenommen?«

»Das sag ich doch die ganze Zeit. Warum haben Sie mich gewarnt? Was soll ich denn jetzt nur machen?«

Als hätte sich soeben die schlechtere der beiden denkbaren Alternativen bestätigt, nickte Dr. Winterstein besorgt. »Das ist nicht gut, überhaupt nicht gut. Ich hatte gehofft, dass ich mich irre. Aber da sie tatsächlich verschwunden ist, sollten wir schnellstens die Polizei rufen und nach ihr suchen lassen. Wir dürfen keine Zeit verlieren. Das ist eine reine Verdachtsdiagnose, schließlich habe ich die Frau noch nicht mal gesehen. Aber sicher ist sicher. Wir dürfen nichts riskieren.«

Ganz grau im Gesicht ließ sich Dr. Folkers unaufgefordert auf den Besucherstuhl vor dem Schreibtisch sinken und hörte zu, als sich Dr. Winterstein mit dem zuständigen Kommissariat verbinden ließ.

***

Kommissarin Adams, seit einem Vierteljahr in der Polizeistation Wittmund, bekam wieder die undankbarste Aufgabe zugewiesen. Alle anderen waren zur Rettung der Etzeler Bevölkerung eingesetzt. Das wäre ganz nach Adams Geschmack gewesen. Sie jedoch musste ins Wittmunder Krankenhaus. Weil irgend so eine durchgeknallte junge Mutter mit ihrem Baby nach Hause marschiert war, ohne sich ordentlich abzumelden. Klasse. Als ob sie das nicht dürfte.

Und dann musste sie auch noch ihren Assistenten Lemberger mitschleppen, diesen muskelbepackten Volltrottel. Diese elfte Plage Gottes, die nur dazu geboren war, ihr das Leben zur Hölle zu machen.

Obwohl alle in Hektik waren, ging das übliche hämische Kichern und Geifern durch den Raum, als dieser Idiot in Armani hinter ihr her eilte, wie immer very busy, wie immer gewollt lässig. Nicht zum ersten Mal fragte sie sich, woher er das Geld für solche Klamotten hatte. Und überhaupt. Womit hatte sie den nur verdient? Mit der Versetzung in dieses Kuhdorf am Arsch der Welt war sie doch gestraft genug, da musste man ihr nicht auch noch diesen Möchtegern Mister Universum aufhalsen. Sie stöhnte.

Doch was blieb ihr anderes übrig, als ihn mitzu-
schleppen, wenn sie nicht schon wieder Stress mit ihrem Chef, Edzard van Hülsen, riskieren wollte. Nach
dem Gau in Hannover musste sie ganz vorsichtig sein.
Noch so eine Blamage und sie war weg vom Fenster –
und das für alle Zeiten.

Kapitel 2

Dienstag, der 26.05.2009, 11 Uhr bis 13.30 Uhr

Gegen 11.30 Uhr gerät das erste Bohrloch außer Kontrolle. Durch ein Leck treibt nun ungehindert Erdgas aus dem kollabierten Untertagespeicher mit Schallgeschwindigkeit nach oben. Das Gas, mit vielen Tonnen Rückstoßkraft, setzt wie ein Raketentriebwerk die Sperrventile außer Funktion. Die Blow-out-Rate beträgt 500.000 Kubikmeter pro Stunde. An der Oberfläche entzündet sich der Brennstoff durch Schlagfunken. Weithin sichtbar lodert eine gelbliche Feuersäule zweihundertfünfzig Meter hoch. Rot glühende Stahlrohre der Gasbetriebsanlage Etzel knicken ein, Betriebsanlagen schmelzen.

Das größte Risiko besteht derzeit darin, dass die Gasleitung, durch die russisches Erdgas ungereinigt nach Etzel transportiert wird, leckschlägt. Dann ist das Gasgemisch nicht nur hochexplosiv, sondern auch noch hochgiftig, weil das russische Gas den nach faulen Eiern riechenden Schwefelwasserstoff enthält. Diese giftigen Beimengungen werden erst in Etzel herausgefiltert. Außerdem befürchten die inzwischen eingetroffenen Experten, dass weitere Kavernen wegen des nachgebenden Untergrunds ebenfalls kollabieren könnten. Die Bevölkerung ist inzwischen gewarnt und die Evakuierung, die größte in der Geschichte Ostfrieslands, *hat begonnen. Panik bricht unter der Bevölkerung aus. Da hilft es auch nicht, dass ein Einsatzfahrzeug der Polizei durch die Straßen fährt und versucht, die Leute per Lautsprecherdurchsage zu beruhigen.*

Die Bauern der Umgebung versuchen, ihr Vieh in die Ställe bringen, um es zu retten. Doch die Polizei hält sie davon ab. Jetzt gilt es, alle Menschen im Umkreis zu schützen, für das Vieh und die Haustiere ist weder Zeit noch Platz. Das führt dazu, dass sich einige Anwohner weigern, in die inzwischen vorgefahrenen Busse zu steigen, weil sie ihre Haushunde und Katzen zurücklassen müssten. Andere verweigern das Zurücklassen ihrer Habseligkeiten, die sie rasch in Koffern zusammengerafft haben. Doch die Polizei greift energisch durch. Schließlich gehen Menschenleben vor. Dafür ist jeder Quadratmeter in den organisierten Bussen dringend erforderlich.

Die Einsatzleitung hat aufgrund der sich immer weiter ausbreitenden Gaswolke und der Windrichtung aus West beschlossen, nun auch Dangast zu evakuieren. Wegen des guten Wetters ist der Campingplatz voll belegt und die Hotels sind ausgelastet. Da die Zufahrtsstraße zu dem Badeort am Jadebusen teilweise nur über eine Fahrspur verfügt, gestaltet sich die Räumung äußerst schwierig. Außerdem nehmen die meisten Urlauber die Warnungen nicht ernst oder bestehen darauf, ihre Wohnwagen oder -mobile mitzunehmen. Schließlich herrscht wunderbares Wetter und die Gefahr aus Etzel ist abstrakt. Man sieht zwar vom Strand aus eine Rauchsäule im Westen, doch die scheint weit weg. Erst als die inzwischen mit Schutzanzügen bestückten Polizisten anrücken, verstehen die Urlauber den Ernst der Lage.

Inzwischen wird die Räumung des Nordwest Krankenhauses Sanderbusch thematisiert. Doch sofort ist klar, dass die zur Verfügung stehenden Rettungs- und Krankenwagen bei weitem nicht ausreichen, um alle Patienten zeitnah aus dem Gefahrenbereich zu bringen. Außerdem ist die Verlegung der schwerkranken Patienten riskant. Noch hoffen die Verantwortlichen, diese Maßnahme vermeiden zu können. Alle stabilen Patienten werden nach Hause geschickt oder an andere Krankenhäuser außerhalb der Gefahrenzone verwiesen.

Das größte Problem bereiten nach wie vor die Anrainer des Kavernenfeldes, die versuchen, mit eigenen Fahrzeugen den Gefährdungsbereich rund um die Kavernenfelder zu verlassen. Einige Personenkraftwagen, die nach Auffahrunfällen liegen geblieben sind, blockieren die Straßen. Nun müssen mit Hilfe von Traktoren die manövrierunfähigen Fahrzeuge von der Straße gezogen werden, damit die Busse durchkommen.

Eine schier endlose Kolonne von Flüchtlingswagen hat sich Richtung Wittmund, Aurich und Oldenburg in Bewegung gesetzt. Da leichter Westwind weht, ist die Gefahr im Osten am größten, dem Gas ausgesetzt zu sein. Über sämtliche Radiosender werden Warnmeldungen herausgegeben, die Umgebung der Kavernen weiträumig zu meiden. Das lockt die ersten Reporter und Katastrophentouristen an, die die Zu- und Abfahrtsstraßen weiter belasten.

Völlig entnervt von dem dümmlichen Gefasel dieses Großkotzes Lemberger während der Autofahrt lauschte Adams den knappen Ausführungen des Arztes, der sie angefordert hatte. So ganz nachvollziehen konnte sie nicht, dass der so ein Theater um eine junge Mutter machte, die ohne Angabe ihrer Daten und Gründe aus dem Krankenhaus verschwunden war. Schließlich durfte jeder das Krankenhaus verlassen, wenn er wollte. Und Anhaltspunkte, dass das Kind gefährdet wäre, sah sie auch nicht.

Dass die Frau ein Baby von sich wegschob, konnte Adams sogar nachvollziehen. Sie hatte es auch nicht mit kleinen Kindern. Mit Großen allerdings noch weniger, wie sie sich eingestand. Deswegen musste man doch keine große Aktion starten. Schon gar nicht, während in Etzel die Hölle los war und alle gebraucht wurden.

Sie atmete tief durch. Es half nichts. Den Job musste sie mustergültig erledigen. Nach der Sache in Hannover konnte sie sich keinen Fehler und auch keine Nachlässigkeit leisten. Bisher hatte nur ihr Ansehen als Frau gelitten, nicht ihr Erfolgsprofil als Kriminalkommissarin. Das sollte auch so bleiben. Schließlich wollte sie schnellstmöglich wieder aus diesem Kaff verschwinden, zurück in die Großstadt. Sie musste nur die Auszeit durchstehen, bis die Vorkommnisse in Hannover vergessen waren. Dann würde sie neu durchstarten.

Vorsichtshalber beschloss sie, einen Staatsanwalt hinzuzuziehen, der die Verantwortung übernahm. Sollte der doch entscheiden, was zu tun wäre.

***

Leyla Zapatkas Tag hatte ganz mies begonnen. Schon das ganze letzte halbe Jahr, in dem sie endlich mit Stefan zusammen in dessen Wohnung in Esens lebte, lief ihre Beziehung nicht mehr rund. Sie konnte sich das überhaupt nicht erklären. Es hatte doch so gut zwischen ihnen geklappt, als sie noch ihre kleine, gemütliche Studentenbude in Heidelberg gemeinsam bewohnten. Vier Jahre hatten sie dort einträchtig zusammengelebt und sich gegenseitig beim Studium unterstützt. Bis Stefan ein Jahr vor ihr fertig geworden und zum Leiter des Bauamtes in Esens ernannt worden war. Täglich hatten sie telefoniert. Beide waren glücklich gewesen, als Leyla die Stelle bei der Staatsanwaltschaft in Aurich ergattert hatte, kein Wunder bei ihren Superexamensnoten. In fünf Monaten war die Hochzeit geplant und nun das.

Vor drei Wochen war ihr klar geworden, dass ihre Monatsblutung wieder ausgeblieben war. Der Test hatte den Beweis erbracht. Freudig war sie Stefan um den Hals gefallen und hatte ihm von ihrem Glück berichtet. Doch der versteifte sich in Leylas Armen.

»Wir wollten doch endlich verreisen. Das war unser Traum in all den Jahren, in denen wir nie genug Geld hatten. Und außerdem müssen wir das ganz genau überlegen. Schließlich wollen wir uns nicht mit einem behinderten Kind belasten.«

In dem Moment war Leyla innerlich versteinert. Sie hatte sich doch so sehr auf das Baby gefreut.

An diese erste Diskussion hatten sich unzählige angeschlossen, tagelang, nächtelang. Schließlich hatte sie dem Druck nachgegeben und einen Termin für die Abtreibung vereinbart. Morgen früh war es so weit. Sie hatte drei Tage freigenommen, weil sie keine Idee hatte, wie sie damit fertig werden sollte. Das war ihr noch immer ein Rätsel, das zu lösen sie sich außerstande sah.

Leyla hatte sich nur von Stefan verabschieden wollen. Der war jedoch gerade im Bad. Bei einem zufälligen Blick auf seinen hochgefahrenen Rechner entdeckte sie große fliegende Herzen. Neugierig nähertretend las sie in der ersten Zeile: *Meinem geilen Häschen*. Leyla erstarrte zur Salzsäule. So stand sie noch, als Stefan in sein Arbeitszimmer zurückkam.

»Was ist das«, brachte sie mühsam beherrscht hervor.

Stefan räusperte sich, die Antwort schien ihm im Hals festzustecken.

»Nochmals, was hat das zu bedeuten«, fauchte Leyla empört.

»Naja, irgendwann musstest du es ja wohl erfahren. Ich habe mich verliebt.«

»Du hast was?«

Stockend berichtete er Leyla von seiner übergroßen Einsamkeit in dem Jahr ohne sie. Wie er Abend für Abend mutterseelenallein vor dem Fernseher gehockt hatte. Es nicht mehr ausgehalten habe. Und wie er sich in diese Frau, die mit einem seiner Mitarbeiter verheiratet war, verliebte. Dass es sich eben so ergeben habe. Dass er nichts dafür könne und es einfach Schicksal sei. Dass er es sich nicht gewünscht oder gar geplant hatte. Schon längst habe er Leyla davon berichten wollen, es habe aber nie gepasst.

Als Leyla ihm von ihrer Schwangerschaft berichtete, sei ihm klar geworden, wo er hingehöre. Leyla schluckte.

Die Frau, Katja, habe sich, schockiert von Leylas Schwangerschaft, endlich bereit erklärt, ihren Mann zu verlassen.

Kein Wort zu Leyla. Leyla als Hindernis, Leyla als Außerirdische in dieser göttlichen Beziehung von Stefan und Katja.

Ganz ehrlich, morgen nach dem Schwangerschaftsabbruch habe er ihr alles beichten wollen. Leyla stutzte. Nach dem Abbruch? Hatten die beiden Angst gehabt, dass Leyla das Kind austragen würde und Stefan dann unterhaltspflichtig gewesen wäre? War er so berechnend?

Stefan schien richtig erleichtert, während Leyla zu fassungslos war, um irgendetwas von sich zu geben. Da stand der Mann ihres Lebens vor ihr und faselte etwas von Liebe. Wie früher zu ihr, nur diesmal in anderer Besetzung. Und sie hatte nichts davon bemerkt.

Ihr drehte sich der Magen um. Noch immer erschüttert, stürmte sie aus dem Haus. Stefan versuchte noch halbherzig sie aufzuhalten, doch Leyla rauschte mit dem ihr verbliebenen Rest von Würde an ihm vorbei. Als ob ihr die jetzt helfen könnte.

In ihrem alten Golf raste sie zum Landgericht nach Aurich, wo um elf Uhr ein Strafprozess auf sie wartete.

***

Die Verhandlung drehte sich um die Vergewaltigung einer jungen Hilfskrankenschwester durch ihren

Apartmentnachbarn, einen sechsunddreißig Jahre alten Kosovo-Albaner. Der legte während der ganzen Verhandlung ein geradezu unverschämt arrogantes Verhalten dem Opfer, aber auch Leyla gegenüber an den Tag. Die eingeschüchterte Frau flüsterte bei ihrer Zeugenvernehmung nur – wie fast alle Opfer sexueller Übergriffe. Aber wen wunderte das. Von intimsten Details zu berichten, während sich im Gerichtssaal wildfremde Zuschauer befanden und geifernd den Details lauschten, war eine Sache für sich.

Für Leyla bedeutete das eine einzige Tortur. Kein Wort verstand sie und musste laufend die Zeugin bitten, lauter zu reden. Beim dritten Mal erntete sie einen vorwurfsvollen Blick des Richters. Also beschloss sie, ganz gegen die üblichen Gepflogenheiten bei solchen Verhandlungen, aufzustehen und sich direkt vor die Zeugin zu stellen. So benahmen sich amerikanische Fernsehstrafverteidiger, nicht deutsche Staatsanwälte. Der Richter warf ihr einen weiteren missbilligenden Blick zu.

Nun hörte sie zwar besser, aber wegen der Anspannung und des Stresses, vielleicht auch wegen der Umstellung der Hormone in ihrem Körper, fing die Welt langsam an, sich zu drehen. Sie kannte das zwar, aber was nützte es. Alleine die Vorstellung, hier im Gerichtssaal vor dem widerlich grinsenden Angeklagten umzukippen, verschärfte die Situation noch. Wie ein Rettungsboot im tosenden Meer empfand sie ihren Stuhl, nachdem sie die Befragung beendet hatte.

Danach ging alles ganz schnell. Leyla plädierte auf schuldig und beantragte eine Gefängnisstrafe von vier Jahren und drei Monaten. Schließlich hatte der Mann die Zeugin mit dem Tode bedroht und ihr während der Tat ein Messer an den Hals gehalten. Und sie beantragte zudem seine sofortige Verhaftung wegen Fluchtgefahr. Das ließ das Grinsen im Gesicht des Angeklagten gefrieren. Als der Richter das beantragte Urteil sprach und der Gerichtsdiener dem verblüfften, nach einer Schrecksekunde tobenden Straftäter die Handschellen anlegte, war es gänzlich aus seinem Gesicht verschwunden.

Leyla ging es schlecht. Richtig schlecht. Seit sie schwanger war, hatte sich ihre Krankheit deutlich verschlimmert. Die typische Schwangerschaftsübelkeit verstärkte die krankheitsbedingte. Wenn Leyla nur an Essen dachte, würgte es sie. Seit Tagen hatte sie nichts Festes mehr zu sich genommen. Das wiederum hatte ihren Schwindel intensiviert. Ein Teufelskreislauf. Und nun diese Demütigung von Stefan. Nur gut, dass sie sich fest im Griff hatte, wenn es um ihre Arbeit ging. Dabei auch noch zu versagen, würde sie umbringen.

Jetzt ging es wieder los. Die vertraute Übelkeit kam nicht von der Hitze, verschlimmerte ihren Zustand jedoch. Warum hatte sie heute Morgen bloß das dicke Kostüm statt eines luftigen Kleides angezogen? Aber so groß war ihre Auswahl bei der Garderobe nach der kurzen Zeit als Staatsanwältin noch nicht. Schließlich verdiente sie erst seit einem halben Jahr Geld und musste die Raten für ihren alten Golf abstottern. Und Richter Schindler, das wussten alle in der Staatsanwaltschaft, legte größten Wert auf Etikette und angemessene Kleidung. Schon allein die Robe zu tragen war bei dieser Hitze die Hölle. Alle anderen Richter erlaubten, sie abzulegen. Nicht so Schindler.

Langsam suchte Leyla ihre Unterlagen und Notizen zusammen, bis alle anderen den Gerichtssaal verlassen hatten. Vorsichtig wankte sie in ihr Zimmer. Ein Sturz in dieser Situation hätte ihr den Rest gegeben. Sofort schluckte sie eine Vasomotal und eine Vomex, die nach kurzer Zeit die Welt zum Stillstand brachten und die Übelkeit verschwinden ließen.

Gerade, als es ihr wieder ein wenig besser ging, jedoch mit voller Wucht die Erinnerung an den Morgen über sie hereinbrach, ging der Anruf ein. Am Apparat war Kriminalkommissarin Hanna Adams vom Kriminalermittlungsdienst des Polizeikommissariats Wittmund, zuständig für Straftaten gegen Leben, bei Todesursachenermittlungen und Vermisstensachen.

***

Leyla war völlig verschwitzt nach der halbstündigen Fahrt in ihrem aufgeheizten Golf von Aurich nach Wittmund. Unterwegs war sie laufend von Rettungs- und Katstrophenschutzfahrzeugen sowie von Polizeiwagen mit eingeschaltetem Martinshorn und Blaulicht überholt worden. Was war da los? Doch im Radio dröhnte weiter der neueste Hit ›Poker Face‹ von Lady Gaga und in den Nachrichten wurde nichts berichtet. Wegen der Kopfschmerzen, die nach dem Anfall eingesetzt hatten, musste sie das Radio bald wieder ausschalten. Zu sehr dröhnten die Bässe in ihrem Schädel.

Viel angenehmer war die Temperatur in dem Arztzimmer, in das sie sofort geführt wurde, trotz des weit geöffneten Fensters aber auch nicht. Kein Wunder, stand doch die Sonne direkt davor und sandte ihre UV-

Strahlen ungebremst hinein, sodass man den Staub wie kleine Lebewesen in Zeitlupe durch den Raum fliegen sehen konnte. Das perlende Glas Wasser auf dem Tisch vor dem weiß bekittelten Arzt machte ihr bewusst, dass sie wahnsinnig großen Durst hatte. Was hätte sie für eine eiskalte Cola gegeben.

Trotz ihrer bedrückten Stimmung hätte Leyla fast gekichert, als ihr die illustre Gesellschaft vor dem Schreibtisch des Arztes vorgestellt wurde. Einen krasseren Gegensatz hätte man sich bei größter Phantasie kaum ausdenken können. Kommissarin Adams war eine gedrungene, jedoch sportlich wirkende ältere Frau mit rötlich gefärbtem, schulterlangem Haar mit grauen Ansätzen, bei denen die Farbe bereits rausgewachsen war. Ihr wesentlich jüngerer Assistent Lemberger wirkte völlig overdressed. Er hatte seine antrainierten Muskeln in einen teuer wirkenden hellgrauen Anzug gepackt. Kommissarin Adams dagegen trug ein pinkfarbenes T-Shirt, das so gar nicht zu ihrer Haarfarbe passen wollte, und Jeans. Über das T-Shirt hatte sie eine weiße Weste gezwängt.

Neben ihnen hockte völlig aufgelöst Dr. Folkerts, der personifizierte Weihnachtsmann dank seines Alters, seines weißen Haares und seines Rauschebarts, der sein halbes Gesicht bedeckte. Fehlte nur noch die rote Nase, dachte Leyla.

Hinter dem Schreibtisch thronte Dr. Winterstein. Der, ein schlanker Mann Anfang dreißig, begann sofort mit seinen Ausführungen, kaum dass Leyla Platz genommen hatte.

»Als mich vorhin mein Kollege hier wegen der Frau anrief, die heute Nacht ein Kind zur Welt gebracht hat, habe ich sofort befürchtet, dass das Baby gefährdet sein könnte. In letzter Zeit sind ja einige Artikel durch die Presse gegangen von Frauen, die ihre Neugeborenen getötet oder ausgesetzt, sogar aus dem dritten Stock ihres Wohnhauses in einen Hof geworfen haben. Vielleicht haben Sie die gelesen. Ich will den Teufel nicht an die Wand malen, aber die Frau, die zusammen mit dem Kind einfach aus unserer Klinik verschwunden ist, könnte in dieses Schema passen.«

»Sie meinen, sie könnte versuchen, ihrem Baby etwas anzutun?«, fragte Adams' Assistent Lemberger mehr erstaunt als empört. Er schien damit Dr. Folkerts das Wort abgeschnitten zu haben, der seinen Mund gleichzeitig geöffnet hatte.

»Ja, das meine ich. Es ist zwar nur ein Verdacht zunächst, aber ich habe mich während meiner Assistenzarztzeit in der Psychologischen Abteilung der Uniklinik in Nürnberg besonders mit dem Phänomen des Neonatizid beschäftigt. Ich fürchte, es könnte sich hier um solch einen Fall handeln. Die Frau muss schnellstens gefunden werden und ich bete, dass dem Kind bis dahin nichts passiert ist. In der Regel töten diese Frauen ihr Kind so schnell wie möglich und entsorgen es dann umgehend«, fuhr Dr. Winterstein fort.

Kommissarin Adams räusperte sich. »Wie kommen Sie denn darauf, dass das Baby überhaupt gefährdet ist? Bisher wissen wir doch lediglich, dass die Frau zusammen mit dem Kind aus dem Krankenhaus verschwunden ist. Und das darf sie ja auch, schließlich war sie keine Gefangene hier. Liegen dem Krankenhaus denn keine Angaben zu ihrer Person vor? Eigentlich muss doch jeder angemeldet werden, der ins Krankenhaus eingeliefert wird.«

»Nein, leider haben wir nicht die geringste Ahnung, wer sie ist«, warf Dr. Folkerts ein. »Sie wurde heute Nacht bewusstlos mit einer großen Beule am Kopf eingeliefert. Offenbar war sie mit dem Fahrrad gestürzt und dadurch setzten die Wehen zu früh ein. Es war aber auch furchtbar unvernünftig von ihr, sich in dem Zustand kurz vor der Geburt noch auf ein Rad zu setzen. Das macht doch keine normale Frau. Das Risiko ist viel zu groß.« Er schüttelte den Kopf. »Wir haben dann sofort nach Papieren, irgendeinem Hinweis gesucht, um ihren Mann oder wenigstens einen nahen Angehörigen verständigen zu können, aber nichts gefunden. Es kam mir schon komisch vor, dass sie sich weder an irgendetwas erinnern konnte noch ein einziges Wort sagte. Und dann die Reaktion auf das kleine Mädchen. Dabei ist sie so niedlich. Ich habe selten ein hübscheres Kind auf die Welt geholt. Sogar schon ein paar Haare hat sie.« Er schüttelte irritiert den Kopf. »Also, das war alles insgesamt so sonderbar, dass ich Kontakt zu meinem Kollegen hier aufnahm. Mehr weiß ich nicht. Vor allem weiß ich nicht, warum das Baby bei seiner eigenen Mutter in Gefahr sein sollte.«

Alle sahen fragend zu Dr. Winterstein.

»Nun, dann will ich es Ihnen mal in der gebotenen Kürze erläutern.«

***

Adams traute ihren Augen nicht. Eine bildhübsche Brünette mit langem Haar, das zu einem Pferdeschwanz zusammengebunden war, hatte sich als Staatsanwältin Leyla Zapatka vorgestellt. Die war doch noch nicht mal trocken hinter den Ohren und wollte Staatsanwältin sein? Wie alt mochte sie sein? Höchstens, allerhöchstens Ende zwanzig. Wahrscheinlich hatte sie sich hochgeschlafen, dachte Adams abfällig. Oder, fast schlimmer noch, ihr gesamtes Studium hinter Büchern verbracht und nicht die geringste Ahnung vom wirklichen Leben.

Und so eine sollte ihr Weisungen geben können? Ha, ihr doch nicht. Der würde sie schon zeigen, wer hier das Sagen hatte. Und dann dieses lächerliche schwarze Kostüm. Viel zu warm für einen heißen Tag. Dafür war der Rock zu kurz, auch wenn sie es sich erlauben konnte, wie sich Adams neidvoll eingestand. Natürlich standen ihr die Schweißperlen bereits auf der Stirn. Das geschah ihr recht. Wer sich an einem solchen Tag so bescheuert zurechtmachte, sollte ruhig ins Schwitzen kommen. Und dann noch diese spitzen hohen Pumps. Weit würde sie damit nicht kommen, wenn es hart auf hart käme. Adams warf einen wohlgefälligen Blick auf ihre bequemen Nike-Laufschuhe. Die waren genau richtig für den Job.

Außerdem nervte, dass das Handy der Zapatka laufend klingelte. Schon zum dritten Mal drückte sie den Anruf weg. Also nichts Dienstliches. Klar, wahrscheinlich irgendein Lover, der die Minuten zählte, bis sie sich wiedersahen, dachte Adams verbittert. Beim vierten Klingeln schaltete die Zapatka das Telefon endlich aus.

Adams Blick wanderte zu dem jungen Arzt. Er sah genauso aus wie ihre große Liebe Klaus. Dasselbe feine Gesicht und derselbe athletische, nicht übertrainierte Körper. Adams schluckte. Wie hatte sie nur so dumm sein können? Der einzige Fehler in ihrem ganzen Erwachsenenleben. Und der hatte sie fast die Karriere gekostet und in dieses Kaff verschlagen.

Schielte Dr. Winterstein andauernd nach der Zapatka? Na klar, wie sollte es auch anders sein. Immer sahen Männer zuerst nach einer hübschen Visage. Auf den Inhalt kam es ihnen nie an. Verächtlich seufzte sie. Das brachte ihr einen fragenden Blick von Lemberger ein, diesem hirnverbrannten Megaidioten.

Wäre sie ein anderer Mensch gewesen, wäre sie sicherlich verbittert. Doch solche Gefühle gestand sich Adams nicht zu. Nicht, wenn sie im Dienst war. Mühsam konzentrierte sie sich wieder auf die Ausführungen des jungen Arztes.

***

Dr. Peter Winterstein holte tief Luft, bevor er mit seiner Erklärung begann. Er kannte die Reaktion seiner Gegenüber bereits, noch bevor er überhaupt das erste Wort ausgesprochen hatte. Die war stets dieselbe: Unverständnis, Wut auf die Frauen, manchmal Hass. Ach, was war ihm das Thema zuwider.

»Neonatizid! Das umfasst die Problematik der Tötung des eigenen Kindes innerhalb der ersten vierundzwanzig Stunden nach der Geburt.« Er hörte die anderen nach Luft schnappen – ganz wie erwartet.

»Ich würde vermuten, dass wir es hier mit einem Fall von Verdrängung der Schwangerschaft zu tun haben: Keine Vorsorge für die Geburt, in ihrem Zustand noch Fahrrad fahren, die Orientierungslosigkeit, die Flucht aus dem Krankenzimmer zusammen mit dem Baby. Das spricht dafür, dass sie von der Geburt völlig überrascht wurde.«

»Es kann doch nicht sein, dass man eine Schwangerschaft nicht bemerkt, wenn sie einen selbst betrifft«, warf die junge Staatsanwältin ein, die offenbar nicht fassen konnte, was sie da gerade zu hören bekam.

»Doch, das gibt es, und zwar gar nicht so selten! Alleine in Deutschland 1600 verdrängte Schwangerschaften und 300 unerwartete Geburten pro Jahr.«

Alle starrten ihn entgeistert an, bis die Staatsanwältin als Erste die Sprache wiederfand. »Kann es wirklich sein, dass so viele Frauen nicht merken, dass sie ein Kind austragen? Ich kann das nicht glauben.«

Er nickte. Wieder ging ein Stöhnen durch den Raum.

»Wie kommt das?«, fragte die Kommissarin.

»Es gibt viele Ursachen für dieses Phänomen. Sie reichen von der Nicht-Wahrnehmung bei einem wenig ausgeprägten Körpergefühl bis hin zur völligen Verleugnung der Schwangerschaft. Doch als krankhaft und gefährlich gilt nur die völlige Verdrängung oder Verleugnung einer nicht erwünschten Schwangerschaft. Gefährlich für das Baby.«

»Wie unterscheidet man diese Fälle und vor allem, wie erkennt man, ob ein Kind tatsächlich gefährdet ist?«, hakte die Kommissarin nach.

»Die einfachste Form der Verdrängung ist die des reinen Nicht-Erkennens der Schwangerschaft. Viele dieser Frauen haben ohnehin einen unregelmäßigen Zyklus und erleben während der Schwangerschaft noch leichte Blutungen. Kindsbewegungen werden als Blähungen interpretiert, die Gewichtszunahme als Essensfolge und die Übelkeit als Magen-Darm-Verstimmung. Bei diesen Frauen besteht zumindest die Chance, dass sie sich von ihrem Schreck einer plötzlichen Niederkunft erholen und die Geburt akzeptieren.

Dann gibt es das Ignorieren der Schwangerschaft. Solche Frauen machen sich und allen anderen gezielt etwas vor, indem sie die Schwangerschaftssymptome bewusst anders erklären. Manchmal begeben sie sich dann in eine Klinik, weil sie die Schmerzen der Wehen nicht mehr aushalten oder das Platzen der Fruchtblase ihnen Angst macht. Nach der Geburt scheinen sie das Kind zunächst zu akzeptieren. Doch dann verlassen diese Frauen die Klinik heimlich, nachdem sie falsche Angaben zur Person gemacht haben. Einige lassen das Kind dort zurück, aber eben leider nicht alle.

Sie müssen bedenken, dass das nur die Fälle sind, die bekannt werden, weil sich die Mutter in ein Krankenhaus begibt. Das dürfte gerade einmal die Spitze des Eisberges sein. Die meisten werden ihr Kind woanders auf die Welt bringen.

Und schließlich gibt es noch die völlige Verleugnung der Schwangerschaft. Die Geburt wird als ein überraschendes Ereignis empfunden, genauso wie beim Nicht-Erkennen der Schwangerschaft. Doch in diesem

Fall kann die Mutter die Geburt nicht akzeptieren, unter keinen Umständen will sie dieses Kind. Diese Babys befinden sich in akuter Lebensgefahr.«

»Und unsere Frau gehört zu dieser Gruppe«, resümierte die Staatsanwältin. »Die Frau wurde wegen eines Unfalls eingeliefert, nicht wegen einer anstehenden Geburt. Sie lehnte das Baby ab, wie Sie, Dr. Folkerts uns beschrieben haben. Im besten Falle würde es sich also um ein bloßes Nicht-Erkennen der Schwangerschaft handeln. Habe ich das richtig verstanden?«

»Ja, wobei die Reaktion auf das Kind in dieser ausgeprägten Form und die Flucht eher für eine völlige Verdrängung sprechen. Das macht mir große Sorgen. Insbesondere diese massive Ablehnung ...«, fuhr er fort, um sofort von Dr. Folkerts unterbrochen zu werden.

»Ablehnung ist hier eindeutig zu milde ausgedrückt. Schwester Melanie beschrieb mir die Reaktion auf das Baby, als sie es an die Brust gelegt bekam, als reinsten Ekel. Richtig weggestoßen hat sie die Kleine.«

»Und das ist auch der Grund, warum ich Ihnen geraten hatte, gut auf das Niemandskind aufzupassen«, schnauzte Dr. Winterstein den alten Arzt vorwurfsvoll an. Der zuckte zusammen und ließ den Kopf hängen. Kopfschüttelnd fuhr Dr. Winterstein fort. »Wir nennen diese armen kleinen Wesen Niemandskinder, weil sie von ihren Eltern nicht gewollt werden. Ein harter Name für ein noch härteres Schicksal. Aber besser ein Niemandskind als tot.«

»Ich verstehe nicht, warum sie das Baby nicht einfach zurückgelassen hat. Da keiner ihren Namen kennt, hätte sie viel einfacher ohne das Kind verschwinden können«, warf die junge Staatsanwältin ein.

»Schwer zu sagen. Aber wenn sie die Schwangerschaft ignoriert oder verdrängt hat, dann muss die Geburt sie total verstört haben. Schon normale Geburten bedeuten für Frauen enormen Stress und ein schweres Trauma. Die Hormone spielen verrückt. Wenn dann das Kind auch noch ungewollt ist, kann keiner vorhersagen, was passiert. Wir alle kennen die Frau von letzter Nacht nicht, wissen nicht, was ein Kind für sie bedeutet. Doch entscheidend ist, dass ihr wie allen diesen Frauen der Bewältigungsmechanismus für diese Situation, die sie ganz und gar überfordert, fehlt. Sie handelt nur noch panisch.«

»Was meinen Sie mit Bewältigungsmechanismus?«, warf Kommissarin Adams ein.

»Eine Frau wird ungewollt schwanger. Das passiert häufig und ist in der heutigen Zeit auch kein Drama mehr. Schon gar nicht nach der Legalisierung von Schwangerschaftsabbrüchen. Also, eine Frau ohne Persönlichkeitsproblematik oder besser gesagt mit funktionierendem Bewältigungsmechanismus kann abtreiben, oder, sollte ihr Glauben dies verbieten, das Kind zur Adoption freigeben. Inzwischen könnte sie das Kind sogar in einigen Bundesländern anonym in einer Klinik zur Welt bringen oder nach der Geburt in einer Babyklappe ablegen.

Doch beim völligen Verleugnen besteht bis zur Geburt überhaupt ›kein Problem‹. ›Wie konnte ich über Alternativen nachdenken, ich war doch gar nicht schwanger?‹, hat mir eine dieser Frauen ernsthaft erklärt.

Sie verdrängen jeden Gedanken daran so lange, bis sie das nicht mehr können: wegen der Geburt, die sie dann eiskalt erwischt. Sie reagieren panisch, überlastet von den Konsequenzen. Da liegt ein blutiges Etwas, das schreit. Alle können es sehen, alle können es hören. Und das darf in den Augen dieser Frauen nicht sein.

Nachdem sie sich die ganze Zeit geweigert haben, ihre Situation zu erkennen, müssen sie nun handeln. Hilfe gibt es in ihrer Vorstellung nicht. Deshalb funktionieren bei diesen Strukturen auch keine anonymen Babyklappen. Das würde Planung voraussetzen. Doch gerade dazu waren sie ganze neun Monate lang nicht in der Lage. Wieso sollten sie es plötzlich können?

Also wird eine betroffene Frau versuchen, das Problem loszuwerden, und zwar so schnell wie möglich. Leider bedeutet das in diesen Fällen häufig, dass das Baby nicht überlebt.«

Alle schwiegen. Als Erste erholte sich die Kommissarin. »Und wie können wir das verhindern?«

»Sie müssen sie schnellstens finden!«

***

Während Christina die Straßen entlanghastete, glitten ihre Gedanken in die Vergangenheit ab. Als sie Thilo kennenlernte, war es Frühsommer gewesen. Genau wie jetzt, nur nicht so unerträglich heiß. Schon wunderbar warm und es roch nach Flieder.

Sie verliebte sich sofort in den Mann und das weite Land in Ostfriesland. Was für ein Unterschied zu Gelsenkirchen. Der Blick wurde durch nichts gebremst, der Horizont umgab sie wie ein Ring. Bei jedem Sonnenuntergang zogen Heerscharen von Möwen vor einem prächtigen flammend roten Himmel in der Hoffnung übers Land, einen frisch umgepflügten Acker zu entdecken.

Wenn Thilo sie auf seinem Moped mit ans Meer in Neuharlingersiel nahm, war ihr Glück vollkommen. Der Anblick des künstlich aufgespülten Sandstrandes voller Touristen, alle gut gelaunt und ein paar Mutige schon im noch so kalten Wasser der Nordsee, ließ ihr Herz aufgehen. Stundenlang sonnten sie sich auf einer Wolldecke und beobachteten das bunte Treiben.

Manchmal holten sie sich ein Vanilleeis von einem kleinen Eiswagen im Hafen, das sie im Stehen genussvoll schleckten. Es war ein ganz anderes Leben gewesen als das, das sie kannte. Sie genoss jede Sekunde davon.

Irgendwann schlug Thilo ganz unromantisch vor, zu heiraten. Natürlich sagte sie ›Ja‹ und packte in Windeseile ihre Sachen in Gelsenkirchen zusammen. Mit zweiundzwanzig besaß sie nicht sehr viel, das es zu packen galt. Nicht, dass es heute mehr wäre. Ihren Job in einem Altenheim hängte Christina an den Nagel. Heute bereute sie bitter, dass sie ihre Ausbildung als Altenpflegerin für ihn hingeschmissen hatte. Wenn sie nicht so dumm gewesen wäre, könnte sie sich heute eine anständige Arbeit suchen.

Aber nein, sie musste ja unbedingt mit fliegenden Fahnen zu Thilo in dessen Elternhaus ziehen, das er alleine bewohnte, nachdem seine Eltern kurz nacheinander verstorben waren.

Damals ahnte Christina noch nicht, dass hier, nur sechs Kilometer von der Küste entfernt, immer dieser Westwind wehte. Durch alle Ritzen drang er und trieb einen schier in den Wahnsinn. Und dann auch noch der ›Nörder Stoff‹, wie die Einheimischen den Nieselregen nannten, der nicht senkrecht fiel wie normaler Regen, sondern einem waagerecht ins Gesicht sprühte, und vor dem kein Schirm schützte. Immer war die Luft so feucht, dass man die Wäsche kaum trocken bekam. Reizklima nannten die jährlich zu Tausenden ab März einströmenden Touristen diese feuchte Meeresluft mit leuchtenden Augen. Ihr taten davon die Gelenke weh.

Christina wurde durch neuerliche Sirenen in der Nähe aus ihren Gedanken aufgeschreckt. Was war bloß los?

***

»Ja, wir müssen uns wahrhaftig damit beeilen. Es sind draußen schon gut fünfundzwanzig Grad und ich kann mir nach der Schilderung meines Kollegen beim besten Willen nicht vorstellen, dass sie ihr Baby ordentlich versorgt«, warf Dr. Folkerts mit gequälter Miene ein.

Als ob die Hitze die größte Gefahr für das Baby wäre, dachte die Kommissarin. »Tja, dann wollen wir mal anfangen mit der Personenbeschreibung, damit wir die Frau zur Fahndung ausschreiben können. Wie sah sie aus?«, wandte sie sich an Dr. Folkerts.

Der zuckte hilflos mit den Schultern. »Ich hab ein hundsmiserables Personengedächtnis. Am besten lassen sie sich die Frau von Schwester Melanie beschreiben, die hat sie länger zu Gesicht bekommen. Ich habe mich hauptsächlich für ihre untere Hälfte interessiert. Woran ich mich allerdings ganz genau erinnere sind ihre dunklen Haare, so dauergewellte, kurz geschnitten. Und sie war dick. Mehr fällt mir nicht ein.«

Adams wandte sich an ihren Assistenten, der sich ihr– wie immer – mit hochnäsigem Blick zuwandte. »Gib eine Suchmeldung für den ganzen Landkreis raus nach einer Frau mit dunklem gelocktem Haar, dick und die – hoffentlich – ein Baby ...«

»Stopp, das geht mir zu schnell. Wir sollten zunächst eine genauere Personenbeschreibung der Frau zusammenstellen, bevor wir eine Suchmeldung rausgeben. Soviel Zeit muss sein«, unterbrach sie die Staatsanwältin.

»So? Meinen Sie?«, erwiderte die Kommissarin mit einem Blick, der auf der Stelle eine Herde Elefanten tot hätte umfallen lassen können. »Wenn Sie alles so genau wissen, wollen Sie sicher hier weitermachen, oder?«, giftete sie die Zicke an.

»Nein, machen Sie nur«, erwiderte die Zapatka, offenbar pikiert.

Adams gab ihrem Assistenten ein Zeichen zu telefonieren. Sein unverschämtes Grinsen ignorierte sie wie stets. Dann wandte sie sich wieder Dr. Folkerts zu, der unter ihrem bitterbösen Blick zusammenzuckte. »Wie lange ist die Frau überhaupt schon weg?«, hakte sie nach.

»Also bemerkt haben wir es vor anderthalb Stunden«, erwiderte Dr. Folkerts nach einem Blick auf seine Armbanduhr. »Da kann sie noch nicht lange weg gewesen sein. Schließlich hat mich Schwester Melanie sofort geholt und ich bin die Treppen nach der Warnung von Kollege Winterstein so schnell runter gerannt wie schon lange nicht mehr.«

»Nun, zu Fuß mit dem Baby kann sie noch nicht allzu weit weg sein. Schließlich hat sie letzte Nacht entbunden. Da dürfte sie nicht die Schnellste sein«, stellte die Kommissarin fest.

Nochmals nickte sie ihrem Assistenten Lemberger auffordernd zu. Bisher hatte er sich nicht vom Fleck gerührt. Diesmal zuckte er nur mit den Schultern und verschwand mit gezücktem Handy auf den Flur. Wenigstens dieser Volltrottel hatte verstanden, wer hier das Sagen hatte. Mal sehen, wie schnell die Zapatka im Kapieren war.

»Weiter, können wir noch mehr über die Frau herausfinden? Wie alt war sie etwa?«

»Die Frau war gewiss nicht mehr jung, sie hatte schon angegrautes Haar, fällt mir gerade ein. Also so einzelne Strähnen waren grau. Einen Ehering hatte sie auch an, daran kann ich mich ganz genau erinnern«, warf Dr. Folkers, stolz auf sein doch noch gutes Gedächtnis, ein.

Dr. Winterstein nickte und zog eine Zeitschrift aus einem Stapel auf seinem Tisch hervor. »Das passt. Vermutlich dauert die Partnerschaft mit dem Kindsvater noch an. So verhält sich das in dreißig bis fünfzig Prozent der Fälle. Siebzig Prozent der Täterinnen sind übrigens Erstgebärende. Vielleicht helfen Ihnen diese Daten bei Ihrer Suche weiter.«

Adams notiert eifrig mit.

»Also können wir davon ausgehen, dass die Frau mit ihrem Ehemann zusammenlebt und wahrscheinlich noch keine Kinder hatte«, fasste die Staatsanwältin das Gehörte zusammen. Das brachte ihr ein erneutes genervtes Stirnrunzeln der Kommissarin ein.

»Richtig«, kam von Dr. Winterstein.

»Falsch«, warf Dr. Folkers ein. »Ich hatte vergessen zu erwähnen, dass die Frau bereits Kinder geboren hat. Das haben wir während der Geburt bemerkt.« Wieder erntete er einen genervten Blick der Kommissarin, die stirnrunzelnd auch diesen Aspekt aufschrieb.

»Fällt Ihnen sonst noch etwas ein, was Sie uns bisher nicht erzählt haben?«, hakte sie nach, ohne von ihrem Notizbuch aufzublicken.

Errötend schüttelte der alte Mediziner den Kopf.

»Jetzt muss ich Sie, Dr. Winterstein, aber nochmals ganz konkret fragen: Wie kommen Sie überhaupt darauf, dass ausgerechnet diese Frau ihr Kind töten oder aussetzen will?«, formulierte die Staatsanwältin den Gedanken, der alle beschäftigte.

Doch Adams hatte die Nase gestrichen voll von diesem Gänschen. Überhaupt war das der Tropfen, der ihr Fass voller Frust seit der Geschichte mit Klaus nun überlaufen ließ. Bevor der Arzt antworten konnte, wandte sie sich mit in die Hüften gestemmten Fäusten zu der Frau um. »Zum letzten Mal, wollen Sie das hier übernehmen oder soll ich das machen? Ich bin gerne bereit, sofort zu verschwinden und in Etzel zu helfen.«

Diese blöde Zicke wurde doch tatsächlich purpurrot, feixte Adams. Sie ließ der Zapatka keine Zeit für eine Erwiderung, sondern wandte sich dem Arzt zu. Mit einem Nicken forderte sie ihn auf, zu antworten.

Nach einem irritierten Blick auf die beiden Frauen antwortete er, als sei nichts geschehen. »Ich habe eine ähnliche Geschichte in meiner Assistenzzeit erlebt. Ein ganz tragischer Fall. Die Frau war Anfang vierzig und hatte bereits drei erwachsene Kinder. Wir, also mein Doktorvater und sein Team, wurden zur Begutachtung hinzugezogen. Ihr ältester Sohn hatte während eines Kurzurlaubs der Eltern, auf der Suche nach einer Pizza im Tiefkühlschrank, zwei tote Babys gefunden.

Der Vater hatte natürlich nichts von der Geburt mitbekommen, obwohl er währenddessen im Wohnzimmer saß. Leider ist das in solchen Fällen typisch, für mich aber absolut unverständlich. Da bringt seine Frau nebenan im Badezimmer ein Baby zur Welt. Das muss seine Zeit gedauert haben und das Reinigen des Bades war sicherlich auch nicht in fünf Minuten erledigt. Und von alldem hat er nichts bemerkt? Unglaublich.

Aber gut, über das Thema habe ich mich oft genug aufgeregt. Schließlich ist es Sache der Gerichte, über die Glaubwürdigkeit solcher Schutzbehauptungen der Männer zu entscheiden.

Erschütternd war die Beschreibung der Frau, als wir sie fragten, wie sie die gesunden Babys ersticken und entsorgen konnte. Sie antwortete: ›Welche Babys? Meinen Sie die Würmer, die aus mir rausgekrochen sind? Die hab ich totgemacht und entsorgt. Meine Babys leben alle noch.‹ Und sie hatte dabei einen Blick, als würde sie von einem Lindwurm reden. Noch in der Erinnerung machte sie eine wegschubsende Geste.«

Entsetztes Schweigen breitete sich aus.

»Was sind das nur für Mütter? Warum machen die das?«, kam vom kopfschüttelnden Dr. Folkerts.

»Es gibt kein isoliertes Motiv und auch keine typische ›Rabenmutter‹, die das macht. Manche von ihnen haben andere Kinder liebevoll großgezogen oder bekommen später Kinder, die sie großziehen.

Die meisten dieser Frauen verdrängen ihre Schwangerschaft aus Angst und Scham vor der Umwelt. Sie fürchten die soziale Ausgrenzung, Armut oder Ablehnung. Sie befinden sich durch die Schwangerschaft in einer für sie schier ausweglosen Situation, auch wenn sie aus scheinbar intakten sozialen Bezügen stammen.«

In diesem Moment ertönten die ersten Klänge von ›Eine kleine Nachtmusik‹ von Mozart. Alle starrten Adams verblüfft an. Die zuckte nur die Schultern, drehte sich weg und nahm missmutig den Anruf entgegen. Der Diensthabende in der Zentrale kicherte schon, bevor er seinen ersten Satz gesprochen hatte.

»Die brauchen deinen Schatz Lemberger in Etzel. Schick den Süßen rüber, mit der Sache wirste ja wohl alleine klarkommen. Anweisung vom Chef.« Mit einem letzten lauten Lacher legte er auf.

Adams spürte die Röte im Gesicht. Ganz heiß wurde ihr vor Wut. Was fiel diesen Nieten bloß ein? Was erlaubten die sich ihr gegenüber? Doch sie schluckte. Die wirkliche Katastrophe würde erst eintreten, wenn irgendeiner hier merken würde, wie nah ihr der Anruf ging. Sie schluckte nochmals, obwohl ihr Mund vor lauter Wut ganz trocken war, und räusperte sich. Dann wandte sie sich ihrem Assistenten zu, der gerade von seinem Telefonat zurückgekommen war. »Du musst nach Etzel, da ist die Hölle los.«

Alle bis auf Lemberger starrten sie entsetzt an. Zuerst fasste sich die Staatsanwältin. »Aber wir müssen doch das Baby finden. Wieso wird er abgezogen?«

Adams sah sie mit hochgezogenen Augenbrauen entnervt an. Die kam ihr gerade recht. »Glauben Sie, ich weiß das nicht? Dummerweise sind Kavernen in Etzel hochgegangen. Die brauchen alles, was Beine hat, um die Menschen dort zu evakuieren.«

Und Beine hat er, auch wenn ihm dafür das Hirn komplett fehlt, dachte Adams.

Insgeheim war sie erleichtert. Dieser muskelbepackte Volltrottel, der für den Titel Mister Ostfriesland bei Bodybuildingwettbewerben kandidiert hatte, trieb sie schier in den Wahnsinn. Alle lachen sich kaputt, wenn sie zusammen die Wache betraten oder verließen. Und dann noch seine unerträgliche Arroganz. Es war einfach nicht auszuhalten mit dem Kerl.

Das Schlimmste jedoch war, dass sie selbst schuld an ihrer Misere war. Wie hatte ihr das nur passieren können? Ihr ganzes Leben lang bis genau vor einem Jahr hatte sie alle zärtlichen Gefühle gemieden wie die Pest. Sie hatte bei ihren Eltern ganz genau miterlebt, wie die ach so tolle Liebe meistens endete: mit Verletzungen der Seele und manchmal auch des Körpers. Schon früh hatte sie trainiert, um ihre Mutter, ihren kleinen Bruder und sich selbst während der Alkoholexzesse ihres Vaters beschützen zu können.

Nein, mit der Liebe wollte Adams nichts zu tun haben. Wenn ihre Klassenkameradinnen über Jungs redeten und dabei glasige Augen bekamen, hatte es sie innerlich nur geschüttelt. Aber auch Mädchen als Freundinnen hatte Adams nie an sich herangelassen. Ihr war die Gefahr zu groß, dass eine mitbekam, was bei ihr zu Hause los war.

Ihren Bruder hatte sie nicht retten können, der war zu schwach und weich gewesen. Dafür hatte ihr Vater zehn Jahre abgesessen. Erschüttert hatte Adams allerdings am meisten, dass ihre Mutter direkt nach der Verurteilung des Vaters ihre große Liebe zu ihm wiederentdeckt hatte. Die dumme Schlampe war einmal die

Woche in die Justizvollzugsanstalt nach Sehnde gefahren und hatte Händchen mit ihm gehalten. Unbegreiflich für Adams. Damals hatte sie den Kontakt zu ihrer ›Familie‹ komplett abgebrochen. Seitdem hatte sie sich völlig alleine durchs Leben geschlagen und war hervorragend damit gefahren. So sollte es auch bleiben.

Früher war sie echt smart gewesen mit ihren durchtrainierten, wenn auch zu kurz geratenen Beinen und dem hennaroten Igelhaarschnitt, der jedem bereits auf große Entfernung signalisierte, sich von ihr fernzuhalten. Niemand hatte sich getraut, sich mit ihr anzulegen. Damals hielten sich selbst die Kollegen bei der Polizei, die sich gerne einen Spaß mit den jungen Kolleginnen erlaubten, bei ihr zurück. Das war auch gut so. Denn Spaß war in ihrem Leben ein Fremdwort und ein Lachen erlaubte sie sich selten. Eisern verfolgte sie ihr Ziel aufzusteigen in den gehobenen Polizeivollzugsdienst bei der Kripo.

So war ihr Leben in erfolgreichen Bahnen in Hannover verlaufen, bis, ja, bis Klaus in ihr Leben getreten war. Weniger in ihres als vielmehr in das der Kriminalkommissarin Adams. Sich einzubilden, dass Klaus ebenso in sie verliebt sein könnte wie sie in ihn, war im Nachhinein lachhaft. Denn er war zwanzig Jahre jünger. Schon bei dem Gedanken an seine Reaktion auf ihren Kuss wurde sie heute noch flammend rot. Ohrfeigen könnte sie sich. Zur Krönung des Desasters hatte er sich bei ihrem Chef darüber beschwert, dass sie ihn sexuell belästigt hätte. Das hätte sie ihm niemals zugetraut.

Natürlich machte die Geschichte blitzartig die Runde im Revier. Wann immer sie die Dienststelle betrat, flogen Küsschen zwischen den Kollegen durch die Luft und schallendes Gelächter brach los. Früher hätten sie sich das niemals getraut. So war das eben, wenn man seinen Schutzpanzer öffnete.

Drei Wochen hatte sie das ausgehalten. Dann hatte sie sich beurlauben und versetzen lassen. In dieses hinterwäldlerische Kaff.

Und nun stellten sie ihr in Wittmund dieses hirnlose Muskelpaket an die Seite und das Gekicher hinter ihrem Rücken begann von Neuem. Dabei war Lemberger schwul. Das sah man doch auf den ersten Blick.

***

Wie kam sie nur auf dem schnellsten Weg nach Hause? Christina irrte durch Wittmund. Ihr war fürchterlich heiß und der Schweiß lief ihr in Sturzbächen den Rücken hinunter. Erst hastete sie durch die Fußgängerzone mit ihren vielen leer stehenden Läden. Aber nur so lange, wie es sich nicht vermeiden ließ. Dann vorbei an der Kirche, da war immer am wenigsten los. Und weiter in Richtung der Metzgerei Janssen.

Endlich kam sie auf dem Karl-Bösch-Platz an und stellte sich verdeckt hinter das öffentliche Pissoir, um im Schatten auszuruhen und zu Atem zu kommen. Vorsichtig sah sie sich um. Niemand zu sehen. Das war zwar beruhigend, brachte Christina aber auch nicht weiter.

Nun zur Mittagszeit brannte die Sonne unerträglich auf den großen freien Platz. Keine noch so kleine

Wolke zeigte sich am stahlblauen Himmel. Selbst der Wind hatte sich gelegt. Das war völlig ungewöhnlich in Ostfriesland. Jetzt wünschte sie sich den sonst so verfluchten kühlenden Wind aus Westen sehnlichst herbei.

Wieder fing der Affe an zu jammern. Das war doch nicht auszuhalten. Gerade drückte sie das Bündel fest an sich, in der Hoffnung, es möge endlich für alle Zeiten aufhören mit dem Gewimmer, als sie es entdeckte.

Sofort hörte Christina auf zu drücken und sah sich noch aufmerksamer um. Da war niemand. Um die Ecke stand ein Fahrrad, das genauso aussah wie ihres. Und das Beste war, es war weder abgeschlossen noch angekettet.

Vorsichtig bewegte sie sich darauf zu. Nun hörte sie es. Aus dem Inneren des Häuschens ertönte das Rauschen der Toilettenspülung. Ohne lange nachzudenken, sprang sie um die Ecke, warf das Bündel unsanft in den Korb am Lenker und stieg in den Sattel. Noch bevor sie richtig saß, trat sie bereits in die Pedale und bewegte sich in Richtung des alten Postamtes. Das laute Schreien hinter sich ignorierte sie einfach.

***

Die kleine drahtige Frau mit dicker Hornbrille und vollgepackten Einkaufstüten, die kurz zuvor aus dem Durchgang zwischen der Fußgängerzone und dem Karl-Bösch-Platz getreten war, wunderte sich noch, wie sich eine so dicke Frau so flink bewegen konnte.

Auch konnte sie sich an eine Art Plastiktüte erinnern, die die Frau lieblos in den Fahrradkorb am Lenker geworfen hatte, wie sie später der Polizei berichtete. Die Eigentümerin des Fahrrades hatte beim Hinterherlaufen keine Chance gehabt.

***

Alle saßen sprachlos vor dem Schreibtisch von Dr. Winterstein, das kleine Mädchen vor Augen, das in höchster Gefahr schwebte.

Es war an der Zeit zu handeln, wie Adams klar wurde. Das war ihr Ding. Sofort sprang sie auf, begleitet von einem weiteren Sirenenkonzert von draußen. An einem solchen Tag konnte sie nicht mit der Unterstützung durch ihre Kollegen, die sie kaum namentlich kannte, rechnen. Dazu schwebten zu viele Menschen wegen der Kavernenkatastrophe in Gefahr. Auch gut, diese Idioten brauchte sie ohnehin nicht.

Natürlich würde man sie, die Neue, garantiert nicht zu dem Katastropheneinsatz hinzuziehen. Sie war die fettansetzende Schlampe aus Hannover, die sich an ihren Assistenten rangeschmissen hatte. So sehr, dass der sich wegen Stalkings beschwert hatte. Das Zunehmen, musste sie sich eingestehen, stimmte. Ihre Übungsstunden im Jiu-Jitsu und das tägliche Joggen hatten sehr unter ihrem neuen Job gelitten, als sie endlich aufgestiegen war. Doch der Rest war völliger Quatsch. Sie hatte nur sehen wollen, ob Klaus zu Hause war. Von ihrem Parkplatz am Straßenrand hatte sie einen sehr guten Blick auf sein Wohnzimmerfenster gehabt, in dem der blaue Schein des Fernsehers zu erkennen war. Während sie das heller und dunkler werdende Schimmern beobachtete, musste sie eingeschlafen sein. Dummerweise hatte er ihren Wagen entdeckt und bemerkt, dass er die ganze Nacht vor seiner Mietwohnung stand. Alles ein blödes Missverständnis.

Obwohl sie das klargestellt hatte, hatte man sie nach ihrem Versetzungsantrag hier auf das flache Land, in die Pampa, geschickt. Das war doch die reinste Strafgarnison.

Noch war ihr unklar, wie sie weitermachen sollte. Alle Kollegen in Wittmund ahnten die Geschichte, wie sie fürchtete. Hinter ihrem Rücken war ein stetes Raunen zu hören, das sofort verstummte, wenn sie sich näherte. Um sie endgültig der Lächerlichkeit preiszugeben, hatte man ihr diesen Lemberger als Assistenten zugewiesen. Immer dieses Lachen und Kichern, wenn sie gemeinsam das Revier verließen. Es war zum Kotzen. Doch noch hoffte sie, dass es allein an dem lustigen Anblick von ihnen beiden lag und nicht daran, dass alle Kollegen die Geschichte aus Hannover kannten.

Doch jetzt musste sie sich zusammenreißen. Schließlich war sie eine gute Kommissarin, die auf dem Weg zur Polizeioberkommissarin gewesen war, bevor sie sich auf ihre alten Tage noch verliebt und damit ihren eigenen Ruin eingeleitet hatte. Und nun stand auch noch der leibhaftige Klaus Bremer in Gestalt dieses Neurologen vor ihr, unglaublich.

All das musste ausgeblendet werden. Es ging um das Leben des Babys und ihr stand lediglich diese viel zu junge, viel zu naive Staatsanwältin zur Seite. Die war garantiert keine große Hilfe.

Adams atmete tief durch. Eigentlich war die Sache ganz nach ihrem Geschmack. Kein Lemberger, der sie behinderte und nervte, und eine Staatsanwältin, durch die sie Rückendeckung hatte. Inzwischen hatte die Zapatka wohl eingesehen, dass sie Adams besser machen ließ und sich raushielt. Da verstand sie überhaupt keinen Spaß. Ihr reichten bereits die überschlauen Herren Kollegen, die alles besser wussten und ihr weismachen wollten, dass sie als Frau für den Job ungeeignet sei.

Und stets fielen sie ihr ins Wort. Adams hasste das wie die Pest. Als ob sie Müll reden würde. Dabei waren es die Kollegen, die bestenfalls Mist herausbrachten, wenn sie das Maul aufmachten.

Ha, und nun hatte es die Zapatka gewagt, sich in ihre Befragung einzumischen. Der hatte sie es gezeigt. Seit einer guten Viertelstunde hatte sie die Klappe gehalten. Gut so, dann waren die Fronten endgültig geklärt.

»Fangen wir an. Wo sind die beiden Rettungsassistenten, die die Frau aufgenommen haben? Vielleicht finden wir sie über den Unfallort von gestern Abend. Von irgendwoher muss sie schließlich gekommen sein. Ziel und Ausgangspunkt könnten die Frau entlarven, sodass wir eine Chance haben, sie aufzuspüren. Lemberger ...« Sie sah sich nach ihrem wie immer unwilligen und mürrischen Assistenten um.

Doch der warf ihr lediglich einen seiner verächtlichen Blicke zu. »Ich muss weg, mich um wichtige Dinge kümmern. Nicht um eine Frau, die freiwillig zusammen mit ihrem Baby aus dem Krankenhaus abgehauen ist.« Mit diesen Worten tippte er an einen imaginären

Hut, drehte sich um und verließ das Zimmer ohne weiteren Gruß.

Alle sahen die Kommissarin erstaunt an. Adams zuckte nur die Schultern. Etwas anderes hatte sie von Lemberger nicht erwartet. Wieder wandte sie sich an Dr. Folkerts. »Können Sie die Kleidung der Frau näher beschreiben?«

Der überforderte und inzwischen völlig verunsicherte Arzt sah sie hilflos an und zuckte die Schultern. »Alles, was ich weiß, habe ich eben schon gesagt. Am besten rufen wir Schwester Melanie zu Hilfe. Die hat noch gute Augen, ein geniales Gedächtnis und außerdem ihre Kleidung im Schrank verstaut. Ich lasse auch gleich die beiden Rettungsassistenten von heute Nacht kommen.«

***

Die herbeigerufene Schwester sprudelte sofort los. »Ich fand die Frau gleich komisch, so, wie die mich angesehen hat. Aber schlimmer noch waren die Blicke, die sie diesem süßen kleinen Mädchen zugeworfen hat. Ich konnte es nicht fassen. Unnormal war das, völlig unnormal.«

Adams unterbrach sie unsanft. »Das wissen wir alles schon. Was wir dringend benötigen, sind Informationen zum Aussehen der Frau, damit wir die an die Fahndung weitergeben können.«

»Okay, okay. Also, die Frau hatte kurze dunkle Haare mit grauen Strähnen dazwischen. Sie sah, glaube ich, älter aus, als sie war. Ich schätze, sie war so zwischen 35 und 40. Ungepflegt, mit ganz einfacher Kleidung:

ausgewaschene Stretchhose in Dunkelblau, der Bund war aufgeschnitten. Hat sie wohl gemacht, als der Bauch zu dick wurde. Ihre Kleidergröße war laut Etikett 46, sie war also bereits vor der Schwangerschaft dick. Dazu trug sie eine bunte Bluse, die den Umfang eines Zeltes hatte. Und Crocs in Pink«, schob sie nach einem Augenblick hinterher.

»Welche Farbe hatte die Bluse?«, hakte Adams nach.

»Die war ganz bunt, hauptsächlich aber blau«, kam es wie aus der Pistole geschossen von der Krankenschwester. Sie schien absolut überzeugt von ihrer Beschreibung. Doch Adams wusste aus ihrer langjährigen Erfahrung, wie sehr das Erinnerungsvermögen Zeugen einen Streich spielen konnte. Unzählige Male hatten sie überlebensnotwendige Zeit verloren, weil sie nach einer falschen Beschreibung fahndeten. Also drehte sie sich zu Dr. Folkerts um. »Stimmt das in etwa mit Ihrer Erinnerung überein?«

Hilflos zuckte der Arzt seine Schultern. Die Kommissarin nahm überdeutlich die dicken Brillengläser des alten Arztes wahr. Besser, sie würde die Rettungsassistenten dazu befragen. Das waren in der Regel junge Leute, die noch bessere Augen hatten.

In diesem Moment betraten zwei bullig gebaute junge Männer, ganz in Weiß gekleidet, das Zimmer.

***

Dr. Peter Winterstein betrachtete derweil die junge Staatsanwältin, die seit einer Viertelstunde immer blasser geworden war, aufmerksam. Nun, nach dem Aufstehen, wurde ihr Gesicht kalkweiß. Sie klammerte sich an das Fensterbrett. Außer ihm war das niemandem im Raum aufgefallen. Schon gar nicht dieser rüpelhaften Kommissarin, die ständig über die Staatsanwältin hergefallen war wie ein Bluthund und jetzt die Rettungssanitäter ausquetschte. Dr. Folkers saß zusammengesunken auf seinem Stuhl, tief versunken in sein Selbstmitleid.

»Fehlt Ihnen etwas?«, sprach er die hübsche junge Frau leise an.

Die schüttelte energisch den Kopf, was sie noch blasser werden ließ.

»Kommen Sie mit.« Mit diesen Worten zog er die Staatsanwältin aus dem Zimmer in die kleine Teeküche für Angestellte auf der anderen Seite des Ganges. Dort angekommen, bugsierte er sie auf einen Stuhl und reichte ihr ein Glas kaltes Wasser, das sie so gierig austrank wie eine Verdurstende.

»Das war gut, vielen Dank«, brachte sie verlegen hervor. Ihre Wangen röteten sich leicht. Prächtig, dann ging es ihr schon besser.

»Kann ich Ihnen helfen?«, hakte er erneut nach. Vielleicht lag es nur an dieser Wahnsinnshitze, aber auf dem kurzen Weg über den schmalen Flur hatte sie geschwankt und wäre gefallen, hätte er sie nicht untergehakt.

»Nein, nein, alles in Ordnung, es wurde mir nur zu warm«, antwortete sie mit noch immer auf den Boden gesenktem Blick.

»Ich muss zurück. Wir müssen es schaffen, das Baby zu retten, wir haben keine Zeit.« Mit diesen Worten stand sie auf. Doch schon beim ersten Schritt in Richtung Tür fing sie wieder an zu schlingern« wie ein Matrose auf Landgang nach einem halben Jahr auf See. Hätte er sie nicht aufgefangen, wäre sie zu Boden gestürzt. Erschrocken half er ihr zurück auf den Stuhl. »Was ist los?«

»Könnten Sie mir bitte meine Handtasche holen? Ich hab sie drüben neben meinem Stuhl stehen lassen. Ich möchte nicht, dass mich irgendjemand so sieht«, kam es von der jungen Frau, die sich eine Hand vor die Augen hielt. Ohne ein weiteres Wort sprang er auf und eilte in sein Zimmer.

Die Kommissarin sah ihn erstaunt mit hochgezogenen Augenbrauen an. Natürlich hatte sie trotz der Ablenkung durch die Zeugenvernehmung bemerkt, dass er mit der Staatsanwältin in ein anderes Zimmer gegangen war.

»Die Wärme«, flüsterte er der Kommissarin vielsagend zu und eilte zurück in die Küche. Dabei bemerkte er das süffisante Grinsen der Adams. Komische Frau, schoss ihm durch den Kopf. Sollte sie doch grinsen, wen interessierte das schon.

Sofort kramte die junge Frau in ihrer übergroßen Handtasche und nahm zwei Tabletten ein, nachdem sie die Packungen gefunden hatte. Er konnte ihr gerade noch ein neues Glas Wasser reichen. Sofort entspannte sich ihr Gesicht.

»Hat irgendjemand was gemerkt?«, fragte sie unsicher, jedoch bereits mit vollerer Stimme.

»Natürlich hat die Adams uns erwischt bei unserem kleinen Tête-à-Tête. Aber ich habe was von Hitze gesagt und da hat sie verständnisvoll genickt.« Ohne einen

Hauch schlechten Gewissens überging er Adams Reaktion. Die wollte er der jungen Staatsanwältin in dieser Situation nicht zumuten. »Außerdem ist sie noch mit der Vernehmung der beiden Rettungssanitäter beschäftigt. Das wird noch dauern. So lange können Sie ohnehin nichts machen.«

»Vielen Dank«, erwiderte Leyla Zapatka, deren Gesicht wieder ihre normale Hautfarbe, ein helles Bronzebraun, angenommen hatte.

»Was ist los mit Ihnen? Mir können Sie alles erzählen, schließlich bin ich Arzt und ebenso wie Sie zur Verschwiegenheit verpflichtet. Vielleicht kann ich Ihnen helfen.«

»Helfen? Mir? Nein, helfen kann mir keiner. Aber es ist nicht so schlimm. Ich habe mich nur immer noch nicht an die neuen – Umstände«, bei diesem Wort zögerte sie, »gewöhnt.«

»Welche Umstände?« Er konnte sich die Frage nicht verkneifen. Einen Moment lang sah ihm die Staatsanwältin ernst und tief in die Augen, so, als wollte sie abschätzen, ob sie ihm vertrauen könnte. Offenbar beruhigte sie, was in ihnen zu sehen war. Sie entspannte sich, doch sein Innerstes war soeben in Flammen aufgegangen. Was für Augen: katzengrün, leicht schräg und klug, eine göttliche Mischung.

»Zu Anfang hab ich die Veränderung überhaupt nicht wahrgenommen.« Sie holte tief Luft. »Meine plötzlichen Stürze schrieb ich zu Beginn meiner Trampelhaftigkeit zu, die mich schon früher in die kuriosesten Situationen gebracht hat. Doch irgendwann konnte ich nicht mehr ignorieren, dass sie zu häufig wurden, selbst für mich.« Ein selbstironisches Grinsen zog sich über ihr hübsches Gesicht. »Erst dachte ich, mein zu niedriger Blutdruck sei schuld daran, und ließ mich von einem Kardiologen auf den Kopf stellen. Das war es nicht.

Dann stellte mein Hausarzt die Vermutung auf, die Stürze könnten von einem eingeklemmten Nerv im Rücken kommen. Also ging ich zu einem Neurologen. Das wars aber auch nicht.

Schließlich vervielfältigte sich der Pfeifton in meinen Ohren und schloss sich mit anderen, neuen Tönen zu einem Orchester zusammen. Dafür wurde die Sprache der Menschen um mich herum unklarer und leiser. Also bin ich zu einem Ohrenarzt gegangen. Bingo! Die Diagnose: Morbus Meniere, Heilungschancen minimal. Nur verbesserbar mit Hörgeräten, die auch den Tinnitus übertönen sollen. Und gegen den Schwindel, der mich zum Stürzen bringt, hat er mir ein Mittelchen verschrieben. Schlimmstenfalls kann man später das Gleichgewichtsorgan ausschalten, indem man den Gleichgewichtsnerv durchtrennt. Lustig, was?

Zumindest könnte ich dann gefahrlos alleine einkaufen gehen, versprach mir der Arzt.« Wieder unterbrach sie ihre Schilderung. Er erhaschte einen kurzen Blick in ihre Augen, die verdächtig glitzerten. Doch sie drehte sich abrupt um und stellte umständlich das leere Glas auf die Arbeitsplatte der Küche. Als sie sich zurückdrehte, war das Glitzern verschwunden.

Was für eine Frau, schoss ihm durch den Kopf. Ohne vorher zu überlegen, ergriff er ihre Hand und drückte sie leicht zum Trost. Nach einem kurzen Zucken beließ sie es dabei. Auf die verschlungenen Hände starrend fuhr sie fort.

»Zuerst war ich geschockt und wusste nicht weiter. Das war vor drei Monaten und ich hatte gerade erst bei der Staatsanwaltschaft angefangen. Mein Traumberuf! Aber wie sollte das funktionieren?« Sie seufzte tief. »Tja, dann bin ich also mit meiner Verordnung zum Akustiker. Alle haben mir versichert, dass ich mit den Hörgeräten wunderbar zurechtkommen würde. Kein Mensch könnte sie sehen, alles wäre in bester Ordnung.« Bitter lachte sie auf. »Alles wieder in Ordnung, dass ich nicht lache. Seit acht Wochen versuchen wir, Geräte zu finden, die bei mir das Hören verbessern. Aber bei allen wird nur die Sprache verzerrt und die Umgebungsgeräusche werden überlaut. Andauernd muss ich die Testgeräte ausschalten, weil ich den Lärm nicht ertrage.« Sie holte tief Luft. »Morbus Meniere, eine Tante meines Vaters hatte das auch vor 20 Jahren. Damals hieß es, Vorsicht, da kommt die Falltante, die mit dem Morbus Min Herr. Und das bin jetzt ich: Die Falltante. Man hat mir geraten, immer einen Zettel bei mir zu tragen, dass ich nicht betrunken bin, wenn ich auf der Straße umkippe, sondern an Morbus Meniere leide.«

Sie sah ihm direkt in die Augen. »Können Sie sich das vorstellen? In einer Gerichtsverhandlung falle ich um und verlange einen Arzt?« In der Aufregung hatte sie ihre zweite Hand auf seine Hand gelegt und aufgeblickt. Dadurch geriet ihr Gesicht in erreichbare Nähe. Winterstein konnte sich kaum zurückhalten, zu gerne hätte er diesen Mund geküsst. Diese Frau tröstend in den Arm genommen, vor der ganzen Welt beschützt. Er beugte sich leicht vor, kam ihr noch näher.

Genau in diesem Moment wurde die Tür aufgerissen und Adams stand wie eine Rachegöttin im Türrahmen. Bei dem Anblick der beiden verzog sie das Gesicht zu einem hämischen Grinsen. »Ach, ich störe wohl. Sorry. Aber wenn Sie«, sie wies mit dem Kopf abfällig auf Zapatka, »hier fertig sind«, Adams schaffte es tatsächlich, die Worte anzüglich klingen zu lassen, »könnten Sie vielleicht freundlicherweise rauskommen und sich anhören, was die beiden Rettungssanitäter zu sagen haben.«

Schon hatte sie sich wieder umgedreht und war verschwunden.

Leyla Zapatka stöhnte auf und Dr. Winterstein sah, dass sie flammend rot geworden war.

»Was ist das nur für eine komische Frau? Haben Sie ein Problem mit ihr? Warum greift die Sie ständig an?«

Die Staatsanwältin schüttelte den Kopf und erhob sich. »Ich habe nicht die geringste Ahnung. Ich habe sie eben erst kennengelernt. Ich verstehe das auch nicht. Aber egal. Lassen Sie uns weitermachen. Damit zumindest hat sie recht. Es geht hier schließlich nicht um mich, sondern um ein Baby. Lassen Sie uns rübergehen, mir geht es schon viel besser. Ich habe genug Lebenszeit mit meinem Gejammer vergeudet. Es hilft ja doch nichts.«

Schon auf dem Weg zur Tür drehte sie sich nochmals zu ihm um. »Danke für Ihre Zeit und Ihr Mitempfinden. Zum ersten Mal habe ich einem Fremden mein Problem gestanden. Es war gar nicht so schlimm wie ich immer dachte und nun fühle ich mich gleich viel besser. Danke!« Dabei warf sie ihm ein strahlendes Lächeln zu.

Die Flammen loderten noch heller und heißer, sodass der große Klumpen in seiner Brust, der dort seit zwei Jahren den Bereich des Herzens darstellte, anfing zu schmelzen.

***

Offenbar löste die Schwangerschaft verstärkt Morbus Meniere-Anfälle aus. Dass sie zwei an einem Tag hatte, war neu und beunruhigte Leyla. Sie betrat das Arztzimmer von Dr. Winterstein.

Selten im Leben hatte sie einen warmherzigeren und verständnisvolleren Menschen kennengelernt. Trotzdem hatte sie es nicht über sich gebracht, ihm auch noch von ihrer Schwangerschaft und der geplanten Abtreibung, geschweige denn von Stefans Verrat zu erzählen.

Ein Abtreibungstermin, während sie versuchte, einem anderen Baby das Leben zu retten. Eine perverse Situation. Mitleid in den Augen dieses freundlichen Menschen zu erkennen, hätte sie nicht ertragen. Viel zu viel hatte sie ihm bereits erzählt. Aber es hatte ihr gutgetan. Endlich das auszusprechen, was sie die ganze Zeit wie eine zentnerschwere Last niedergedrückt hatte.

Bisher hatte sie lediglich mit Stefan darüber sprechen können. Familie hatte sie keine mehr. Der war jedoch von dem Thema peinlich berührt gewesen. Anders ließ sich seine Reaktion nicht beschreiben. Leyla wusste nicht, warum. Doch diese Haltung machte ihr das Klarkommen mit ihrer Krankheit noch schwerer. Dass jemand wegen ihr peinlich berührt sein könnte, wäre ihr im ganzen Leben nicht in den Sinn gekommen und kränkte sie ungemein.

Und dann dieser Morgen. Allein der Gedanke an Stefan versetzte ihr einen solch gewaltigen Stich, dass ihr wieder schwindelig wurde.

Nicht nachdenken, wegschieben. Im Moment zählte allein das hilflose Baby. Plötzlich wurde ihr klar, dass es ihr nicht nur um das geborene ging, sondern auch um das werdende in ihrem eigenen Leib. Ein Leben, dessen Ende bereits terminiert war.

Sie wurde von Kommissarin Adams aus diesen Gedanken gerissen, die sie wohl schon mehrfach angesprochen hatte. Leyla schüttelte benommen den Kopf. »Was haben Sie gesagt?« Die Antwort drang einfach nicht durch die vielen verschiedenen Tinnitustöne, die mit dem Schwindel eingesetzt hatten.

»Was sagten Sie?«, wiederholte sie deshalb.

»Sie haben mich schon richtig verstanden«, giftete Adams gleich wieder los. Doch Leyla zuckte hilflos die Schultern. Wie hasste sie diese neue Schwäche. »Nein, habe ich nicht, sorry. Also: Was haben Sie gesagt?«

»Ich habe gefragt, ob Sie sich gut erholt haben. Und dann wollte ich Ihnen nebenbei berichten, was die Befragung ergeben hat. Interessieren Sie sich noch dafür? Oder soll ich alleine weitermachen?«

Leyla brannte innerlich vor Wut, aber auch vor Scham. Was war nur mit dieser Kommissarin los? Noch nie war ihr so etwas passiert. Stets war man ihr halbwegs nett oder zumindest höflich entgegengekommen. Diese Frau führte sich schlimmer auf als alle Richter zusammen, die Leyla immer wieder spüren ließen, dass sie zu zart und weiblich für solch einen harten Job sei. Als lebten sie noch im Mittelalter. Lächerlich! Und nun führte sich eine andere Frau genauso auf wie diese Dinosaurier. Unglaublich!

Normalerweise würde sie sich das nicht bieten lassen, würde die Frau mit wenigen Worten in der Luft zerreißen. Doch fehlte ihr im Moment die Kraft für eine solche Auseinandersetzung. Das musste warten, bis sie sich erholt hatte.

»Selbstverständlich möchte ich wissen, was sich ergeben hat. Also?«

»Herr Larrson«, mit dem Kopf deutete Adams auf den größeren der beiden Rettungssanitäter, »hat mir die Stelle beschrieben, wo sie die Frau gefunden haben. Er hat auf einem Zettel den Namen des Zeugen, der die Notfallrettung gerufen hat. Er gab an, nichts zu wissen. Aber wir sollten trotzdem noch mal mit ihm reden und uns die Stelle ansehen. Er wohnt dort in der Nähe und soll nach eigenem Bekunden heute zu Hause sein.

Die beiden hier haben keine Ahnung, woher die Frau kam oder wohin sie wollte. Der Zeuge kannte sie ebenfalls nicht, wie er den beiden erzählte. Die Kleidung und das Aussehen der Frau haben sie bestätigt und ich werde das jetzt an alle Streifenwagen weitergeben – es sei denn, Sie haben wieder etwas einzuwenden.« Leyla erntete einen weiteren beleidigenden Blick.

»Viel bringen wird das nicht, weil im Moment alle Streifenwagen in Richtung Etzel unterwegs sind«, fuhr die Adams fort. »Aber vielleicht entdeckt einer was zufällig. Wir sollten überlegen, ob wir eine Suchmeldung über Rundfunk und Fernsehen rausgeben. Oder ist es dafür noch zu früh? Sind wir sicher, dass das Baby in

Gefahr ist, oder riskieren wir, eine unschuldige Mutter zu jagen?«

Leyla drehte sich zu Dr. Winterstein um und sah ihm Erkenntnis suchend in die Augen. Sie verstand. Dann nickte sie und wandte sich der Kommissarin zu. »Das müssen wir riskieren. Lieber sich lächerlich machen und eine Unschuldige verfolgen, als ein totes Kind riskieren. Ich übernehme die Verantwortung.«

»Wie Sie meinen«, erwiderte Adams mit einer vor Spott triefenden Stimme, die Leyla erneut aufhorchen ließ.

»Wollen Sie mit zu der Auffindstelle? Ich habe auf Sie gewartet. Hoffentlich haben wir deswegen nicht überlebensnotwendige Zeit für das Kind verloren.«

Leyla zuckte zusammen. Leicht errötend presste sie zwischen den zusammengekniffenen Lippen durch: »Mir ging es nicht gut.«

Vielsagend in Richtung Dr. Winterstein nickend, kam von Adams: »Aha, na hoffentlich muss das Baby nicht den Preis für Ihre ...«, sie stockte süffisant grinsend, »... Schwäche zahlen.«

Mit diesen Worten wandte sie sich ab und ließ eine verzweifelte Leyla zurück, die sich für ihre Schwäche noch mehr hasste. Diese verfluchte Erkrankung und dann auch noch die Schwangerschaft. Und das in einem Fall, in dem die Uhr tickte. Sie konnte nur hoffen, dass die letzte halbe Stunde nicht einen anderen Menschen das Leben kosten würde.

Leyla fühlte sich noch elender.

***

Dr. Winterstein hatte die kurze Auseinandersetzung mitbekommen. Gerade wollte er klarstellen, dass es sich nicht um eine kleine Schwäche gehandelt hatte, als ihn Leylas Blick zum Schweigen brachte. Sie war wieder blass, diesmal aber wohl nicht wegen eines Schwindelanfalls. Hilflos zuckte er die Schultern. Doch Zapatkas gebieterischer Blick ließ ihn verstummen.

»Können wir uns später nochmals an Sie wenden? Vielleicht brauchen wir Ihre fachkundige Unterstützung, um die Frau zu finden.«

Er nickte wortlos.

Kapitel 3

26. Mai 2009, 13.30 Uhr bis 18 Uhr

Alle verfügbaren Feuerwehren aus dem Landkreis Wittmund, aber auch aus Wilhelmshaven und Oldenburg bekämpfen vor allem die Hitze. Damit soll verhindert werden, dass weitere Erdgaskavernen undicht werden, weil ihre Stutzen schmelzen.

Die Feuerwehrmänner müssen in ihren karmesinroten Schutzanzügen und mit Atemschutzgeräten arbeiten, weil zu diesem Zeitpunkt niemand weiß, ob die Erdgasleitung aus Russland und das Ansatzrohrstück zur Filteranlage standhalten werden. Das macht die Arbeit bei diesen Außentemperaturen, es sind mittlerweile 27 Grad Lufttemperatur, schier unerträglich.

Da das Löschwasser schnell knapp wird, greift die Feuerwehr auf die Nordseesole, die zum Ausspülen der Kavernen verwendet wird, zurück.

Die toten Kühe beunruhigen auch die Einsatzleitung zutiefst. Ob sie wegen freigesetztem Schwefelstoff, der Hitze oder der Explosionen gestorben sind, kann man nicht feststellen. Möglich ist alles. Blut ist nicht zu sehen.

Die Polizei versucht weiterhin mit Hilfe einer Einheit der Richthofen-Kaserne in Wittmund, die Einwohner zu evakuieren. Doch die Ausfallstraßen sind noch immer teilweise von liegen gebliebenen oder verunglückten Fahrzeugen blockiert.

Deswegen führen Bundeswehrsoldaten die entsetzten und hilflosen Menschen zu ihren Allrad-Mannschaftswagen. Mit diesen werden sie über Feldwege zu den nächsten freien Straßen gebracht, wo sie in wartende Busse umsteigen können. Von dort werden sie in die Kaserne nach Wittmund transportiert, wo eine Notunterkunft errichtet wurde.

Keiner hat den Überblick, wie viele Menschen sich noch in den umliegenden Häusern versteckt halten, weil sie entweder ihre Haustiere nicht alleine zurücklassen oder ihr Eigentum vor Plünderern schützen wollen. Noch haben nicht alle den Ernst der Lage verstanden.

Die Autobahn 29 zwischen Oldenburg und Wilhelmshaven ist in beide Richtungen gesperrt. Gödens und Zetel, die ebenfalls östlich des Infernos liegen, werden ebenfalls geräumt. Die Einsatzleitung für den Katastrophenschutz beim Landkreis Wittmund diskutiert die Frage, ob eine Evakuierung von Wilhelmshaven erforderlich ist. Das hängt alleine davon ab, ob der ungewöhnlich leichte Westwind auf Südwest dreht. Eine Prognose darüber trauen sich weder der Deutsche Wetterdienst in Offenbach noch der Geoinformationsdienst der Bundeswehr zu, da die Windrichtung von zu vielen Faktoren abhängt und wenige Gradzahlen darüber entscheiden, ob Wilhelmshaven betroffen sein wird. Die derzeitige Sperrung der Autobahn in Richtung Süden würde dazu führen, dass die Wilhelmshavener nur noch in Richtung Westen fliehen könnten,

Adams war genervt von dieser viel zu jungen, viel zu dünnen und vor allem viel zu unerfahrenen Schnepfe, die sie ihr als Staatsanwältin an die Seite gestellt hatten. Ausgerechnet ihr! Was bildete sich diese Zicke ein? Nur weil sie auf Kosten ihrer Eltern studiert hatte, wagte sie es, sich als Blaustrumpf in Adams Ermittlung reinzuhängen. Erst Lemberger und nun auch noch die Zapatka. Womit hatte sie das bloß verdient?

Dieses Häschen, das nichts Besseres zu tun hatte, als sich dem jungen Arzt, der wie Klaus aussah, an den Hals zu werfen. Und der reagierte auch noch darauf.

Sie hatte sehr wohl mitbekommen, dass Dr. Winterstein verliebte Blicke in Richtung dieser Kostümfrau geworfen hatte. Sich einen flotten Arzt zu angeln, statt das Kind zu suchen. Das passte zu der. Es war zum Kotzen.

Wie hatte sie sich nach einem solchen Blick von Klaus gesehnt. Doch der hatte sie fertiggemacht. Diesem Weibchen würde sie die Freude an den Blicken von Dr. Winterstein verderben.

Leider hatte sich die Zapatka nicht auf ein kleines Wortgefecht mit ihr eingelassen. Nur blöde angestarrt hatte die sie. Rumgestammelt und »was, was« gefragt. Klar, was gab es da für eine Entschuldigung. Sie selbst hatte trotz aller Verliebtheit niemals die Arbeit vernachlässigt. Wenigstens diese Blöße hatte sie sich nicht gegeben, im Gegensatz zur Zapatka. Das würde sie dieser Möchtegern-Staatsanwältin schon noch klarmachen.

Und dann noch diese dümmliche Ausrede für das Techtelmechtel. Ha, wer sollte den Mist von der Hitze glauben. Wenn man natürlich so eitel war, an einem solch heißen Tag ein dickes Kostüm anzuziehen, war man selber schuld. Mal sehen, wie lange die Staatsanwältin in der Aufmachung echte Knochenarbeit durchstand.

Und dann war sie ihr, Adams, auch noch ins Wort gefallen. Ausgerechnet ihr! Die hatte offenbar noch nicht mitbekommen, dass sie als Polizistin nicht mehr nur eine einfache Hilfsbeamtin der Staatsanwaltschaft war. Adams hatte viel größere Erfahrung in solchen Ermittlungsverfahren als die Zapatka. Ihr einfach so ins

Wort zu fallen in Gegenwart von Dr. Winterstein. Natürlich wollte sie sich aufspielen.

Dabei hatte Adams die Nase bereits gestrichen voll von ihren Kollegen und Vorgesetzten, die sie niemals ausreden ließen. Immer hielten sie sich für klüger. Sie konnte nicht mehr zählen, wie oft man sie bei einer Vernehmung unterbrochen hatte, nur um viel dümmere Fragen zu stellen. Mit der Zeit hatte sie den Spieß umzudrehen verstanden und fiel nun den anderen ins Wort. Das brachte ihr zwar böse Blicke ein, das scherte sie jedoch wenig.

Und nun wagte es diese jungsche Staatsanwältin, ihr ins Wort zu fallen. Das würde sie ihr ganz schnell austreiben.

***

Bevor sie das Krankenhaus verließen, hatte Leyla Dr. Folkers noch gefragt, wie lange das unversorgte Baby überleben könnte.

»Nun ja«, war seine Antwort gewesen, »die Kleine hat bei der Geburt rund 2500 Gramm gewogen. Sie ist ein zierliches Kind. Am ersten Lebenstag brauchen Babys etwa 150 Milliliter Flüssigkeit und das verteilt auf alle vier Stunden. Natürlich braucht sie bei der Hitze heute mehr. Ich hoffe, dass sie ein paar Stunden durchhält, wie viele, kann Ihnen niemand sagen. Viel Zeit bleibt jedenfalls nicht.«

Ohne weiteren Kommentar drehte sich Leyla nach einem kurzen Blick auf ihre Uhr um und rannte die Treppe runter zum Ausgang, dicht gefolgt von Adams.

»Jetzt haben Sie es auf einmal eilig«, kam es bissig von der hinter Leyla herhechelnden Kommissarin. Doch Leyla ließ sich nicht mehr beirren.

Als sie zum Hauptportal hinaus waren, übernahm Adams die Führung zu einem älteren, schwarzen Opel Insigna, der unter den Bäumen verboten, dafür aber im Schatten, geparkt war.

Leyla atmete erleichtert auf. Noch ein Hitzebad in ihrem eigenen überhitzten Golf und sie würde schlappmachen. Aber solch eine Blöße würde sie sich gegenüber dieser fürchterlichen Frau bestimmt nicht geben. Mit ihrer viel zu lauten Stimme, die trotzdem für Leyla akustisch nicht zu verstehen war, versuchte die andauernd, sie vorzuführen. Wenn Leyla doch nur nicht so geschwächt wäre.

Absolut passend zu ihrer Art setzte die Adams sofort in Kojakmanier ein Magnetblaulicht auf das Wagendach. Kaum saß Leyla, raste Adams los in Richtung Jever. Die Fahrt wurde jedoch bereits an der Ortsausfahrt von Wittmund abrupt gestoppt. Eine lange Fahrzeugkolonne schlich aus Friedeburg in Richtung Innenstadt. Offenbar versuchten die Leute aus der Nachbarschaft des Kavernenfeldes in Etzel hierher zu entkommen. Mit einem Schlag wurde die große Gefahr, die von den Kavernen ausging, fassbar.

Leyla sah Kommissarin Adams fragend an. Die zuckte die Schultern. »Ich weiß auch nicht mehr, als ich berichtet habe. Wie es aussieht, wird uns die Suche nach der Frau nicht gerade erleichtert.«

Ein BMW Fahrer ließ sie durch. Das Blaulicht wirkte. Nach nur wenigen Kilometern fuhr Adams an den Fahrbahnrand und stieg aus. Leyla tat es ihr nach und warf einen Blick in die Runde, um sich zu orientieren. Auf dieser Straße in Richtung Osten waren nur wenige Fahrzeuge unterwegs, alle bogen vorher ab in Richtung einer weißen Fabrik, bei der es sich laut Aussage der Adams um Rehau handelte.

Der Fahrradweg lag auf ihrer Straßenseite in Fahrtrichtung Jever. Er war von der Straße lediglich durch einen schmalen Grünstreifen und eine Leitplanke getrennt. Ein paar hundert Meter weiter entdeckte Leyla ein Holzhaus im Schwedenstil auf freier Flur. Sonst war da nichts.

Doch halt, gegenüber des einsamen Schwedenhauses befand sich zurückgesetzt und gut verborgen durch mächtige alte Bäume ein riesengroßes Anwesen. Das musste ein alter Gulfhof sein bei dem imposanten Dach, das es besaß.

Diese alten Höfe waren Leyla sofort nach ihrem Umzug nach Ostfriesland aufgefallen. Bei vielen waren die Dächer über den Stallteilen teilweise oder komplett eingesackt. Nur über den im Verhältnis zum Stall deutlich kleineren Wohntrakten wurden sie instand gehalten. Statt die Stalldächer zu reparieren, wurden neue, riesige Plastikställe errichtet, funktional mit kompletter Fütterungsanlage. Schrecklich unpassend in dieser wunderschönen Landschaft, fand Leyla.

Sie sah sich nach der Kommissarin um. Die hockte am Rand des Radweges und untersuchte ein altes blaues Fahrrad mit verbogenem Vorderreifen, das halb im Graben lag.

Langsam erhob sie sich. »Das muss die Stelle sein, an der die Frau gefunden wurde. Viel gibt es nicht zu sehen. Vor allem kann ich nicht erkennen, aus welcher

Richtung die Frau kam oder wohin sie unterwegs war. Schade. Aber irgendjemand muss das Fahrrad bewegt haben, wahrscheinlich um den Weg für andere freizumachen. Nichts zu machen. Fahren wir weiter zu dem Zeugen. Vielleicht weiß er mehr.«

Die Kommissarin warf einen Blick zurück in Richtung Wittmund. »Unter normalen Umständen würde ich eine Streife nach Rehau schicken, um nachzufragen, ob die Frau von dort gekommen sein könnte. Die arbeiten in Schicht.« Adams seufzte. »Dann werden wir wohl später selber hingehen müssen.«

Zunächst fuhren sie weiter in Richtung Jever. Elo Harms wohnte in dem alten Schwedenhaus direkt an der Bundesstraße, das Leyla zuvor entdeckt hatte. Sie fanden kaum einen Parkplatz auf dem zugemüllten Grundstück. Neben abgewrackten Kleinwagen und alten Lieferwagen fand sich noch eine stattliche Sammlung ausrangierter Wohnwagen. Daneben verfaulte klein gehacktes Holz neben lieblos gestapelten Autoreifen.

Aus der Nähe betrachtet befand sich auch das Holzhaus in einem desolaten Zustand. Dort, wo das Holz den Boden berührte, hatte es angefangen zu modern. Da half auch der stümperhaft aufgetragene ochsenblutrote Farbanstrich nicht mehr. Er platzte bereits wieder ab.

Zunächst reagierte niemand auf das Klingeln. Erst nachdem Adams mit der Faust gegen die Haustür bollerte, wurde sie einen Spalt geöffnet. Kaum war die Tür eine Handbreit offen, huschte ein dunkler Schatten an Leylas Beinen vorbei und verschwand in Richtung Straße. Sofort wurde die Haustür weit aufgerissen und ein Mann in langen Unterhosen und Unterhemd stürzte durch die Tür, schubste Adams rüde beiseite und hastete dem Schemen nach.

Wie ein Verrückter sprang der Mann im Vorgarten hinter der kleinen grauen Katze her, die regelrecht Luftsprünge machte, um seinen zugreifenden Händen zu entkommen. Offensichtlich hatten sie das Spielchen bereits öfter betrieben, denn schon bald ließ sich die Katze einfangen und auf dem Arm des Mannes liebevoll kraulen. Langsam kam er schnaufend zurück zum Haus.

»Hätten Sie Lottchen nicht halten können?«, fauchte er Adams an. »Sie hätte überfahren werden können. Dann wären Sie schuld gewesen.«

»Aber hallo«, erwiderte die. »Was kann ich dafür, dass Ihre Katze abhaut? Übrigens, Adams, Kripo Wittmund. Haben Sie einen Moment Zeit? Es geht um die Frau, die Sie heute Nacht gefunden haben.«

Mürrisch winkte der Mann sie ins Haus, das erbärmlich nach Katzenurin stank. Leyla wurde speiübel. Vorsichtig atmete sie durch den Mund, um dem Brechreiz, der sie bereits würgte, zu entgehen.

Im Wohnzimmer tummelten sich noch jede Menge weiterer Katzen in allen Farben und Musterungen. Leyla und Adams zogen es vor, sich nicht zu setzen, während der Mann auf dem Sofa Platz nahm. Sofort gesellte sich ein kleiner Tiger zu ihm.

»Und ich dachte schon, Sie hätten endlich den Schweinehund gefasst, der meinen kleinen Mohrle letzte Woche auf dieser verfluchten Rennstrecke da draußen totgefahren hat. Aber der ist ja nicht wichtig genug für Sie. Dabei war es schon meine vierte Katze, die es erwischt hat. Ich habe bereits drei Briefe an den Bürgermeister geschrieben, damit die hier vor meinem Haus endlich eine Geschwindigkeitsbegrenzung machen. Aber denken Sie, die würden reagieren? Natürlich nicht. Wofür zahle ich verdammt noch mal eigentlich Steuern?«

Adams hatte größte Mühe, den Mann auf ihr Thema zurückzubringen. Viel wusste er allerdings nicht zu berichten. Er sei leicht angesäuselt gegen elf Uhr nachts mit dem Fahrrad auf dem Heimweg gewesen. Fast wäre er selbst vor Schreck gestürzt, als er die Frau da auf dem Radweg liegen sah. »Ich dachte schon, die wäre tot, so, wie die dalag.«

Er habe keine Ahnung, aus welcher Richtung die Frau gekommen sei oder wohin sie unterwegs war. Das Rad habe quer über dem Weg gelegen, der Lenker zwar halb in Richtung Wittmund gedreht, eindeutig sei das jedoch nicht gewesen.

Ja, er sei öfter nachts auf dem Weg unterwegs, und nein, er habe die Frau noch nie gesehen.

»Die Einzigen, die mir um diese Zeit nachts begegnen, sind Männer auf dem Heimweg nach der Kneipe oder Pflegerinnen aus dem Altenheim gegenüber. Bis die die Alten drüben in den Kisten haben, wird es schon mal später. Aber diese Frau hab ich noch nie gesehen. Fragen Sie doch mal bei den Münkenwarfs aus dem Altenheim nach.«

Gerade als sie in den Wagen einsteigen wollten, rief Elo Harms sie nochmals zurück.

»Vielleicht sollten Sie auch noch Enno Tapper fragen. Der kam dazu, als ich auf den Krankenwagen wartete. Hat sich dann aber verdrückt, bevor die Polizei da war.

Hatte wohl keine Lust, auf die zu warten. Hatte auch ordentlich getankt und brauchte die ganze Breite des Radweges. Ich hab ihn zwar nicht richtig verstanden, aber irgendwas hat er vor sich hingenuschelt, dass die das verdient hätte. Dabei hat er in Richtung der Frau genickt. Irgendwie dachte ich, ob er wohl die Frau kennt. Doch bevor ich ihn fragen konnte, hatte er sich schon wieder auf sein Rad geschwungen und eierte weiter in Richtung des Hofes seiner Familie.« Nach der Adresse gefragt, winkte er nur in Richtung Jever.

»Keine Ahnung, ich treffe ihn manchmal an der Aral-Tankstelle da vorne.« Er winkte in Richtung Wittmund. »Da stehen immer ein paar Typen zum Schwatzen rum und das Bier ist billig.«

Er wisse nur, dass der Hof irgendwo hinter Asel liege.

***

Selbst Adams war heilfroh, als sie das fürchterliche Haus, das bestialisch nach Katzenpisse gestunken hatte, wieder verlassen konnten. Ganz grün war die Zapatka geworden, dachte Adams hämisch. War wohl zu viel für das zarte Näschen dieses Gänschens. Und wie die im weichen Boden auf dem Weg zum Haus mit ihren Pfennigabsätzen stecken geblieben war. Zum Schießen.

Aber der Geruch war wahrlich eine Zumutung gewesen. Wie der Kerl bloß da leben konnte? Zu schade, dass ihr dümmlicher Assistent nicht auch das Vergnügen mit ihnen geteilt hatte. Seine größte Sorge wären mit Sicherheit die vielen Katzenhaare gewesen, die überall

darauf lauerten, sich auf seinem schicken Anzug fest-
zusetzen.

Tja, war eben so eine Sache, wenn man in den Morast
des Lebens runtersteigen musste und nicht in der fei-
nen sterilen Welt der Justiz verweilen konnte.

Adams war schon sehr gespannt, wie lange das Weibchen durchhalten würde. Wieder stand ihr Schweiß
auf der Stirn und sie hatte das Jackett aufgeknöpft. Unauffällig fächerte sie sich Luft zu. Doch Adams entging
nichts. Eben kramte sie ein Tempotaschentuch aus ihrer übergroßen Handtasche, mit dem sie versuchte, den
Schweiß abzutupfen. Viel half es nicht, weil er ständig
nachfloss. Und ihre normale Gesichtsfarbe hatte sie
auch noch nicht wieder angenommen. Wieder kicherte
Adams in sich hinein.

Nein, lange würde die nicht durchhalten.

***

Anschließend waren die beiden Frauen zu dem Gulfhof
gegenüber weitergefahren, der sich tatsächlich als Altenpflegeheim entpuppte. Sterbeheime nannte Leyla
diese Häuser im Stillen. Sie war dankbar, dass ihren
früh verstorbenen Eltern ein solches Schicksal erspart
geblieben war.

Noch als sie auf das Haus zufuhren, machte es einen
imposanten Eindruck. Dieser verflüchtigte sich jedoch
mit jedem Meter, den sie sich ihm auf der langen Zu-
fahrt, die links und rechts von Pappeln flankiert war,
näherten. Als sie direkt davor standen, wurde klar, dass
das Haus seine beste Zeit lange hinter sich gelassen

hatte. Der Garten wirkte ungepflegt mit seinem ungemähten Rasen und wildwuchernden Büschen, und die Holzrahmen der Fenster hätten dringend eines neuen Anstriches bedurft. Das Pflaster des Parkplatzes vor dem Gebäude war von Unkraut überwuchert. Keiner machte sich hier die Mühe zu jäten.

Der verwahrloste Eindruck wurde noch verstärkt durch die ungepflegte Frau mittleren Alters, die ihnen auf ihr Klingeln öffnete. Wie sich herausstellte, war die Frau mit dem boshaften Blick und den dauergewellten platinblond gefärbten Zwirbellöckchen die Heimleiterin. Sie stellte sich als Frauke Münkenwarf vor. Sofort stachen Leyla die Crocs ins Auge. Auch die verschwundene Frau hatte solche getragen, wie sie sich erinnerte. Diese Schuhe waren jedoch in Ostfriesland weit verbreitet, zu weit, um ein echter Anhaltspunkt zu sein.

»Können wir reinkommen?«, polterte Adams sofort los, kaum dass sie ihre Polizeimarke vorgewiesen und sich und Leyla vorgestellte hatte.

»Warum?«, kam im mürrischen Tonfall von Frauke Münkenwarf zurück.

»Na vielleicht, weil uns hier draußen zu heiß ist«, konterte Adams und schob sich an der Frau vorbei. Widerwillig trat die Frau beiseite. Leyla folgte, froh über die wenige Abkühlung, die das Haus versprach.

Das Erste, was ihr auffiel, war, dass das Haus dringend geputzt werden musste. Im Flur stank es nach altem Fett, Urin und Staub, der sich in den Ecken zu Wollmäusen sammelte. Nun verstand Leyla den Widerwillen der Frau, sie reinzulassen. Leyla mochte sich nicht den Zustand der Bewohner vorstellen in einem solchen Haus. Sofort notierte sie gedanklich, dass sie das Kreisamt zur Kontrolle vorbeischicken musste. Doch zunächst war sie dankbar für die Kühle, die sie im dunklen Flur empfing.

»Na sehen Sie, war doch gar nicht so schlimm«, setzte Adams nach. »Gibt es einen besonderen Grund, warum Sie keine Polizei im Haus haben wollen?«

»Natürlich nicht, Frau Polizistin«, erwiderte die Münkenwarf mit süffisantem Grinsen. »Wie war noch der werte Name? Nur für den Fall, dass ich mich später beschweren will.«

Das reichte. Leyla wollte nicht zulassen, dass die Heimleiterin ihnen die Antworten verweigerte, nur weil die Adams sich nicht beherrschen konnte. »Frau Münkenwarf«, machte sie auf sich aufmerksam. »Wir wollen keinen Stress. Wir wollen lediglich erfahren, ob Sie etwas von dem Unfall heute Nacht gegen 23 Uhr auf dem Fahrradweg vorne an der Bundesstraße mitbekommen haben. Da ist eine Frau mit dem Fahrrad gestürzt.«

»Und was habe ich damit zu tun?«

»Stellen Sie sich nicht blöder als Sie sind«, brach aus der Adams hervor. Sie machte einen Schritt auf die Frau zu. Leyla packte sie am Arm und zog sie mit strengem Blick zurück. Der wurde von Adams jedoch nicht wahrgenommen, weil sie weiterhin die Heimleiterin fixierte.

Leyla trat ebenfalls vor und schob sich zwischen die beiden Frauen. »Immer mit der Ruhe. Nochmals, wir suchen lediglich diese Frau, was anderes interessiert uns nicht. Sie ist dick und hatte dunkle Haare mit grauen Strähnen. Also, haben Sie eine Ahnung, wer sie sein könnte? Kam sie eventuell von hier?«

Nach einem letzten feindseligen Blick in Richtung Adams erklärte Frauke Münkenwarf wenig freundlich, dass sie nicht die geringste Ahnung habe, wer die Gesuchte sein könne. Aus ihrem Haus wäre sie jedenfalls nicht gekommen. Um 21 Uhr würde die Haustür abgeschlossen, damit die Alten, die an Demenz litten, nicht verschwinden könnten. Und über Nacht wären nur sie und ihr Mann im Haus. Gestern habe es keine Abweichung von der Regel gegeben. Ihre beiden Mitarbeiterinnen, Thea Ortgies und Heike Menssen, seien im Übrigen beide schlank. Von dem Blaulicht an der Straße habe sie ebenfalls nichts mitbekommen bei der vielen Arbeit, die die Alten machen würden. Spätestens kurz nach zehn falle sie immer todmüde ins Bett und schlafe sofort ein.

In diesem Moment betrat eine gebückt am Stock gehende Greisin den Flur.

»Wo ist Christina, Christina hat mir meinen Hund weggenommen, als sie gestern das Licht ausmachte. Ich will meinen Hund zurück, sofort«, verkündete die Alte mit zittriger Stimme. Die Heimleiterin wurde blass, wie Leyla mit Erstaunen feststellte. Doch sie drehte sich so schnell weg, dass Leyla nicht sicher war, ob ihr das Halbdunkel des Flurs einen Streich gespielt hatte.

Frauke Münkenwarf eilte in für sie sichtlich ungewohntem Tempo zu der Frau und schob sie grob in Richtung einer offenen Zimmertür. Kaum hatte sie die Alte hineinbugsiert, zückte sie einen Schlüssel aus ihrer Jackentasche und schloss die Tür ab. Die beiden konnten gerade noch: »Ich will zu Christina. Sie soll mir meinen Hund zurückgeben«, hinter der Tür hören, bevor die Münkenwarf sie zur Haustür drängte.

»Immer diese Dementen. Andauernd müssen wir ihnen irgendetwas suchen oder ihnen klar machen, dass sie nicht mehr zu Hause sind. Oder sie suchen ihre Stofftiere, die sie für echte Tiere halten. Schlimm ist das, ganz schlimm. Ist schon sehr anstrengend, die Altenpflege.« Dabei schüttelte sie, überwältigt von ihrem eigenen Großmut, sich mit dieser ehrenvollen Aufgabe zu befassen, den dauergewellten Kopf.

Es war offenkundig, dass sie von dieser Frau nichts mehr erfahren würden. Und so verließen sie den grauenhaften Ort.

Kaum aus dem Haus wurden sie sofort wieder von der Hitze erschlagen, die sich weiter aufgebaut hatte. Kein Wunder also, dass am Horizont im Westen dunkle Wolken aufzogen und das überfällige Gewitter ankündigten. Erschreckend war die gleichzeitig im Süden aufragende schwarze Rauchsäule und der Lichtschein einer hohen Flamme.

»Das sieht gar nicht gut aus«, presste Adams zwischen zusammengebissenen Zähnen heraus. Dann wandte sie sich zu Leyla. »Damit das ein für alle Mal klar ist: Ich führe hier die Ermittlung und ich befrage die Leute. Wenn Ihnen meine Art nicht gefällt oder Sie sich einbilden, das besser als ich zu können, voilà, ich kann gerne nach Etzel entschwinden und Sie die Suche alleine durchziehen lassen. Vielleicht besteht auch gar keine Gefahr für das Kind. Vielleicht haben Sie sich ja auch nur von Dr. Winterstein einwickeln lassen. Ich habe nicht die geringste Lust, deswegen meinen Ruf als Ermittlerin zu riskieren. Aber wenn ich mitmache bei der Suche, dann nur nach meinen Regeln. Merken Sie sich das endlich, Schätzchen!«

***

Obwohl sie mächtig in die Pedale trat, hatte Christina nicht das Gefühl, vorwärtszukommen. Dabei war sie im Fahrradfahren gut trainiert. Es war ihre einzige Möglichkeit, aus dem Haus zu entkommen. Bei dieser Hitze und nach den Geschehnissen in der letzten Nacht fühlte sich Christina jedoch schnell erschöpft. Ihre Beine wurden immer schwerer und sie bekam die Pedale kaum nach unten getreten.

Wenigstens hatte sie keine weiteren Bekannten auf dem Weg aus Wittmund getroffen. Ännchen Tjardes hatte ihr gereicht. Hoffentlich entdeckten die beiden sie nicht auf dem Fahrradweg parallel zur Straße. Noch ein Grund, schneller zu werden und möglichst bald auf einen Seitenweg abzubiegen.

Die Sonne brannte erbarmungslos auf ihren unbedeckten Kopf. Kopfschmerzen setzten ein. Endlich hatte sie die Bundesstraße erreicht und schwenkte nach rechts ab. Doch sie kam nicht weit. Ausgerechnet jetzt blinkte das rote Warnsignal am Bahnübergang. Den Bruchteil einer Sekunde erwog Christina, trotzdem durchzuradeln. Gerade noch rechtzeitig entdeckte sie einen entgegenkommenden Streifenwagen. Wie versteinert blieb Christina stehen und starrte auf den sich nähernden Wagen, der schräg gegenüber ebenfalls anhielt. Die beiden Beamten hatten wegen der Hitze die Fenster heruntergekurbelt und unterhielten sich entspannt. Dann zeigte einer von ihnen auf Christina und der andere winkte ihr freundlich zu.

Verdammt, verdammt, verdammt! Christina spürte, wie ihr die Beine vor Angst weich wurden. Nur nicht umkippen jetzt, dachte sie panisch. Wenigstens konnte sie die NordWestBahn bereits sehen, die sich im Schritttempo näherte. Es konnte nicht mehr lange dauern. Fast hätte sich Christina entspannt, doch just in diesem Moment fing der Affe an zu schreien. Unglaublich, wie laut der brüllen konnte. Entsetzt starrte Christina zu den Polizisten, die ihr erstaunte Blicke zuwarfen.

Klar mussten die sich fragen, woher der Schrei kam. Schließlich lag das Äffchen eingewickelt und unsichtbar im Korb. Schon richtete sich der eine in seinem Sitz auf und starrte angestrengt zu ihr rüber.

Doch sie hatte Glück. Genau in diesem Augenblick fuhr der Zug durch. Sofort stopfte sie das Handtuch noch fester um den Kopf des Äffchens, bis kein Mucks mehr kam. Es wurde Zeit, dass er für immer schwieg.

Viel zu schnell war die Regionalbahn durch. Christina hielt den Atem an. Hatte man eine Suchmeldung wegen des gestohlenen Fahrrades durchgegeben? Oder konnte es sein, dass die wegen der Flucht aus dem Krankenhaus nach ihr fahndeten?

Und wieder hatte Christina Glück. Gerade als der Zug durch war, das Licht jedoch noch blinkte, beugte sich der Polizist am Lenkrad vor und drehte das Funkgerät lauter. Christina hörte lautes Rauschen und Knacken. Dann wandte er sich ganz aufgeregt zu seinem Kollegen. Der wandte sich sichtlich ungern von Christina ab.

Offenbar noch bevor der Beifahrer reagieren konnte, hatte der Polizist am Lenkrad bereits Blaulicht und

Martinshorn eingeschaltet und gab Vollgas. Der Streifenbeamte auf dem Beifahrersitz warf Christina noch im Vorbeifahren einen seltsamen Blick zu, als habe er Lunte gerochen. Da waren sie auch schon vorbei.

Christina stieß die angehaltene Luft aus, setzte sich auf den Sattel und fing wieder an zu strampeln.

***

Kein Wort hatten sie auf der Fahrt zum Revier gewechselt. Leyla hätte es zwar für sinnvoll erachtet, gleich auch noch den zweiten Zeugen aufzusuchen, der ganz in der Nähe wohnte. Insbesondere auch, weil sich die Situation auf den Straßen nicht entspannt hatte und die Rückfahrt zur Geduldsprobe wurde. Doch sie war weder in der Lage noch Stimmung, sich nochmals mit der Adams auseinanderzusetzen. Nicht jetzt.

Also nahm sie es auch widerspruchslos hin, als die Adams bei Rehau angehalten hatte. Doch ihre Nachfrage hatte nichts gebracht. Der Abteilungsleiter für Öffentlichkeitsarbeit, Hanno Erichson, hatte auf die mehreren 100 Mitarbeiter verwiesen. »Sie haben sicherlich Verständnis dafür, dass wir nicht alle persönlich kennen oder nach der knappen Beschreibung identifizieren können.«

Auch noch auf der Weiterfahrt zum Revier schwiegen sich die beiden Frauen an. Leyla konnte noch immer nicht fassen und auch nicht nachvollziehen, was in diese komische Type neben ihr gefahren war. So benahm sich kein Polizist gegenüber einem Zeugen oder gar einer Staatsanwältin.

Und was war nur mit ihr selbst los, dass sie sich das gefallen ließ? So konnte es nicht weitergehen. Bei aller Übelkeit. Sie musste sich dringend zusammenreißen. Sonst ging alles, was sie sich mühsam erarbeitet hatte, den Bach runter. Früher hatte sie die Dinge im Griff gehabt. Und nun dieses Fiasko.

Sie musste das dringend mit der Adams klären. Gerade als sie ansetzen wollte, Adams zusammenzustauchen, wurde ihr wieder übel. Zu ihrem Glück waren sie in diesem Moment beim Polizeirevier angekommen. Leyla schaffte es gerade noch bis zur Toilette, bevor sie den wenigen Mageninhalt, der sich in den letzten Tagen angesammelt hatte, in die Toilettenschüssel erbrach.

***

Adams sah der Staatsanwältin kopfschüttelnd hinterher, wie die ins Revier rannte. Als wären tausend Teufel hinter ihr her. Hatte also gewirkt, die Klarstellung, wer das Sagen hatte. Adams war zufrieden mit sich. Der hatte sie es gegeben. War eine richtige Wohltat, mal andere spüren zu lassen, dass sie nicht die Idiotin war, die nur nach Anweisung sprang. Die selbst ganz genau wusste, was und wie es zu erledigen war.

Wahrscheinlich machte sich die Zapatka gerade beim Chef lächerlich und heulte dort rum, was die böse Adams ihr angetan hatte. Dann würde sie sich die nächste Abfuhr an diesem Tag einhandeln. Denn egal, wie ihr Chef zu ihr stand, auf seine Leute ließ er nichts kommen. Das wusste Adams von den anderen. Sicherlich war er ohnehin mit Etzel beschäftigt. Was sich diese lächerliche Kuh bloß einbildete?

Adams schüttelte erstaunt über deren komisches Verhalten den Kopf.

***

Im Revier war der Teufel los. Sämtliche Telefone klingelten gleichzeitig und es war ein einziges Gebrüll im Raum. Alle versuchten sich auf diese Art zu verständigen, was dazu führte, dass keiner irgendetwas verstand. Adams seufzte. Hier würde ihr keiner helfen. Also setzte sie sich an den nächsten freien Computer und fing an, eine Presse- und Rundfunkmitteilung zu verfassen. Das lag ihr überhaupt nicht. Dämliche Formulierungen aus den Fingern saugen, statt zu agieren. Als ob das was bringen würde. Nun gut, gestand sie sich ein, manchmal meldeten sich tatsächlich Zeugen. Sie seufzte. Was schrieben nur die anderen in solchen Mitteilungen? Ihr fiel nichts ein. Aber irgendeiner musste das schließlich machen. Und diese unfähige Lady hatte sich irgendwohin verdrückt. Eigentlich war die doch wie geschaffen für so was.

Dicke Mutter mit Baby gesucht. Schon der Anfang war grottenschlecht, um nicht zu sagen hundsmiserabel. Wahrscheinlich würden sich alle dicken Mütter im Landkreis beleidigt fühlen und sich über sie beschweren. Wie also konnte man eine dicke Frau beschreiben, ohne sie zu beleidigen? Der Lärm um sie herum machte sie verrückt. Keinen klaren Gedanken konnte sie fassen. Also nochmal: *Korpulente Mutter mit Baby gesucht.* Klang schon besser. Aber bei ihrem Glück fühlte sich auch davon irgendwer auf den Schlips getreten.

Sie hatte gerade die erste Zeile getippt, als dieses Weibchen hinter ihr auftauchte.

»Na, kein Glück gehabt?«, konnte sie sich nicht verkneifen. Die sah sie erstaunt an. Auch recht, wenn sie sich einbildete, Adams wüsste nicht, was sie versucht hatte. »Vielleicht können Sie sich ja endlich ein bisschen nützlich machen, und diese blöde Mitteilung für die Presse verfassen. Ich frage derweil in der Wache rum, ob was reingekommen ist.«

***

Leyla verstand einfach nicht, was in die Kommissarin gefahren war. Bei nächster Gelegenheit würde sie sich die Frau vorknöpfen. Wenn sie sich weiter in diesem Zickenkrieg verhedderten, würde das auf Kosten der Suche nach dem Baby gehen.

Sie atmete tief durch. Jetzt, da ihr Magen leer war, ging es ihr besser. Was stand an? Ach ja, schnell die Pressemitteilung formulieren und anschließend die beiden regionalen Sender Radio Ostfriesland und Radio Jade anrufen.

Bei den Radiosendern wurde ihr Ansinnen belächelt. »Wissen Sie denn nicht, was hier los ist? Wir geben laufend Warnmeldungen raus, wer sich aus dem Umfeld der Kavernen in welche Richtung in Sicherheit bringen soll. Keiner weiß, was als Nächstes hochgeht und wie gefährlich das Ganze noch wird. Glauben Sie im Ernst, dass die Leute dann auf die Suchmeldung nach einer einzelnen Frau mit Baby achten?«

Trotzdem versprach der Redakteur, eine Meldung einzuschieben, man konnte schließlich nie wissen.

Nachdem das erledigt war, setzte sich Leyla wieder an den Computer, um auf Adams zu warten. Irgendetwas rumorte in ihrem Kopf. Da war etwas gewesen, was nicht passte. Doch sie war zu abgelenkt gewesen von all ihren Problemen. Ihre Gedanken schweiften ab zum morgigen Termin, zu Stefan. Was sollte sie nur machen? Erst mal eine eigene Wohnung suchen und dann weitersehen. Alleine schon diese Vorstellung überforderte sie im Moment.

Sie war so tief in ihren traurigen Gedanken versunken, dass sie nicht bemerkte, dass sich Adams von hinten genähert und sie angesprochen hatte. Plötzlich fühlte sie sich unsanft an der Schulter geschubst. Erschrocken drehte sie sich um und blickte in das genervte Gesicht dieser Furie.

Leyla holte tief Luft. Langsam musste sie sich zusammenreißen. Schließlich hatte sie einen Job zu machen und das Leben eines Kindes hing davon ab, dass sie gute Arbeit leistete. Auch, wenn das im Moment ganz schwer war.

Genervt stieß sie ein knappes »Was?« aus.

***

Adams war endgültig entnervt. Egal, wen sie fragte, alle blökten sie an, sie solle die Klappe halten, sie hätten Wichtigeres zu tun. Und überhaupt, was ein einziges

Baby so wichtig machen würde, wo doch viele Menschenleben in Etzel auf dem Spiel stünden.

Doch ein junger Beamter, der in der Telefonzentrale Dienst schob, winkte Adams zu sich.

»Keine Ahnung, ob das was damit zu tun hat. Vorhin kam eine Meldung wegen eines gestohlenen Fahrrades rein. Eine Zeugin hat die Diebin noch mit dem Rad wegradeln sehen. Es handelte sich um eine dicke Frau in bunter Kleidung. Passt das?«

»Natürlich! Wann und wo war das?«, brachte Adams aufgeregt hervor.

»Vor 'ner guten Stunde, auf dem Karl-Bösch-Platz. Die Frau war gerade auf der Toilette, hat wohl in der Eile versäumt, das Fahrrad anzuketten. Ich habe hier die Nummer der Bestohlenen, brauchen Sie die?«

Adams entriss ihm den hingehaltenen Zettel und gab die Nummer in ihr Handy ein. Alle Festnetztelefone waren belegt.

Viel hatte die Frau nicht zu berichten, außer, dass sie zutiefst empört war über den Diebstahl. So was war ihr noch nie im ganzen Leben passiert. Einer anständigen Bürgerin einfach das Rad zu klauen, während sie mal eben auf dem Klo war, unglaublich. Hinterhergerannt war sie der noch. Und das mit ihren fast siebzig. Völlig außer Atem war sie ihr bis zur Buttstraße gefolgt. Von dort aus hatte sie sehen können, dass diese Räuberin geradeaus in die Klusforder Straße gerast war. Weiter war sie wegen akuter Luftnot nicht gekommen. Aber wenn sie die erwischte ...

Wenigstens konnte sie Adams den Namen und die Telefonnummer der Zeugin geben.

Lütje Harms ging sofort nach dem ersten Klingelton ans Telefon. »Ich hab mir überhaupt nichts dabei gedacht. Hab mich nur gewundert, wie eine so dicke Frau so schnell aufs Rad kommt und in die Pedale treten kann. Hätte ich der nie zugetraut. Na, und kaum ist die um die Ecke, da höre ich empörtes Wutgeschrei. Ich dachte schon, es wäre was passiert.«

Wie sie weiter berichtete, hatte sie schnell verstanden, worum es ging, und die Eigentümerin des Fahrrades hinter der dicken Frau hergeschickt. Die war jedoch schon um weitere Ecken entschwunden. Sie selbst sei ihr bis zur Kurve gefolgt. Als die Bestohlene zurück zum Platz gekommen sei, habe sie zwar bei der Polizei angerufen, doch der junge Beamte habe sie nur abgewimmelt wegen der Sache in Etzel. »Schrecklich, nicht!?«

Auf Adams Frage bestätigte die Zeugin das Aussehen der Frau und dass sie eine helle Plastiktüte oder so was Ähnliches bei sich gehabt hätte. Diese Tüte hätte die Dicke in den Fahrradkorb am Lenker geworfen.

»Ob es sich dabei um ein Kind gehandelt haben kann? Sind Sie verrückt? Niemand wirft ein kleines Kind so in den Korb wie die Frau das mit der Tüte gemacht hat«, erwiderte sie entgeistert auf Adams Zwischenfrage. »Ich glaube, sie ist zur Carolinensieler Straße weitergefahren. Ob sie dann in die Stadt umkehrte oder Richtung Nenndorf fuhr, kann ich nicht sagen. Das war von meinem Platz aus nicht zu sehen.«

Enttäuscht machte sich Adams auf die Suche nach der Staatsanwältin, die gerade ihr Telefonat beendete.

***

Christina wurde wärmer und wärmer. Der eigene Schweißgeruch stieg ihr aus den Achselhöhlen in die Nase. Widerlich, dachte sie. Gerade passierte sie den Kreisel hinter dem Bahnübergang in Richtung Harlesiel. Laufend hörte sie in der Ferne Martinshörner. Was war da bloß los? Nun, für sie war nicht schlecht, dass wohl etwas Schlimmes passiert war. So hatte sie sicherlich deutlich bessere Chancen, unbemerkt nach Hause zu kommen.

Auf Höhe des ersten Hauses von Mosewarfen zupfte ein alter Mann ein paar Gierschstängel aus dem Pflaster seines Hofes. Kurz sah er auf. Als er bemerkte, dass Christina ihn ansah, nickte er mürrisch zum Gruß. Sofort schaute Christina weg. Ein Fehler, wie sich später herausstellen sollte. In Ostfriesland war Grüßen Höflichkeit, Danken jedoch Pflicht. Man merkte sich, wenn einer es nicht nötig hatte.

Weiter quälte sie sich in der gleißenden Sonne bis zur Harlebrücke, dann konnte sie nicht mehr. Gerade wollte sie das Fahrrad auf die Wiese neben dem Wasser ins Gras werfen. Da entdeckte sie einen Angler, der es sich unter seinem Schirm gemütlich gemacht hatte und ihr freundlich zuwinkte.

Sofort schob Christina das Rad zurück auf den Fahrradweg und schwang sich erneut in den Sattel. Ihr Schambereich tat mittlerweile höllisch weh. Dieser dämliche Affe hatte ihr wehgetan, richtig schlimm wehgetan. Es hätte gut gepasst, ihn einfach ins Wasser zu werfen. Ein Platsch und weg wäre er gewesen.

Musste ausgerechnet heute dieser dämliche Angler da rumhängen?

Die Sonne stach derweil erbarmungslos auf ihren Kopf herunter. Immer, immerzu nieselte es hier an der Küste. Immer war es nass und kalt und der Nörder Stoff quälte sie erbarmungslos, wenn sie auf dem Fahrrad unterwegs war. Dieser verfluchte Sprühregen, der einen von allen Seiten ansprang und völlig durchnässte. Ausgerechnet heute, wenn sie mal dringend Abkühlung bräuchte, leuchtete ein stahlblauer Himmel über ihr. Unerbittlich war die Hitze. Wenigstens tauchten am Horizont dunkle Wolken auf. Sie musste sich beeilen, damit sie vor dem Unwetter zu Hause war.

Höchste Zeit auch, den Affen endgültig loszuwerden. Doch zunächst musste sie zu Hause ankommen, dann würde sich alles regeln. Das widerliche Etwas im Lenkradkorb gab seit einer Viertelstunde keinen Mucks mehr von sich.

Ein Glück.

***

Den frühen Nachmittag über warteten sie angespannt auf Meldungen, dass die Frau gesichtet worden sei. Darüber war es fast drei Uhr geworden. Adams hielt die Warterei einfach nicht mehr aus. Sie musste dringend etwas unternehmen, konnte nicht stundenlang sinnlos rumsitzen. Genervt schlenderte sie zur Zapatka, die noch immer auf den Bildschirm des Computers glotzte.

»Na Schätzchen, wollen Sie nicht auch mal eine Idee dazu beisteuern, was wir Sinnvolles unternehmen können, um das Baby zu retten, oder wollen Sie nur weiter

101

vor sich hinstarren?« Zu ihrer großen Freude errötete die Zapatka wieder. Es war so einfach, sie in Verlegenheit zu bringen, herrlich.

»Wie wäre es denn mit einem Besuch bei dem Zeugen Enno Tapper, haben Sie den etwa schon vergessen?«, giftete die Zicke zurück. Was war denn in die gefahren? Schaffte sie es endlich doch, wenigstens ein paar Milchzähnchen zu zeigen. Adams grinste innerlich.

Doch sofort wurde sie wieder ernst. Tatsächlich hatte sie an den Typen nicht mehr gedacht. Keine Ahnung, wie ihr das passieren konnte. Wie dumm von ihr. Nur würde sie das niemals diesem Weibchen gegenüber zugeben.

»Selbstverständlich. Sie haben doch sicherlich schon die Adresse rausgesucht, oder?«

Die Zapatka schob ihr wortlos einen Zettel zu. Adams knurrte in Gedanken. Blindes Huhn fand eben auch mal eine Idee.

»Also auf, Schätzchen, dann wollen wir mal.«

***

Wieder setzte die Adams das Kojak-Blaulicht auf das Dach des Insigna und kaum saß Leyla auf dem Beifahrersitz , ging es schon los. Sie versuchten gar nicht erst, die kürzere Strecke vorbei am Rathaus zu nehmen, sondern fuhren über die Umgehungsstraße, die nur in der Gegenrichtung verstopft war. Ein einzelner Autofahrer, dem wohl die Nerven durchgegangen waren und der versucht hatte, auf der Gegenfahrbahn an der Schlange vorbeizukommen, wurde von der Kommissarin gnadenlos auf den Seitenstreifen abgedrängt.

Leyla entdeckte ein entzücktes Lächeln auf ihrem Gesicht. Ein heimliches Kichern konnte sie sich selbst
auch nicht verkneifen. Damit die Adams es nicht zufällig entdeckte, wandte Leyla das Gesicht zum Seiten-
fenster.

Kurze Zeit später kamen sie wieder an der Unglücks-
stelle vorbei. Diesmal rauschten sie jedoch mit hoher
Geschwindigkeit daran vorbei, ebenso wie an dem Pflegeheim. Wenige hundert Meter dahinter fand sich eine
Häuseransammlung um eine große Kreuzung mit Am-
pelanlage herum. Adams bog auf Weisung des Naviga-
tionsgerätes links ab in einen schmalen Weg. Keine
hundert Meter weiter hielt sie auf Höhe eines großen
Bauernhofes auf der linken Seite.

Das Gehöft war alt und heruntergekommen. Das
Dach des Stallteils bog sich bereits durch, war aber
noch intakt. Adams parkte auf dem Hof hinter dem
Haus nahe einem gigantischen Misthaufen, der in der
Bullenhitze bestialisch stank und von Fliegen um-
schwirrt wurde. Leyla wurde wieder schlecht. Doch sie
riss sich zusammen.

Vorsichtig den Güllepfützen auf dem abgesenkten
Pflaster ausweichend, liefen sie im Zickzack zur Haus-
tür, einer alten Doppelflügeltür mit eingearbeitetem
Oberlicht.

Trotz mehrmaligem Klingeln rührte sich nichts im
Haus. Adams packte energisch den alten eisernen Tür-
klopfer und hämmerte ihn so lange gegen das Eichen-
holz der Tür, bis sie endlich einen Spalt breit geöffnet
wurde. Leyla stellte verwundert fest, dass es hier wohl
üblich war, die Tür nicht ganz zu öffnen. Doch diesmal

erschien kein Kopf in dem Türspalt. Nach einem Moment des Zögerns schob Adams sie weiter auf.

Dahinter zog sich ein gerader Flur durch die gesamte Länge des Wohnteils. Leyla zuckte mit den Schultern, trat vor und stieß die Tür vorsichtig weiter auf. Das brachte ihr erneut einen genervten Blick der Adams ein, die mit einem Ruck die Tür bis an die Wand knallte. Selbstbewusst trat sie vor Leyla ein.

Der Gang roch intensiv nach Braten. Leyla schaute verwundert auf die Uhr. Doch die Adams ließ ihr keine Zeit, sich zu wundern, sondern schritt den Flur ab, in jeden Raum spähend, der davon abging.

Plötzlich blieb sie wie angewurzelt stehen. Leyla wäre fast in sie hineingerannt. Nach einem verwunderten Blick auf Adams erkannte sie den Grund für deren seltsames Verhalten.

Sie standen vor der Küche. In ihr befand sich neben einer uralten Einbaukochzeile ein langer Eichentisch mit acht Stühlen darum, die alle besetzt waren. Doch es war kein Ton zu hören, selbst der Hund unter dem Tisch starrte sie nur aus bösartigen kleinen Augen an.

Entsetzt wich Leyla einen Schritt zurück. Normalerweise hatte sie keine Angst vor Hunden, doch dieses Exemplar strahlte eine Bösartigkeit aus, die sich nur noch mit dem Blick des alten Mannes am Kopfende des Esstisches messen konnte, der sie als Einziger fixierte. Die übrigen Männer und Frauen sahen betreten auf ihre Teller, die zur Hälfte geleert waren. Lediglich eine grauhaarige Frau rechts neben dem Alten am Kopfende lugte vorsichtig in ihre Richtung, kaum den Kopf dabei bewegend.

Adams trat einen Schritt vor, was ihr sofort ein Knurren des Hundes einbrachte. Doch sie sah nur verächtlich zu ihm runter, was das arme Tier sofort wieder verstummen ließ. Leyla konnte ihn gut verstehen.

»Mahlzeit auch«, stellte die Adams in den Raum. »Wir würden gerne ein paar Takte mit Enno Tapper reden. Ist der hier?«

Keine Reaktion.

»Enno Tapper, schon mal gehört?«, hakte Adams offenbar völlig unbeeindruckt nach.

Wieder Schweigen als Antwort.

»Nun kommt schon Leute, ist doch nicht so schwer. Ach ja, Adams, Kripo Wittmund, und Staatsanwältin Zapatka, falls das hier jemanden interessiert.«

»Uns nicht«, knurrte der Alte am Tischende.

»Oh, ein Ton, oder doch wenigstens ein Tönchen. Sie können reden, wie schön«, konterte Adams scheinbar unbeeindruckt.

Der Mann legte in Zeitlupentempo die Gabel mit einem aufgespießten Stück Fleisch weg, die er in der Hand gehalten hatte. »Was wollen Sie in meinem Haus? Ich hab Sie nicht hereingebeten. Und ihr«, er wandte sich an die anderen am Tisch, »esst gefälligst weiter. Die Kühe müssen noch auf die Weide hinter dem Anger getrieben werden. Also los, los, ihr faulen Säcke.« Sofort setzten die anderen ihre Mahlzeit fort, wenn auch zaghaft.

»Uns wurde auf unser höfliches Klopfen die Tür geöffnet. Das bedeutet, dass wir eintreten dürfen. Oder hat hier jemand was gegen die Polizei im Haus? Scheint eine weit verbreitete Abneigung zu sein. Aber immer mit der Ruhe. Wir wollen Enno nur kurz was fragen wegen eines Unfalls, der heute Nacht an der Landstraße nach Wittmund passiert ist. Tut doch nicht weh. Also, wer ist Enno?«

Wieder keinerlei Reaktion. Leyla fürchtete einen erneuten Wutausbruch der Adams, die nun langsam rot anlief und deren Gesicht vor Zorn ganz spitz wurde. Vorsichtshalber machte sie sich bereit.

Doch der alte Mann kam ihr zuvor. »Was interessiert uns ein Unfall da vorne? Wir haben genug zu tun. Mehr gibt es nicht zu sagen.«

Adams trat einen großen Schritt auf den Tisch zu. Die anderen Anwesenden – zwei Frauen und fünf Männer, die mit Ausnahme der Grauhaarigen alle deutlich jünger als der Alte waren – hatten aufgegeben so zu tun, als würden sie essen. Der Hund erhob sich, pirschte vor und baute sich in angespannter Haltung mit gebleckten Zähnen und bösartig knurrend direkt vor Adams auf. Die zog langsam ihre Weste aus und wickelte sie um den linken Arm. Dabei kam ihr am Gürtel befestigtes Pistolenholster zum Vorschein, das sie nun mit der freien rechten Hand öffnete.

»Wenn Sie Ihren Hund heute Abend noch füttern wollen, sollten Sie ihn jetzt zurückpfeifen. Ansonsten gibt es morgen wieder Braten.«

Leyla stockte der Atem. Das bedeutete Ärger, gewaltigen Ärger. Doch zu ihrer großen Verwunderung lachte der Alte nach einem Moment lautlos und stieß einen kurzen Zischlaut aus. Sofort verschwand der Schäferhundverschnitt wieder unter dem Tisch zu seinen Füßen. Leyla stieß die angehaltene Luft aus, während Adams ihre Weste wieder anzog.

»Sagt uns jetzt endlich jemand, wer Enno Tapper ist, oder soll ich den ganzen Laden hier vorladen lassen?«, hakte sie nach.

Der Alte starrte noch einen Moment in ihre Richtung, dann deutete er mit dem Zeigefinger auf einen der jüngeren Männer zu seiner Linken. Adams winkte dem blassen, schmächtig wirkenden Blonden, ihr in den Flur zu folgen. Nach einem fragenden Blick zu dem Alten erhob er sich schwerfällig und folgte ihnen.

»Warum nicht gleich so«, knurrte Adams ihn an. »Hätten wir uns alles sparen können, wenn Sie gleich geantwortet hätten. Was ist hier los?«

Verlegen trat Enno von einem Fuß auf den anderen. »Das verstehen Sie nicht und es geht Sie auch gar nichts an. Was ist überhaupt los, dass Sie hier in mein Zuhause reinspazieren und wie ein Rambo mit der Knarre rumfuchteln?«

Leyla war verblüfft über den Wandel des jungen Mannes, kaum dass der Alte nicht mehr in seiner Nähe war.

»Immer gemach, Bürschchen«, raunzte Adams. »Wir haben es eilig, sonst würde ich Ihnen mal in Ruhe erklären, wie man sich gegenüber einem Polizeibeamten im Dienst verhält. Wir haben nur eine einfache Frage. Sie sind heute Nacht an einem Unfall vorbeigekommen. Eine Frau war auf dem Fahrradweg in Richtung Wittmund gestürzt. Ein Zeuge hat Sie gesehen. Ist das richtig?«

»Und wenn? Was geht das Sie an?«

»'ne Menge, Bürschchen.«

Leyla wurde es zu bunt. Diese Furie schaffte es einfach nicht, Zeugen normal und gesittet zu befragen. Das musste ein Ende haben. Hier und jetzt!

»Wir wollen nur wissen, ob Sie die Frau erkannt haben, die da lag«, schaltete sie sich energischer, als sie sich fühlte, ein. »Der Zeuge meint, Sie hätten was gemurmelt wie: ›Geschieht dir recht.‹ Das deutet darauf hin, dass Sie die Frau erkannt haben, oder?« Beharrlich ignorierte sie den giftigen Blick der Adams.

»Welcher Zeuge? Wer redet da dummes Zeug über mich?«

Leyla seufzte. Die Zeugen hier waren wirklich schwierig, allesamt.

»Niemand hat etwas Schlechtes über Sie behauptet. Unsinn. Es geht hier nur um die Frau, kannten Sie sie?«

»Und wenn?« Mehr schien dem jungen Mann nicht einzufallen. Leyla stöhnte leise auf.

»Hören Sie. Es ist extrem wichtig herauszufinden, wer die Frau war. Ist doch nicht so schwer, das zu sagen, oder?« Leyla fing selbst an, genervt zu sein. Aus dem Augenwinkel sah sie ein leichtes Grinsen über Adams Gesicht huschen. Blöde Kuh.

»Warum sollte ich?«

Leyla hatte die Nase voll. Sie trat einen Schritt vor, ganz dicht an den Zeugen heran. »Weil ich es wissen will. Also raus mit der Sprache. Oder müssen wir Sie aufs Revier mitschleppen? Dann wird Ihr schöner Sonntagsbraten eiskalt. Kennen Sie die Frau nun und wenn ja, woher?«

Ein kurzer Blick zu den Frauen überzeugte ihn wohl. »Nein, hab sie noch nie gesehen. War sowieso nicht viel zu erkennen von ihr.«

»Sie haben sie nicht erkannt?«, hakte Leyla fassungslos nach. »Warum dann das ganze Theater? Können Sie mir das mal erklären? Und warum haben Sie dann so eine Bemerkung gemacht?«

»Ich hab kein Theater gemacht. Das waren Sie, wie Sie in unsere Küche gestürmt sind. Und diese blöde Kuh auf dem Radweg hatte es doch verdient. Blöde Weiber, die nachts besoffen auf dem Rad unterwegs sind. Alles Schlampen. Denen kann es gar nicht schlecht genug gehen.«

Leyla erstarrte. »Schlampen? Wie kommen Sie denn darauf? Und wieso sollte sie betrunken gewesen sein?«

»Sind doch alles Schlampen, die nachts unterwegs sind. Kam bestimmt aus dem Puff vorne an der Kreuzung. Und fett war sie auch noch. Geschieht ihr doch recht, der Schlampe.« Dabei spuckte er vor Leylas Füße. Dann drehte er sich um und ging wortlos zurück in die Küche, aus der kein weiterer Laut gedrungen war.

Leyla blieb die Spucke weg. Fassungslos drehte sie sich zur Adams um, die jedoch nur mit dem Kopf schüttelte. Dann wandte die sich um und verschwand durch die Haustür.

Hinter sich hörte Leyla ein leises Knurren. Ein Blick über die Schulter bewies ihr, dass der Hund in den Flur gekommen war. So schnell wie möglich verließ sie ebenfalls das Haus. Eine weitere Konfrontation, und sei es auch nur mit einem Hund, konnte sie jetzt überhaupt nicht brauchen.

***

Zurück im Revier hatte Adams kaum ihr Büro betreten, als ihr Telefon klingelte. Aus dem Augenwinkel sah sie die Zapatka auf dem einzig freien Stuhl am Schreibtisch ihres Assistenten Lemberger Platz nehmen.

»Sie suchen doch eine dicke Frau mit einem Baby, stimmts? Eine, die bunte Sachen trägt?« Adams stellte den Lautsprecher des Telefons laut und versuchte, der Zapatka Zeichen zu geben, mitzuhören. Doch die reagierte mal wieder nicht.

»Wer ist denn da?« Die Stimme gehörte jedenfalls einer Frau in mittleren Jahren.

»Das interessiert nicht. Wollen Sie jetzt wissen, wo die Dicke wohnt, oder nicht?«

»Natürlich. Aber erst, wenn Sie mir Ihren Namen genannt haben. Anonymen Hinweise gehen wir nicht nach.«

»Dann lassen Sie es eben bleiben. Selbst schuld, wenn Sie nicht weiterkommen. Ich sage nur: Beka Wolken aus Nenndorf. Die war schon immer komisch, aber jetzt …«

»Was hat die mit einem Baby zu tun?«

»Das will ich Ihnen verraten. Ich hab sie vorhin gesehen, wie sie mit einem Bündel im Arm heimkam. Ganz klammheimlich. Hat sich noch umgeschaut, ob jemand sie sieht. Mich hat sie nicht entdeckt. Ich stand hinter der Gardine. Das ist eine ganz Saubere, das kann ich Ihnen flüstern. Faustdick hat die es hinter den Ohren. Ist hinter allen Hosen her im Dorf. Keinen lässt die aus. Diese Hure. Und was die immer anhat! Den BH sieht man durch ihre Bluse und manchmal hat sie gar nichts drunter. Kein Wunder, dass die Typen auf so was reinfallen. Aber ich hab sie durchschaut. Nichts dahinter, nur die Beine breit machen, das kann sie. Und jetzt hat sie ein Balg heimgebracht, da bin ich mir ganz sicher. Alle haben sich noch gewundert, dass sie so dick geworden ist. Schlank war sie schon vorher nicht, aber jetzt. Immer so weite Klamotten hatte sie in der letzten Zeit an, passte gar nicht zu der.«

»Hören Sie, das passt ganz gut auf die Gesuchte. Aber trotzdem muss ich Sie bitten, mir Ihren Namen zu nennen. Wir können nicht einfach so loslegen.«

»Papperlapapp, ich hab Ihnen jetzt gesagt, was ich weiß, und damit können Sie nun machen, was Sie wollen. Mir völlig egal.« Adams hörte, wie der Telefonhörer am anderen Ende aufgelegt wurde.

»Na, haben Sie mal wieder alles verpennt? Ich hab Ihnen doch Zeichen gegeben, mitzuhören«, giftete sie zu dem Weibchen, das schon wieder ganz rot wurde. Woher hatte die nur all das Blut, um so oft zu erröten?

»Was war?«

Adams winkte nur ab.

***

Leyla zuckte zusammen. Wenn etwas sie verletzte, dann dieses Abwinken, wenn sie mal wieder etwas nicht gehört hatte. Das brachte sie schier um den Verstand. Doch es half nichts. Würde sie der Adams sagen, warum sie nichts mitbekam, würde die entweder daraus Kapital schlagen und sie bei ihrem Vorgesetzten denunzieren. Darauf lief doch deren komisches Verhalten die ganze Zeit hinaus. Oder sie würde sich über sie lustig machen. Leyla wusste nicht, was schlimmer wäre.

Zu ihrer Erleichterung verschwand die Adams in der Telefonzentrale, aus der nach ihr gerufen worden war.

Als sie wenige Minuten später zurückkam, war sie ganz aufgeregt. »Nach der Radiomeldung ist mehr reingekommen, als ich gedacht und gehofft habe. Jetzt müssen wir nur noch herausfinden, welcher Hinweis was taugt.«

***

Die vielen Hinweise, die eingegangen waren, verwirrten auf den ersten Blick. Welche Information war richtig? Keiner konnte das zu diesem Zeitpunkt sagen. Mal war die Frau in Esens vor der Sparkasse mit dem bunt angemalten Bären entdeckt worden, mal in Jever auf dem Wochenmarkt vor einem Gemüsestand. Dann sollte sie in einem Bus in Richtung Wilhelmshaven gesessen haben. Doch nachdem sie sämtliche Meldungen miteinander verglichen hatten, waren die beiden Frauen relativ sicher, dass die verschwundene Frau tatsächlich das Fahrrad in Wittmund gestohlen hatte und damit in Richtung Norden unterwegs gewesen war.

Zuerst hatte sich ein alter Mann gemeldet, der an der Straße nach Harlesiel in einem Ort wohnte, von dem sie noch nie gehört hatten. Er berichtete, eine dicke Frau in der Mittagshitze vorbeiradeln gesehen zu haben, auf die die Beschreibung aus dem Radio passen könnte. Die hatte nicht mal seinen Gruß erwidert, hatte er dem Polizeibeamten am Telefon erbost berichtet. Kein Wunder, dass nach der gesucht wurde.

112

Kurze Zeit später rief ein Angler an, der wenige hundert Meter entfernt von der ersten Sichtung eine mollige Frau beobachtet hatte, die ein Fahrrad zunächst in seine Richtung zum Wasser schob. Als sie ihn erblickte, sei sie sofort umgekehrt zur Straße und weiter in Richtung Nenndorf geradelt.

Diese Angaben waren im Vergleich zu den vielen anderen Anrufen vielversprechend, zeigten sie doch ein Bewegungsmuster. Außerdem stimmten die Beschreibungen der Frau überein und alle hatten im am Lenker befestigten Korb etwas Helles gesehen.

Zu guter Letzt meldete sich noch ein Streifenbeamter, der eine dicke Frau am Bahnübergang in der Carolinensieler Straße beobachtet hatte. Ihm war aufgefallen, dass sie sich merkwürdig benahm, als sie sich an der geschlossenen Schranke gegenüberstanden.

Und dann hatte er einen eigenartigen Schrei gehört. Der wurde jedoch von der Regionalbahn übertönt, die just in diesem Moment durchfuhr. Eigentlich habe er sich die Frau näher ansehen wollen, er wusste selbst nicht warum. Bauchgefühl, wie er meinte. Doch genau in dem Moment sei ihr Einsatzbefehl eingegangen. Sie sollten dafür sorgen, dass der Konvoi der aus Etzel Geflüchteten nicht alle Zufahrtsstraßen von Wittmund versperrte.

Danach wurde sie nicht mehr gesehen. Das konnte bedeuten, dass die Frau lediglich bis Nenndorf geradelt war, oder aber, dass sie sich von der Bundesstraße ferngehalten hatte. Möglicherweise wohnte sie in einem der einsam gelegenen Landarbeiterhäuschen, die abseits der Straße zwischen Nenndorf und Funnix lagen.

»Mir fällt da was ein. Da hat doch eben so eine komische Type aus Nenndorf angerufen und behauptet, die Frau zu kennen. Ich hab sie nicht ernst genommen, weil sie nicht bereit war, ihren Namen zu nennen. Aber die hat behauptet, auf eine Frau aus der Nachbarschaft würde die Beschreibung passen. Und als die heute nach Hause kam, hätte sie ein Bündel bei sich gehabt. Das passt doch. Die Spuren weisen schließlich in Richtung Norden und Nenndorf.«

»Aber Sie wissen doch ebenso gut wie ich, was von solchen Hinweisen zu halten ist. Das muss ich Ihnen wohl nicht erst sagen«, wagte dieses Weibchen ihr entgegenzuhalten. Ha!

»Sie müssen mir gar nichts sagen. Ich wüsste nicht, was von Ihnen kommen könnte, was ich selbst nicht schon lange vorher gewusst hätte. Ich dachte, das wäre klar. Oder müssen wir das jetzt schon wieder diskutieren?« Adams schäumte. Gerade als die junge Staatsanwältin mit hochrotem Kopf zu einer Erwiderung ansetzte, wurde die Bürotür aufgerissen.

»Sie müssen Ihren Dienstwagen umparken, der Polizeichef aus Wilhelmshaven ist im Anmarsch und braucht den Platz.« Adams seufzte. So ein kleiner Schlagabtausch mit der Zapatka hätte ihr gerade gut in den Kram gepasst.

»Also los. Wir sollten uns in Nenndorf umsehen und diese einsamen Häuser in Richtung Funnix kontrollieren, statt rumzupalavern. Schließlich haben wir keine Streife frei, die hinfahren könnte. Bei der Gelegenheit werde ich mir die Frau ansehen, von der die anonyme Anruferin berichtet hat. Sie können derweil ja gerne im Wagen sitzen bleiben, falls Ihnen das zu anonym ist.«

Sie verließ den Raum, ohne der Zapatka Gelegenheit zu geben, nochmals ihren Mund aufzumachen. Wäre ja noch schöner.

***

Also setzten sich Adams und Leyla in den aufgeheizten Insigna und fuhren los nach Nenndorf. Auf Empfehlung des Diensthabenden nahmen sie nicht gleich die Carolinensieler Straße. Die war schon ziemlich verstopft von den zahlreichen Etzel-Flüchtlingen, die inzwischen weiter an die Küste geleitet worden waren. Der Weg über Uttel führte zwar ebenfalls zurück auf diese Straße, jedoch weiter nördlich. Vor allem aber erst hinter dem Kreisel, der sich wegen der aus allen Richtungen kommenden Fahrzeuge als Nadelöhr entpuppte. Dahinter ging es langsam, aber stetig voran.

Adams hatte in der Dienststelle die Adresse von Beka Wolken herausgesucht. Das Haus lag mitten in Nenndorf an der Dorfstraße. Ein einfaches kleines 50er Jahre-Haus mit Gartenzwergen im Vorgarten. Natürlich stieg die Zapatka ebenfalls aus, auch recht.

Erst nach mehrfachem Klingeln wurde die Tür vorsichtig einen Spalt weit geöffnet. Um die Ecke linste eine Frau in den Vierzigern, mollig, aber nicht dick. Ihr dunkler Pagenkopf hing frisch gewaschen, aber noch nicht trocken bis auf ihre Schultern. Sie war lediglich mit einem Bademantel bekleidet, den sie fest um die Schultern zog.

»Wer sind Sie?«, hauchte sie mit rauchiger Stimme.

»Adams, Polizei Wittmund, und Zapatka, Staatsanwaltschaft Aurich«, erklärte Adams.

115

Entsetzt sah die Frau von einer zur anderen. »Was wollen Sie, was ist denn los?« Ihre Stimme nahm einen leicht hysterischen Ton an.

»Hey, immer mit der Ruhe«, versuchte Adams die Frau zu beruhigen. Doch ihre ausgestreckte Hand machte die Frau noch nervöser. Adams musterte sie genauer. Das ungepflegte Äußere hatte sie sicherlich gerade erst weggeduscht. Der Rest passte, wenigsten so halbwegs. Auch wenn sie nicht annäherungsweise so dick war wie von der Krankenschwester beschrieben. Das hatte bestimmt mit der Geburt zu tun, mutmaßte Adams. Und ihr Verhalten sprach Bände. Da sollte man doch mal nachhaken, fand sie.

»Warum sind Sie so nervös? Haben Sie was zu verbergen?«, konnte sie sich nicht verkneifen. Die Frau wurde blass und schüttelte stumm den Kopf. Plötzlich starrte sie an Adams vorbei.

»Was ist los? Wir wollen von Ihnen doch nur wissen, wo Sie heute Nacht waren, mehr nicht. Also immer mit der Ruhe«, hakte die nach. Doch die Frau fixierte weiterhin so intensiv den Punkt hinter Adams Rücken, dass sie nicht anders konnte, als sich umzudrehen und nachzusehen, was die Wolken so sehr bannte.

Auf der anderen Straßenseite stand ein alter Klinkerbau, rot und mächtig. Die Haustür, eine antike Doppelflügeltür, war ebenfalls ein wenig geöffnet.

Hinter sich konnte Adams die Frau nach Luft schnappen hören. »Warst du das wieder, du altes Miststück«, plärrte sie genau in Adams Ohr. »Was soll ich denn jetzt wieder angestellt haben, hä? Wann kapierst du endlich, dass ich nichts von deinem dämlichen Ehemann will, du Miststück. Jetzt hetzt du mir auch noch die Polizei auf den Hals. Genügt es dir nicht mehr, mich permanent anzurufen und wieder aufzulegen? Mich jede Nacht zu terrorisieren? Jetzt reichts mir endgültig mit dir.«

Mit diesen Worten stupste sie die beiden vor ihrer Tür stehenden Frauen unsanft zur Seite und rannte laut brüllend und mit wehendem Bademantel auf das gegenüberliegende Haus zu. Sie merkte offenbar noch nicht einmal, dass sie einen ihrer Hausschuhe unterwegs verlor.

Nach einer Schrecksekunde setzte ihr die entgeisterte Adams hinterher. Doch eine offensichtlich schon lange aufgestaute Wut beflügelte die andere Frau und so hängte sie die Adams lässig ab. Noch bevor sie die andere Haustür erreicht hatte, wurde die mit einem lauten Knall zugeworfen. Das brachte die Furie zum endgültigen Ausrasten. Unterwegs schnappte sie sich den größten Gartenzwerg aus dem Vorgarten und schleuderte ihn in die Glasscheibe der Doppelflügeltür. Die war zwar würdig und alt, jedoch nicht sehr widerstandsfähig. Und so zerbarst das mit Blumenmotiven verzierte Glas mit einem lauten Knall. Die Frau, die hinter der Tür stand, sprang mit einem Satz nach hinten. Zu spät. Glassplitter rissen ihre Gesichtshaut auf und Blut floss aus unzähligen kleinen Wunden.

Das brachte Beka Wolken so abrupt zum Stehen, dass Adams in sie reinrannte und sie umwarf. Ihr lauter Schrei konnte die Adams nicht aufhalten, die zu der Haustür weiterlief und sie durch das eingeschlagene Fenster öffnete. Die blutende Frau stand wie ein Götzenbild und gab keinen Mucks von sich, während das Blut wie Tränen von ihrem Gesicht tropfte. Adams wollte sie stützen und zu einem Stuhl führen, doch plötzlich erwachte die Frau aus ihrer Erstarrung.

»Fassen Sie mich nicht an«, fauchte sie Adams an. »Fassen Sie mich ja nicht an.«

Adams zuckte zurück. Sie konnte wieder nicht schnell genug reagieren, als die blutverschmierte Frau durch die nun offene Haustür auf die Straße rannte. Mit lautem Wutgeschrei stürzte sie sich auf ihre noch immer am Boden kauernde Kontrahentin und begann, auf sie einzuprügeln. Nach kürzester Zeit war auch die blutbesudelt durch das noch immer tropfende Blut der anderen Frau. Aber auch vom eigenen, das sich aus der Nase dazugesellte. Adams rannte wieder los, nun in die andere Richtung.

Noch bevor sie die beiden erreichte, kam ein weißhaariger Mann aus der Tür hinter Adams geschossen und stürzte sich auf die beiden Frauen. Er riss die obere an ihren Haaren von der am Boden liegenden weg. »Was haste denn jetzt schon wieder angestellt«, brüllte er sie an und zerrte ihr die Arme auf den Rücken. »Bist du jetzt endgültig durchgedreht oder was?«

Adams erreichte ihn und zog die zweite Frau hoch. Nur mit aller Kraft und Polizeigriff konnte sie Beka Wolken bändigen.

»Kann mir mal einer erklären, was hier los ist«, meldete sich die Zapatka von hinten zu Wort. Als ob die was zu sagen hätte. Doch Adams fehlte vor lauter Anstrengung die Luft für eine passende Erwiderung. Die Frau in ihren Armen tobte wie eine Irre, um sich zu befreien und erneut auf die andere loszugehen.

Schließlich hatten sich die beiden Kontrahentinnen einigermaßen beruhigt. Sie sahen aus wie nach einer

Schlacht, blutbesudelt und verdreckt mit wirren Haaren. Der Bademantel der Wolken hatte sich vorne geöffnet und gab den Blick auf die gewaltigen Brüste der Frau frei. Die von dem Krach angelockten Anwohner begutachteten das Schauspiel grinsend und kichernd.

Auch Adams hatte bei dem Gerangel ein paar Schrammen an den Händen abbekommen, die teuflisch brannten. Missmutig begutachtete sie die langen, feuerrot lackierten Fingernägel von Beka Wolken.

Wütend knurrte sie die Dreiergruppe an. »Was ist hier los? Was zum Teufel denken Sie sich dabei, wie die Irren aufeinander loszugehen, hä? Und Sie lassen die Haare Ihrer Frau los, sonst haben Sie den nächsten Ärger am Hals.«

Widerwillig ließ der Mann den Haarschopf seiner Angetrauten los. »Meine Alte ist durchgeknallt«, würgte er zwischen den Zähnen hindurch. »Die ganze Zeit macht sie mir die Hölle heiß, ich hätte was mit der Beka«, mit dem Kopf deutete er auf Beka Wolken. »So ein Quatsch. Meine Frau gehört in die Klapse, mir reichts jetzt mit der.« Mit diesen Worten packte er seine Ehefrau fest am Oberarm und zerrte sie in Richtung Haus.

»Stopp, halt, so geht das nicht. Schließlich gab es hier eine Prügelei«, brüllte ihm die Adams hinterher. Doch der Mann winkte nur ab und verschwand im Haus.

Wütend wandte sich Adams der zweiten Frau zu. »Und was haben Sie dazu zu sagen? Was ist Ihnen in den Sinn gekommen, wie eine Verrückte auf Ihre Nachbarin loszugehen und deren Haustür einzuschlagen? Und machen Sie erst mal Ihren Bademantel wieder zu.«

Beka Wolken wurde blutrot, nachdem sie an sich herabgesehen hatte. Dann raffte sie ihren Mantel und rannte in Richtung ihres Hauses.

»Ja, spinn ich denn? Hiergeblieben, wir haben mit Ihnen zu reden. Wo waren Sie heute Nacht?«

Noch bevor die Frau ihr Haus erreichte, kam ein Volvo um die Kurve gefahren und parkte vor der Tür. Ein Hüne von Mann in mittleren Jahren stieg aus und kam auf die Gruppe zu. Verblüfft warf er einen Blick auf die noch nicht zerstreute Menge. »Was'n hier los?«

Adams zuckte mit den Schultern. »Und wer sind Sie, bitte schön?«

»Ich wohne hier. Dieter Wolken. Also, was ist jetzt hier los?«

»Wir wollten Ihre Frau nur etwas fragen, da ist sie rüber zu dem anderen Haus gerannt und hat ihre Nachbarin verprügelt. Das war los.«

Genervt schüttelte der Mann den Kopf. »Kein Wunder, hab schon die ganze Zeit darauf gewartet, dass so was passiert. Bei dem ständigen Stress, den die alte Eden andauernd macht. Was wollten Sie denn meine Frau fragen?«

»Wo sie letzte Nacht war, nicht mehr und nicht weniger. Wir suchen eine Frau, die heute Nacht verunglückte und die Ihrer Frau ähnelt. Vorhin kam ein anonymer Hinweis rein, dass sie die Gesuchte sei.«

»Das darf doch wohl nicht wahr sein! Eine Prügelei, weil Sie einem anonymen Hinweis nachgehen? Seit wann nimmt denn die Polizei sowas ernst? Meine Frau war heute Nacht natürlich bei mir hier im Bett. Genau da, wo sie hingehört. Und jetzt reicht es. Als ob wir mit Etzel nicht alle genug am Hals hätten. Das haben Sie

ganz prima hingekriegt.« Nach einem letzten wüten-
den Blick in die Runde folgte der Ehemann seiner Frau
ins Haus.

Adams tobte. Wie hatte sie nur so blöd sein können.
Und das auch noch vor der Zapatka. Sie schüttelte sich,
leckte die Wunden auf ihren Händen ab und stapfte zu
ihrem Wagen. Noch während sie sich auf dem Fahrersitz niederließ, öffnete die Zapatka die Beifahrerseite
und ließ sich auf den Sitz gleiten. Kaum saß sie, hörte
Adams ein leises Schnauben vom Beifahrersitz. Das
war zu viel.

»Wagen Sie es ja nicht, irgendwas zu sagen. Absolut
nichts!«, fauchte Adams in Richtung dieses Weibchens,
als die Luft holte. Garantiert käme jetzt, dass sie das ja
gleich gesagt hatte zu anonymen Hinweisgebern.

»Schnauze!«, schickte sie gleich noch prophylaktisch
hinterher. Dann ließ sie den Motor an.

Eisig schweigend fuhren die beiden Frauen weiter zu
den einsam gelegenen Häusern hinter Nenndorf.

Es handelte sich um drei Anwesen, die zurückgesetzt
an einer alten Landstraße lagen. Das erste war ein großer Hof, dessen Bewohner nichts gesehen hatten. Sie
waren viel zu beschäftigt gewesen mit dem Vieh, wie
sie sagten, um auf irgendwelche Fremden zu achten.

Im zweiten Landarbeiterhaus wohnte ein uralter
Mann alleine, der trotz seiner Hörgeräte kaum verstand, was er gefragt wurde. Nein, er hatte nichts gesehen, sondern am Nachmittag geschlafen.

Allerdings war der schrumpeligen Alten, die in dem
dritten alten Hexenhäuschen wohnte, eine dicke Fahr-
radfahrerin aufgefallen, die am Nachmittag vorbeige-

radelt war. Das war ungewöhnlich. Nur wenige kannten und nutzen die alte Straße von Nenndorf zu ihnen. Beschreiben konnte sie die Frau allerdings nicht, dazu waren ihre Augen zu schlecht.

Auf jeden Fall sei sie in Richtung Bundesstraße weitergefahren, nicht in Richtung Harle. Es war eine Weile her, dass sie die Frau gesehen hatte. Wie lange, vermochte sie nicht zu sagen.

***

Christina musste wieder an der Bundesstraße entlangradeln. Hier gab es keinen Schleichweg mehr, der bis nach Hause führte. Und für weitere Umwege wie den hinter Nenndorf fehlte ihr die Kraft.

Deshalb bog sie aus dem Grashausener Weg auf den Fahrradweg entlang der Carolinensieler Straße ein. Bisher hatte sie großes Glück gehabt nicht entdeckt zu werden, das war ihr klar. Nun galt es, schnellstens wegzukommen, weg von der Hauptverkehrsstraße. Wer wusste schon, wann der nächste Streifenwagen vorbeikam. Der Polizist vorhin hatte sie so scheel angesehen.

Sie trat kräftiger in die Pedale. Doch gerade, als sie den Berdumer Oberdeich passierte, knallte es. Nicht laut, doch unüberhörbar. Christina geriet sofort ins Schlingern.

Was war denn jetzt schon wieder los? Sie stieg ab und begutachtete das Hinterrad. Verdammt, geplatzt! Das gabs doch nicht. Hatte sich denn alles gegen sie verschworen? Was sollte sie jetzt nur machen?

Sie könnte das Fahrrad in den Graben schmeißen und laufen. Aber was machte sie dann mit dem Äffchen?

Und würde das Fahrrad die Leute nicht auf ihre Spur bringen, falls sie anfingen, nach ihr zu suchen? Außerdem müsste sie dann den Affen tragen, es sei denn ...

Von hinten näherte sich ein Lastwagen. Christina drehte sich seitlich, damit der Fahrer ihr Gesicht nicht sehen konnte. Ausgerechnet jetzt fuhr ein weiß-grüner Transporter der Firma Poppinga aus Funnix vorbei. Die durften sie auf keinen Fall sehen, da hatte sie zwischendurch gejobbt.

Er fuhr vorbei.

Am besten schob sie das Fahrrad nach Hause. Dort konnte sie Affen und Rad verstecken. Außerdem konnte sie sich auf das Rad stützen. Das war besser, als durch die Gegend zu schwanken.

Christina schob los.

***

Kaum saßen sie wieder im aufgeheizten Wagen, fiel Leyla siedend heiß ein, dass sie die ganze Zeit das Handy ausgeschaltet gelassen hatte. Dabei musste sie doch im Dienst erreichbar sein. Wenn sie nicht aufpasste, bekam sie noch richtig Ärger.

Hektisch suchte sie in ihrer Tasche herum, konnte es jedoch nicht finden. Tiefer und tiefer wühlte sie in ihrer viel zu großen Beuteltasche. Sie war so konzentriert auf die Suche, dass sie nicht mitbekam, als die Adams sie ansprach.

Endlich fand sie es in der kleinen Seitentasche. Sofort schaltete sie ihr Handy an. Kaum hatte sie Empfang, klingelten diverse Nachrichten rein.

Erneut hörte sie nicht, als die Kommissarin sie etwas fragte. Zu gefesselt war sie von der SMS von Stefan. Er entschuldigte sich wortreich, war aber froh, dass endlich alles zwischen ihnen gesagt sei.

Das war zu viel für Leyla. Tränen schossen ihr in die Augen. Sie wandte ihr Gesicht von Adams weg zum Wagenfenster, damit die nichts von ihrem Kummer mitbekam. Mit einem Schlag übermannte sie die zukünftige Einsamkeit. Ein Leben ohne Stefan. Stefan, mit dem sie den Rest ihres Lebens zusammenleben wollte, der Mann ihres Lebens, Vater ihres ungeborenen Kindes und einziges Wesen auf Gottes Erdboden, das noch zu ihr gehörte. Sie schnappte nach Luft, doch egal wie viel sie davon einatmete, sie erreichte nicht ihre Lungenflügel. Sie fühlte sich wie unter Wasser, isoliert und ausgeliefert. Es war kaum zu ertragen. Nur unter Aufbietung all ihrer verbliebenen Kraft schaffte sie es, einen Schluchzer, der aus ihrer Kehle aufsteigen wollte, zurückzuhalten.

Und so überhörte sie zum dritten Mal, dass die Adams etwas zu ihr sagte.

***

Adams hielt am Straßenrand. Das war einfach zu viel. Was bildete sich diese Zicke eigentlich ein? Statt sich auf die Suche nach dem Kind zu konzentrieren, las sie in aller Ruhe ihre Handynachrichten, unglaublich.

Nicht mal antworten konnte sie ihr, so abgelenkt war sie von den blöden Nachrichten. Stinksauer brüllte Adams die Zapatka an. »Nachdem Sie vorhin unsere Zeit mit Flirten vergeudet haben, verprassen Sie jetzt die Zeit mit Simsen. Was sind Sie bloß für eine Staatsanwältin?«

Die wurde flammend rot und schnappte nach Luft, als wäre sie am Ertrinken. »Was deuten Sie da eigentlich die ganze Zeit an? Und überhaupt, in welchem Ton reden Sie da laufend mit mir? Was erlauben Sie sich?«

»Was ich mir erlaube?«, zischte die Kommissarin. »Was ich mir erlaube? Ha, was haben Sie sich denn da mit dem Arzt erlaubt, wenn ich mal fragen darf. Der erklärt uns, dass ein Baby in Lebensgefahr schwebt, und Sie entschwinden mit ihm ins Separee für 'ne halbe Stunde. Ich hab ja kein Problem damit. Aber nachdem mein Assistent abgezogen wurde und die gesamte Polizei in Etzel unterwegs ist, hätte ich zumindest erwartet, dass Sie sich mehr in die Suche nach dem Kind einbringen. Aber nein, Sie ziehen es vor, mit dem jungen Arzt zu flirten.«

»Ich habe nicht geflirtet. Was soll denn der Quatsch. Dr. Winterstein hat Ihnen doch gesagt, dass mir ein wenig heiß wurde.«

»Ein wenig heiß? Na dann. Hoffen wir mal, dass es das Baby überlebt, wenn ihm zu heiß wird.«

Die Zapatka wurde noch röter. Gut so.

»Nun, es war schon ein bisschen mehr als nur heiß, um genau zu sein.«

»Na klar, wahrscheinlich wurde Ihnen so richtig heiß ums Herz in der Nähe von Dr. Winterstein. Kann ich mir gut vorstellen. Solche Sachen sollten Sie allerdings in Ihrer Freizeit abziehen und nicht mitten in meiner Ermittlung.«

»Ich habe nichts abgezogen. Mir ging es schlecht, richtig schlecht«, versuchte die Zapatka sich zu rechtfertigen.

Doch Adams hatte sie fest im Würgegriff und beabsichtigte nicht, sie auszulassen. »Das tut mir nun aber wirklich leid. Aber könnten Sie Ihre Unpässlichkeit nicht bitte zu Hause in Ihrer Freizeit ausleben?« Adams Stimme triefte vor Spott. Sie genoss es, dass die Zapatka sich vor ihr wand.

»Ich war nicht unpässlich und mir wurde es nicht wegen des Arztes heiß. Was ist das denn für ein Ton, in dem Sie mit mir reden?«, versuchte die erneut, die Kontrolle zurückzugewinnen.

Doch Adams war nicht mehr zu bremsen. Wie satt hatte sie solche reiche-Leute-Kinder, die sich einbildeten, besser als sie zu sein. Diese Staatsanwältin durfte mit jedem jederzeit rumflirten und ihr selbst hatte man dafür das Leben zur Hölle gemacht. Das war ungerecht. Gerade als sie ansetzte, ihr das an den Kopf zu knallen, wurde die Zapatka grün im Gesicht.

***

Die ganze Zeit hatte Leyla versucht, die Contenance zu wahren. Hatte versucht, sich vor der Adams nichts anmerken zu lassen von der Qual, mit der sie zu kämpfen hatte. Mit aller Macht hatte sie verheimlicht, was ihr Problem war. Doch nun konnte sie nicht mehr.

Ihr wurde schlagartig speiübel. Ob es die Hitze war oder die Sorge um das Kind, die Schwangerschaft oder die unmögliche Situation, in der sie sich befand, war nicht zu unterscheiden. Alles Blut sackte aus Leylas

Kopf und ihr Tinnitus wurde so laut, dass sie Adams nur noch den Mund verzerren sah. Wie eine Fratze sah sie aus.

Leyla konnte gerade noch aus dem Wagen springen, bevor sie sich übergeben musste. Nicht mal auf den Beinen halten konnte sie sich. Und so sackte sie am Straßenrand auf die Knie und stützte sich mit den Händen im Gras ab.

***

Damit hatte Adams nun doch nicht gerechnet. Sie stieg ebenfalls aus und ging um den Wagen herum zu der am Boden knienden Frau, die gerade versuchte, wieder auf die Beine zu kommen. Richtig schäbig sah sie aus in ihren Bemühungen. Adams verzog angewidert die Nase.

Doch der Zapatka gelang es nicht, wieder hoch zu kommen, und so ließ sie sich gänzlich auf den Boden sinken, bis sie im Gras saß. Mit Spucke am Kinn drehte sie sich langsam zu ihr um. Ihr ganzes Gesicht war schweißnass und die Augen rot angelaufen. Regelrecht mitleiderregend sah sie aus. Ob die heimlich getrunken hatte?

Wütend fuhr sie die Staatsanwältin an. »Was ist los mit Ihnen, sind Sie betrunken oder haben Sie Tabletten geschluckt? Raus mit der Sprache, so machen wir jedenfalls nicht weiter. Wenn Sie nicht wollen, dass ich den Vorfall melde, dann spucken Sie aus.«

Leyla sah sie lange an, ohne sich zu rühren. Langsam zog sie ein Papiertaschentuch aus ihrer Handtasche und wischte sich das Gesicht ab. Fasziniert starrte sie das Tempo an, das klatschnass war von Spucke und

Schweiß. Sie fühlte sich, als wäre sie gerade durch Jauche gezogen worden.

Entsetzt sah sie an sich herunter und entdeckte Dreck auf ihrem Rock. Ihre Strumpfhose wies mindestens drei Laufmaschen auf. Tief einatmend sah sie nochmals in das wutverzerrte Gesicht der Kommissarin.

Hier half nur noch die Wahrheit, wenn überhaupt.

***

Christina ging die Luft aus. Sie hatte gerade einmal das Stück bis zur Abbiegung nach Heppens Oberdeich geschafft, da konnte sie nicht mehr. Das Wasser lief ihr in Strömen den Rücken hinab, während das Äffchen leise vor sich hin jammerte. Es war nicht auszuhalten. Dabei war sie es, die schieben musste, während der bequem in seinem Körbchen lag. Überhaupt, was hatte der ihr angetan. Wegen ihm war sie in dieser unerträglichen Situation.

Da entdeckte sie das Bushäuschen an der Abbiegung. Natürlich hatte sie es schon oft gesehen, doch jetzt nahm sie es zum ersten Mal richtig wahr. Dort war sie vor Blicken geschützt und konnte sich im Schatten auf der Bank kurz ausruhen.

Kein Fahrzeug war zu sehen, als sie die Straße überquerte. Rasch schob sie das Fahrrad hinter die Hütte. Eigentlich gönnte sie es dem Äffchen nicht, dass es im Schatten stand. Doch das Risiko, es von allen Seiten sichtbar in die Sonne zu schieben, wollte sie auch nicht eingehen. Also ließ sie es stehen, umrundete einfach das Häuschen und ließ sich auf der harten Holzbank darin nieder.

Was für eine Wohltat. Sie schloss die Augen und nickte sofort ein.

***

»Sie kotzen, als seien Sie besoffen oder schwanger«, kam von der noch immer verächtlich auf sie herabsehenden Kommissarin. Leyla klappte vor Schreck den Mund auf. War es ihr so deutlich anzusehen? Sie konnte die Kommissarin nur anstarren wie ein verängstigtes Kaninchen.

»Was ist los mit Ihnen? Nun reden Sie schon«, drängte die mit harter Stimme.

Leyla brachte kein Wort hervor.

»Nun machen Sie kein solches Theater, war doch nur ein Witz.« Adams stockte. »Oder nicht?«

Leyla brachte noch immer keinen Ton heraus, fühlte sich wie auf der Anklagebank. Doch Adams hatte allem Anschein nach verstanden.

»Ich glaub's ja nicht. Besoffen sind Sie nicht, das hätte ich gerochen. Also sind Sie schwanger! Warum haben Sie das nicht gleich gesagt. Ist doch nichts Schlimmes. Warum die Geheimniskrämerei?«

Leyla holte tief Luft. Ihr fehlte die Kraft zum Lügen. Auch wenn diese schreckliche Frau die Letzte auf Gottes Erdboden war, der sie sich anvertrauen wollte, so konnte sie nicht mehr an sich halten. Sie musste es endlich loswerden. »Ja, das stimmt. Aber nicht mehr lange. Morgen ist es damit vorbei. Ist auch besser so, denn seit heute bin ich wieder Single. Hab mich nur noch nicht an den Zustand gewöhnt.«

Sofort fühlte sie sich besser, nachdem sie es ausgesprochen hatte. Fast schon beschwingt. Bereits das zweite befreiende Geständnis heute, fiel ihr ein.

Und schon schossen ihr die Tränen unaufhaltsam aus den Augen. Ein wahrer Sturzbach, der sich weder durch tiefes Atmen noch durch Naseputzen stoppen ließ. Sie hatte keine Chance, also ließ sie die Tränen laufen. Wieder bekam sie keine Luft vor lauter Schluchzen. Doch das war ihr egal. Lächerlich gemacht hatte sie sich bereits, wie konnte es jetzt noch schlimmer werden?

***

»Uff, was ist das denn für eine Geschichte?«, brachte Adams entsetzt hervor. Gerade war ihr ganzes Weltbild in sich zusammengestürzt.

Aber noch nicht komplett. »Ihre Eltern werden Sie schon ausreichend unterstützen. Und warum wollen Sie abtreiben? Ist doch keine große Sache mehr heutzutage, alleine ein Kind großzuziehen. Vor allem nicht, wenn man aus einem begüterten Elternhaus kommt.«

»Mag sein, leider gehöre ich nicht zu den glücklichen Kindern aus reichem Hause. Meine Eltern waren einfache Leute und sind schon lange tot. Die nächsten zwanzig Jahre muss ich BAföG abstottern. Wie soll ich das machen, wenn ich alleine ein Kind großziehe? Und dann vielleicht auch noch ein behindertes Kind.«

»Ein was? Wie kommen Sie denn darauf? Sie sind doch noch jung, da besteht keine Gefahr für ein mongoloides Baby. Quatsch.«

»Das ist nicht das Problem. Aber vielleicht kann es ebenso wie ich nicht richtig hören oder wird taub geboren. Soll ich das riskieren? Und das mutterseelenallein mit der ganzen Verantwortung?«

»Wieso taub?«, kam von der verblüfften Adams.

***

»Nun tun Sie doch nicht so, als hätten Sie es nicht gemerkt!«, fauchte Leyla die Kommissarin wütend an. Sie wusste nicht, woher die Wut angeflogen gekommen war. Aber egal. Auch sie hatte nur Nerven und musste sich nicht von der Kommissarin verschaukeln lassen. So lustig war das nun wirklich nicht.

»Was gemerkt?« Die Adams tat tatsächlich so, als wäre sie ahnungslos. Aber nicht mit ihr, dazu hatte sie Leyla zu lange gequält.

»Tun Sie doch nicht so, als hätten Sie nicht bemerkt, dass ich nicht mehr richtig höre. Die ganze Zeit haben Sie mich wie eine Idiotin behandelt, als ob ich was dafür könnte.«

***

Adams war total perplex. Eine gute Ermittlerin wollte sie sein und hatte nicht kapiert, dass es der jungen Frau schlecht ging. Ihren Beruf sollte sie an den Nagel hängen, sie altes Trampeltier. Wie konnte sie nur. »Tut mir leid. Das habe ich nicht gewusst«, brachte sie zerknirscht hervor.

»Was haben Sie nicht gewusst?«

»Na alles, aber vor allem, dass Sie nicht gut hören. Trotzdem! Das mit Dr. Winterstein hätte nicht sein müssen.«

»Was meinen Sie damit, verdammt noch mal? Ich wundere mich schon die ganze Zeit, warum Sie andauernd mit dem anfangen. Mein Lebensgefährte, von dem ich schwanger bin, hat mir heute Morgen verkündet, dass er eine Andere liebt. Glauben Sie im Ernst, dass mich an solch einem Tag ein anderer Mann interessiert?«

Adams starrte sie entgeistert an. Nun fiel es ihr wie Schuppen von den Augen. Da hatte ihr wohl Freud einen Streich gespielt. Die Staatsanwältin hatte sicher ganz anderes im Kopf gehabt als einen Flirt. Wie war sie nur darauf gekommen? Jetzt fühlte sie sich richtig beschämt wegen ihres miesen Verhaltens.

»Vergessen Sie's. Das ist ja ganz schön heftig, was Sie mir gerade erzählt haben. Wie soll es denn jetzt weitergehen?«

Die Zapatka lachte trocken auf. »Als ob ich auch nur den Schimmer einer Idee hätte. Keine Ahnung. Bis jetzt hatte ich keine Zeit, darüber nachzudenken. Ist ja auch nicht gerade der ideale Zeitpunkt dafür. Wir haben andere Sorgen. Also legen wir das Thema auf Eis. Jetzt geht es um das verschwundene Baby und nicht um meins oder mich. Ich wollte lediglich vermeiden, dass Sie ernsthaft denken, ich wäre betrunken.«

Die Staatsanwältin versuchte aufzustehen, doch ihre Beine waren zu wackelig. »Lassen Sie uns weitermachen. Ich muss mich nur irgendwo säubern und in Ordnung bringen.« Sie wies auf Rock und Strumpfhose.

Adams nickte. Vor allem brauchten sie beide was zwischen die Kiemen. Seit sie sich am Morgen in der Klinik getroffen hatten, hatten beide weder gegessen noch getrunken. Kein Wunder, dass die junge Frau schlappmachte. Adams schlug sich auf die Oberschenkel und richtete sich auf. Dann streckte sie der Staatsanwältin die Hand hin, nicht nur, um sie hochzuziehen.

***

Adams hatte Leyla überredet, essen zu gehen. Es machte keinen Sinn, wenn sie zusammenklappten, weil sie nichts gegessen hatten, meinte sie. Damit wäre niemandem geholfen, schon gar nicht dem verschwundenen Baby.

Also fuhren sie nicht wie geplant zurück nach Wittmund, sondern in Richtung Nordsee. Beiden war klar, dass sie in der von Flüchtlingen überlaufenen Stadt keinen freien Platz zum Essen finden würden.

Adams hatte vorgeschlagen, sich ein Fischbrötchen an der Küste zu holen. Vielleicht was Saures, das mochten Schwangere doch und war gut gegen Übelkeit. Obwohl sie, wie sie unumwunden zugab, herzlich wenig über die Gelüste von Schwangeren wusste. Und auch gar nicht wissen wollte.

Außerdem meinte sie, könne man sich auf der Strecke gleich ein wenig umsehen. Schließlich war die Gesuchte offenbar weiter in diese Richtung geradelt. Das lag zwar schon eine Weile zurück, aber man konnte ja nie wissen.

Aufmerksam betrachteten beide die weite ostfriesische Landschaft, durch die sie kamen. Doch obwohl sie das taten, entdeckten sie nicht die schlafende Frau in dem Holzhäuschen der Bushaltestelle oder das Fahrrad dahinter.

***

In der Küsten-Räucherei Albrecht war die Hölle los. Zu Leylas Erleichterung befanden sich die Toiletten außerhalb. So konnte sie sich säubern, ohne durch das Schnellrestaurant gehen zu müssen. Die Strumpfhose landete im Mülleimer und den Rock wischte sie mit Papiertrockentüchern ab. Einen kleinen Schock erlitt Leyla allerdings beim Blick in den Spiegel: Leichenblass sah sie aus und ihre ohnehin schon großen Augen dominierten ihr Gesicht nun völlig. Da half nur kaltes Wasser, das sie sich ohne Rücksicht auf ihr Make-up ins Gesicht klatschte. Schon fühlte sie sich besser.

In Anbetracht ihres mittlerweile immensen Hungers – Leylas Magen knurrte gegen jede Erwartung – beschlossen beide, auf die Fischbrötchen zu verzichten. Stattdessen bestellten sie Scholle mit Kartoffelsalat.

Bis ihre Nummern aufgerufen wurden, suchten sie sich einen freien Platz, den sie in der hintersten Ecke am Fenster fanden. Als Leyla jedoch den vollgekleckerten weißen Plastiktisch mit den schmutzigen Tellern der vorherigen Gäste sah, drehte sich ihr Magen erneut um.

Resolut packte Adams alles auf ein Tablett und wischte mit der Hand die Krumen vom Tisch. Leyla grinste. Das passte zu der burschikosen Kommissarin.

Am Nebentisch saß ein junges Paar mit einem Baby. Leyla drückte es bei dem Anblick die Luft ab.

134

Erneut rettete Adams sie, bevor sie zu trübsinnig werden konnte. Lässig und mit herausforderndem Blick hatte sie alle im Wege stehenden Gäste verdrängt. Das Tablett verfrachtete sie hoch über ihrem Kopf sicher an den Tisch. Sogar zwei Gläser Weißwein standen darauf, wie Leyla zu ihrer Verblüffung bemerkte.

Noch bevor sie den Alkohol ablehnen konnte, erklärte ihr Adams, dass sie nicht riskieren wolle, dass Leyla gleich wieder grün würde. In dem Fall würde Alkohol Wunder wirken. »Mir wäre ja ein Diebels Alt lieber gewesen, aber so was trinken Sie doch bestimmt nicht«, kommentierte Adams den Chablis.

Leyla nickte und war zufrieden. Es war ein verblüffend gutes Gefühl, von jemandem bemuttert zu werden. Auch wenn sie dem Frieden nicht ganz traute.

Nach dem ersten Bissen ging es ihr deutlich besser und nach dem dritten Schluck Wein war sie bereit, die Lage zu klären. »Ich muss mich entschuldigen. Das hätte nicht passieren dürfen«, setzte sie an.

»Ach was«, polterte Adams. »Ihre einzige Eselei war, mir nicht zu sagen, was los ist. Halten Sie mich für herzlos?«, sie sah Leyla in die Augen. »Okay, okay, ich gebe ja zu, dass ich manchmal sehr direkt bin, aber herzlos bin ich nicht«, kam gleich hinterher. »Außerdem kann es jedem mal passieren, dass er aus der Rolle fällt. Ob Sie's glauben oder nicht, ist mir auch schon passiert.«

Leyla konnte sich ein Grinsen nicht verkneifen. »Nein, darauf wäre ich im ganzen Leben nicht gekommen. Was ist Ihnen denn passiert?«

»Mhm, wir haben gerade erst angefangen, keine Feinde mehr zu sein. Das heißt aber noch lange nicht, dass Sie meine Busenfreundin sind, der ich alle Geheimnisse anvertraue.«

»Schade«, erwiderte Leyla. »Ein paar satte Peinlichkeiten von anderen und ich würde mich gleich besser fühlen.«

»Das glaube ich Ihnen gerne, aber so weit sind wir noch nicht. Jetzt essen Sie erst mal den Fisch. Wenn er kalt wird, bekommen Sie überhaupt nichts mehr runter.«

***

Nach dem Essen blieben sie noch sitzen. Zu gut war das Gefühl, etwas im Magen zu haben, auch wenn Leyla nur die halbe Portion geschafft hatte, wie die Adams ihr vorhielt. Leyla sah sich im Speisesaal um und war verblüfft, wie viele Leute inzwischen eingetrudelt waren. Während ihrer Anwesenheit hatte sich die Anzahl der Gäste verdoppelt. Das Lokal platzte aus allen Nähten. Ob das mit Etzel zusammenhing?

Dann fiel ihr Blick wieder auf das wohlversorgte, sanft schlummernde Baby am Nebentisch und die grausame Realität holte sie unsanft in die Gegenwart zurück. »Wir sollten los, die Uhr tickt.«

»Schon klar, aber ich habe im Moment nicht die geringste Idee, wie wir weiterkommen. Ich rufe mal eben im Revier an, ob irgendwelche Meldungen reingekommen sind.« Mit diesen Worten verschwand Adams vor die Tür.

Leyla blieb Zeit, ihre Gedanken zu sammeln. In ihrem Kopf rumorte es. Sie hatte das unangenehme Gefühl, etwas Wichtiges übersehen zu haben. Sie kam nur nicht darauf, was das war. Wann hatte sie das Gefühl zum ersten Mal verspürt?

Gleich zu Anfang, fiel ihr ein. Aber noch nicht im Krankenhaus. Nein, es war später gewesen. Leyla rief sich vor Augen, was sie unternommen hatten. Da war der Zeuge gewesen, der die Frau gefunden hatte. Doch der hatte wenig zu erzählen gehabt. Darin konnte sich keine Erkenntnis verborgen halten.

Anschließend waren sie zu diesem Altenpflegeheim gefahren, das den Namen nicht verdiente. Ihr fiel die arme alte Frau ein, die ihren Hund vermisste. Irgendetwas klingelte in ihrem Hinterkopf. Was war das bloß?

Adams kam zurück. »Nichts Neues, es sind keine weiteren Sichtungen reingekommen.«

»Können Sie sich an die Situation im Altenheim erinnern, als die Alte aus dem Zimmer kam? Irgendwas passte da nicht zusammen, aber ich komme einfach nicht drauf, was«, empfing Leyla sie.

»Nö, keine Ahnung, was sollte das gewesen sein?«

»Das ist es ja, ich komme einfach nicht drauf, Mist. Irgendwie scheint mir das wichtig zu sein.«

»Na, dann denken Sie mal gut drüber nach. Im Moment bin ich dankbar für jede noch so kleine Idee«, erwiderte Adams, während sie die Teller zusammenräumte und auf das Tablett stellte.

»Leichter gesagt, als getan«, erwiderte Leyla seufzend im Aufstehen.

Nach dem angenehm kühlen Restaurant erschien ihr die Hitze im Freien noch unerträglicher als zuvor. Wenigstens war die Übelkeit verschwunden, ebenso wie die dunklen Wolken im Süden. Schade, da kam wohl doch keine Erfrischung von oben.

Christina schreckte hoch. Da war sie doch tatsächlich eingenickt. Ihr fehlte jegliches Zeitgefühl, ganz durcheinander war sie. Ob sie lange geschlafen hatte? Die Hitze hatte nicht nachgelassen.

Sie musste schnellstmöglich nach Hause. Ihr graute vor der Konfrontation mit Thilo. Umbringen würde er sie, weil sie jetzt erst heimkam. Nicht einmal erzählen konnte sie ihm, was sie hinter sich hatte.

Überhaupt kannte sie niemanden, mit dem sie darüber oder über irgendetwas, was sie betraf oder ihr wichtig war, reden konnte. Immer war sie alleine und auf sich gestellt und konnte froh sein, wenn Thilo sie nicht rauswarf. Was sollte sie dann machen? Sie hatte doch nichts und konnte nichts.

Auch wenn das Leben mit Thilo eine einzige Katastrophe war, mit regelmäßigem Prügeln und den vielen einsamen Abenden. Wenigstens war es ein Leben, das sie kannte. Sie hatte ein Dach über dem Kopf und ihr Essen. Wo sollte sie sonst hin? Nein, sie konnte unter keinen Umständen weg von ihm. Egal was passierte, dieses noch so erbärmliche Zuhause musste sie sich erhalten, unbedingt! Komme, was da wolle.

Und ihre Jungs würden nicht mitkommen, da war sie sich sicher. Die hatten sich längst auf Thilos Seite geschlagen und fingen bereits an, seine üblen Gewohnheiten nachzuahmen. Nein, dieses Leben war immer noch besser als fast alles, was sie vorher gekannt hatte. Und sie würde dafür sorgen, dass es so bliebe, koste es, was es wolle. Kein Preis konnte zu hoch sein.

Sie holte das Fahrrad hinter dem Häuschen hervor. Das Äffchen war still. Vorsichtig sah sie in beide Richtungen, bevor sie die Carolinensieler Straße überquerte. Jetzt war es nicht mehr weit bis zu dem alten Feldweg, der eine deutliche Abkürzung der Strecke bedeutete.

Nach wenigen hundert Metern überquerte sie die Brücke über die Funnixer Alte Leide, einem alten Entwässerungsgraben. Dahinter zweigte der Feldweg ab und Christina verschwand hinter den dichten Büschen am Straßenrand. Deshalb nahm sie auch nicht den schwarzen Insigna wahr, der vorbeifuhr, kurz nachdem sie abgebogen war. Zum zweiten Mal an diesem Tag.

***

Schweigend fuhren die Frauen zurück in Richtung Wittmund. Während ihnen unzählige Fahrzeuge entgegenkamen, zermarterte sich Leyla das Hirn, was ihr komisch vorgekommen war.

Es hatte mit dieser unfreundlichen Pflegeheimleiterin zu tun, da war sie sich sicher. Das ganze Gespräch mit ihr war absurd verlaufen. Da stimmte etwas überhaupt nicht. Wenn sie nur darauf käme, was es war.

Wie die mit der alten Frau umgesprungen war, schlimm. Sich dann auch noch als aufopferungsvoll darzustellen, war unglaublich. Leyla schüttelte den Kopf.

Wenn ihr doch nur einfiele, was nicht stimmte. Hatte es mit der Alten zu tun? Mhm, irgendetwas war da. Mit dem Stoffhund? Nein, das konnte nicht sein. Auffallend war, wie schnell die Münkenwarf sie beide anschließend aus dem Haus befördert hatte. Darauf wies Leyla Adams hin.

»Stimmt schon. Ich könnte meinen Kopf darauf verwetten, dass bei der die Buchhaltung nicht sauber ist.«

»Wie meinen Sie das?«

»Na, bei den geringen Gebühren, die die für die Pflege der alten Leute kassieren, kommen die doch nicht über die Runden mit offiziellen Altenpflegerinnen«, klärte die Adams sie auf.

Bei Leyla klingelte es lauter. »Was sagte die noch mal über ihre Mitarbeiterinnen?«, hakte sie nach.

»Nun, die Namen weiß ich nicht mehr. Aber ich habe sie selbstverständlich notiert. Sie hat gesagt, dass beide schlank sind. Und dass die früher am Abend das Haus verlassen haben und nur sie und ihr Mann dann die Alten betreuten.«

»Irgendwas ist da komisch. Wo sind denn Ihre Notizen zu den beiden Angestellten?«

Sofort ging Adams in Abwehrstellung. »Wollen Sie mir unterstellen, ich hätte nicht ordentlich mitgeschrieben?«

Leyla sah sie verdutzt an. Die Kommissarin hatte recht. Busenfreundinnen waren sie trotz der Versöhnung noch lange nicht. »Langsam, langsam, ich wollte doch nur die Vornamen nachlesen.«

Mit scheelem Blick, jedoch offenbar wieder beruhigt, zückte Adams einen zerknitterten und fleckigen Notizblock aus ihrer Westentasche, den sie Leyla reichte. Die war nervös geworden, weil Adams während der Suche nach dem Block weitergefahren war und das Tempo keineswegs verringert hatte. Sie fing an zu blättern,

doch Adams Schrift war wie die Frau kaum zu enträt-
seln.

»Könnten Sie mal anhalten und die Stelle suchen? Ich
finde sie nicht«, gab Leyla den Versuch auf.

»Gefällt Ihnen meine Schrift nicht?«, kam es beleidigt
von Adams. Doch Leyla warf ihr nur einen genervten
Blick zu. Adams hielt in der Ausbuchtung einer Bushaltestelle. Nach einem kurzen Blick in den Block las sie
die Namen vor.

»Richtig, ich erinnere mich. Aber wer ist dann Christina?«

»Welche Christina?«

»Na die, nach der die Alte andauernd fragte. Die, die
ihr angeblich den Hund weggenommen hat, als sie das
Licht ausmachte. Moment, das ist es. Wieso machte
eine andere Frau als Frau Münkenwarf das Licht aus?

Wann wird es im Moment dunkel? Nicht vor halb
zehn, oder? Angeblich sind dann aber nur noch Frau
Münkenwarf und ihr Mann im Heim. Das war's. Das
hat mich gestört. Die hat gelogen, ganz klar.

Ach ja, dann hat doch noch dieser Katzenfreund, der,
der die Frau letzte Nacht gefunden hat, gesagt, dass ihm
manchmal nachts Pflegerinnen aus dem Heim auf dem
Fahrrad begegnen. Angeblich verlassen die aber das
Heim schon früher laut Frau Münkenwarf. Die hat uns
ganz frech die Unwahrheit gesagt!«

Zustimmend nickte Adams. Zögernd meinte sie: »Da
könnte was dran sein.« Man konnte ihr jedoch ansehen, dass es ihr nicht passte, dass Leyla diese Einge-
bung hatte.

»Nun denn, Frau Kommissarin, die Wahrheit finden
wir nur auf eine einzige Art heraus. Fahren wir hin!«

Endlich hatte es Christina geschafft. Hinter dem Funnixer Armenhaus, in dem sich um diese Tageszeit kein Mensch aufhielt, hatte sie das Rad weiter in Richtung Funnix geschoben.

Als sie endlich im Dorf ankam, war sie unschlüssig, welchen Weg sie einschlagen sollte. Die kürzeste Strecke führte entlang der Hauptstraße an der Kirche vorbei. Da waren jedoch immer Autos, Trecker oder Mütter mit ihren Kindern unterwegs. Der längere Weg führte außen um Funnix herum, war aber deutlich weniger frequentiert.

Wichtig war, nicht gesehen zu werden, fand Christina. Dafür nahm sie den Umweg in Kauf. Auch wenn ihr mittlerweile die Füße brannten. Durch den Schweiß in den Plastikcrocs hatte sie sich die Zehen wund gelaufen.

Dementsprechend bog sie nach links in die Hauptstraße ein. Nachdem sie am Schützenhaus vorbei war, ging es gleich wieder rechts.

Die kleinen Häuser, die dort angrenzten, gehörten größtenteils Auswärtigen, die sich nur selten blicken ließen. Da war ihre Chance, nicht entdeckt zu werden, groß. Als sie den schmalen Plattenweg in Richtung Kirche erreichte, bog sie ab. Von dort war es nicht mehr weit bis zu ihrem Haus, das gleich hinter der Kurve in der Funnixer Siedlung lag.

Thilo hatte das alte Landarbeiterhaus von seinen Eltern geerbt, die es wiederum von ihren Eltern geerbt hatten. Keine der nachfolgenden Generationen hatte sich die Mühe gemacht, das Haus in Schuss zu halten, und so fing das Dach des Scheunenteils bereits an einzusacken.

Dieser Teil war ihr Ziel. Sie schob das fremde Rad in den Vorgarten, wo sie sonst ihr eigenes abstellte. Da beide blau waren, würden die Nachbarn sich nichts dabei denken.

Sie nahm das Äffchen, das sich nicht mehr rührte, aus dem Korb. Hoffentlich hatte sich das Problem von alleine erledigt. Dann umrundete sie den Wohnteil und öffnete eine kleine Pforte neben dem Stalltor. Hier war das Chaos nicht zu übersehen. Schon seit Jahren wurde der Stall als Lagerstätte für Überflüssiges benutzt, seitdem Thilos Eltern die Kühe abgeschafft hatten.

Noch nach den vielen Jahren hing der Gestank von Kuhdung in der Luft. Der vermischte sich mit dem Geruch nach Dreck und Staub, der sich angesammelt hatte. Niemand hatte hier drin jemals gekehrt.

Überhaupt betraten sie nur selten diesen Bereich, was ihn dafür geeignet machte, das Äffchen darin zu verstecken. Nur vorübergehend. Seine endgültige Beseitigung konnte Christina erst später angehen, wenn die Nachbarn, Thilo und die Jungs vor dem Fernseher hingen. Die konnten kaum den Blick vom Bildschirm lösen und verließen das Sofa lediglich, um für Biernachschub zu sorgen oder zu pinkeln.

Sie ging in die alte Box, in der früher das Schwein gehalten wurde. Dort lagen alte Jutesäcke auf dem Boden. Das war das perfekte Versteck, weit genug weg vom Wohnbereich. Niemand würde das Gewimmer des Äffchens hören, sollte das wider Erwarten noch einen Mucks von sich geben. Vor allem, wenn es die Ratten

und Mäuse zwickten, von denen es hier unglaublich
viele gab.

Plötzlich hörte sie Thilo ihren Namen rufen. Mist, er
war doch zu Hause. Sie hatte sein Moped nicht gesehen.
Schnell legte sie das Bündel unter die obersten Säcke
und zog einen weiteren darüber. Dann wandte sich
Christina um und verließ die Box. Thilo kam ihr entgegen.

»Wo hast du Schlampe dich heute Nacht rumgetrie-
ben? Und was zum Teufel machst du hier, statt reinzu-
kommen?«

Christina starrte ihn an. Sie ahnte, was gleich kommen würde. »Die im Heim brauchten heute Nacht 'ne
Vertretung. Haben gesagt, bin raus, wenn ich's nicht
mache. Brauchen doch das Geld.«

»Was soll der Scheiß? Willst du mich verarschen? Mir
vorwerfen, dass ich nicht genug Geld heimbringe?«
Schon schallte die erste Ohrfeige. »Was fällt dir blöden
Gans ein? Glaubst du, du kannst mich verarschen?«

Thilos Lieblingssatz kam so bösartig, dass Christina
wusste, was folgen würde. Sie nahm das hin, immer.
Doch nun hatte sie Angst, dass das Äffchen anfangen
könnte, zu schreien.

Ganz gegen ihre Gewohnheit blieb sie also nicht vor
Thilo stehen, um das Unvermeidliche abzuwarten.
Stattdessen drehte sie sich um und eilte durch den
Stallteil zur Tür, die die beiden Trakte miteinander ver-
band.

Thilo war offensichtlich so verblüfft, dass er zunächst
wortlos folgte. Doch nachdem er die Tür zugeschmis-
sen hatte, packte er Christina von hinten im Haar und
zerrte sie zu sich ran. Grob grapschte er ihre linke Brust

von hinten und kniff zu. Mit seinem Mund kam er dicht an ihr Ohr. »Wenn du mieses Stück das noch mal machst, werf ich dich raus. Hast du das verstanden, du fette Kuh? Mich lässt du nicht stehen, kapiert?«

Mit diesen Worten drückte er nochmals fest zu. Christina schrie laut auf. Dann wurde sie grob gegen die Wand geschupst.

Christina sackte zu Boden und hielt sich die Brust, die nach dem Erlebnis der letzten Nacht deutlich empfindlicher war. Leise stöhnend versuchte sie hochzukommen, als sie Thilo aus dem Wohnzimmer hörte. »Bring mir endlich mein verdammtes Bier.«

Christina wusste, dass die Sache noch nicht ausgestanden war. Dazu kannte sie Thilo zu gut. Wenigstens konnte sie weitere Prügel vermeiden, wenn sie nett zu ihm war. So lautete die Regel. Auf wankenden Beinen schleppte sie sich zum Kühlschrank, holte das eiskalte Jever Pilsener heraus und brachte es ihm.

Wie erwartet, griff er nicht nur die Flasche, sondern auch ihren Arm und zwang sie, sich neben ihn zu setzen. Sein Atem stank nach Bier und Schnaps. Gewaschen hatte er sich auch nicht. Zu ihrem eigenen Schweißgeruch gesellte sich der seine. Wenn sie Glück hatte, war er zu betrunken, um die Regel zu Ende auszuführen. Für alles andere war sie viel zu wund zwischen den Beinen. Während Thilo zu ihrer Erleichterung eindöste, glitten ihre Gedanken erneut ab in die Vergangenheit.

Die ersten Jahre mit Thilo waren gute Jahre gewesen. Sie renovierten gemeinsam das Haus, schafften neue

Möbel an und kauften eine einfache Ausstellungsein-
bauküche bei Möbel Lütjen. Dann waren die beiden
Jungs zur Welt gekommen, alles passte gut.

Sie wusste nicht mehr, an welchem Punkt die Dinge
anfingen, aus dem Ruder zu laufen. Aber alles änderte
sich. Thilo war abends nach der Arbeit als Pflasterer
erst spät und angetrunken nach Hause gekommen.
Später nahm er die Jungs mit in die Kneipen, und sie
saß alleine da. Dann fing es an, dass Thilo seine Ausras-
ter bekam, wie sie die Schläge, die plötzlich und ohne
Vorwarnung auf sie einprasselten, nannte.

Als er im letzten Herbst entlassen wurde, weil er auch
in der Arbeit angefangen hatte zu trinken, suchte sie
sich eine mies bezahlte Aushilfsarbeitsstelle. Damit
wollte sie die Zwangsversteigerung des Hauses, das
durch die Sauferei von Thilo bis unter die obersten
Dachziegel belastet war, verhindern. Das Trinken kos-
tete mehr Geld, als sie besaßen.

Und dann gab es noch die ach so vielen ach so guten
Freunde, die regelmäßig vor ihrer Tür standen und be-
haupteten, Thilo habe sich am Abend zuvor Geld bei
ihnen geliehen. Thilo konnte sich nie erinnern, weil er
zu betrunken gewesen war. Sie brauchte Wochen, bis
sie endlich kapierte und denen die Tür vor der Nase zu-
warf.

Manchmal träumte sie von Gelsenkirchen. Betrachtete ihr eigenes, kleines Zimmer nach dem Heim als
einziges Zuhause, das sie jemals besessen hatte. Im
Grunde war das die beste Zeit ihres Lebens gewesen.
Mitunter ertappte sie sich bei dem Gedanken, einfach
zurückzugehen. Doch wo sollte sie hin? Ihre Eltern
hatte sie nicht gekannt. Dass sie heute noch einen Job

in dem Heim dort fände, nachdem sie die Ausbildung zur Altenpflegerin wegen Thilo einfach geschmissen hatte, war unwahrscheinlich.

Außerdem war sie fett geworden. Für wen sollte sie auch schlank bleiben? Wenn Thilo im Bett zu ihr rüberkroch oder sie nach den Schlägen auf das Sofa zwang, machte sie einfach die Beine breit, so wie sie es von früher gewohnt war. Ließ es über sich ergehen und ekelte sich am nächsten Tag vor sich.

Früh hatte sie angefangen, danach ihren Körper flammend rot zu schrubben. Wollte das Gefühl ihrer Hände und Schniedel von sich abrubbeln.

Damals im Kinderheim wunderten sich die Erzieher, warum sie sich ständig wusch. Die anderen Mädchen drückten sich vor der Dusche. Das änderte sich erst, wenn sie anfingen, mit Jungs auszugehen. Ein Alptraum für Christina. In jener Zeit war sie gertenschlank gewesen. Hungerte sich fast zu Tode in dem Glauben, dass sie dann von ihr abließen. Hatten sie aber nicht. Also duldete sie es weiter und schrubbte sich flammend rot.

Die Erlösung kam, als sie mit achtzehn ausziehen durfte und ihre erste Stelle mit einem eigenen möblierten Zimmer und abschließbarer Zimmertür fand. Es erschien ihr wie das Paradies. Sie fing sogar an, normal zu essen, und versteckte sich nicht mehr hinter einem dürren, ungepflegten Aussehen. Dann war sie zwei Jahre später auf einer kleinen Busreise nach Ostfriesland Thilo begegnet und hatte an ein Wunder geglaubt.

Jetzt war sie achtunddreißig und fett wie ein Otter.

***

Vor dem Altenheim trafen sie auf eine junge Pflegerin, die sich als Thea Ortgies vorstellte. Sie wirkte ungepflegt mit ihren ungewaschenen Haaren und dem nach Desinfektionsmittel riechenden leichten Pulli. »Frau Münkenwarf ist im Haus, ich geh sie holen.«

»Halt«, stoppte Leyla sie. »Ich habe da eine Frage.« Noch bevor sie die stellen konnte, wurde sie von der Adams mit scharfem Blick unterbrochen. Leise raunte die ihr zu: »Das ist meine Ermittlung, schon wieder vergessen?«

Leyla nickte. Mal sehen, ob die Kommissarin wusste, was sie hatte fragen wollen.

»Wie lange arbeiten Sie bereits hier?«

»Ach, sind wohl schon zwei Jahre. Aber nicht mehr lange, das ist sicher. Hab 'ne Stelle an der Kasse beim neuen Edeka in Wittmund in Aussicht. Wenn das klappt, bin ich schneller weg, als Sie gucken können«, flüsterte die Frau mit vorsichtigem Blick zur Tür.

»Wie ist denn Frau Münkenwarf so?«, hakte Adams, ebenfalls vertraulich flüsternd, nach.

»Schrecklich, ganz schrecklich. Sie glauben nicht, was das für eine miese Nummer ist. Und damit meine ich nicht nur, wie sie zu uns ist, sondern auch zu den Alten. Schrecklich, ganz schrecklich.«

Adams nickte mitfühlend mit dem Kopf. »Das habe ich mir schon gedacht. Sie wirkt wie ein Drachen auf mich. Eigentlich suchen wir Christina. Wissen Sie, wo wir die finden können?«

Erschrocken wich die Frau einen Schritt zurück. »Wen suchen Sie? Wer sind Sie überhaupt?«

»Nun, wir stellen ein paar Nachforschungen über Christina an«, wich Adams aus. »Haben Sie eine Idee, wo die steckt?«

Verunsichert blickte Thea zuerst zu Adams, dann zu Leyla. »Und warum suchen Sie die?«

»Keine Aufregung, wir wollen sie nur was fragen.«

»Wer sind Sie überhaupt?«

Adams holte tief Luft. »Polizei«, antwortete sie und zückte ihren Ausweis.

Thea wurde blass. »Ich hol sofort Frau Münkenwarf, warten Sie hier.« Damit entschwand sie im Haus.

»Na großartig«, stöhnte Adams. »Fast hätte ich sie gehabt.«

Leyla nickte verständnisvoll. »Bevor Frau Münkenwarf kommt, habe ich eine Frage. Darf ich von jetzt an nichts mehr fragen oder sagen, damit wir Freunde bleiben?«

Adams sah sie verblüfft an. Dann grinste sie breit. »Okay, wir teilen uns die Befragung. Aber fallen Sie mir niemals, absolut niemals wieder ins Wort. Davon habe ich Dank meiner Herren Kollegen die Nase gestrichen voll. Damit brauchen Sie nicht auch noch anzufangen.«

Leyla nickte. In diesem Moment öffnete Frau Münkenwarf die Tür und blickte sie vorwurfsvoll an. »Was haben Sie mit Frau Ortgies angestellt? Die ist völlig durch den Wind. Was soll das?«

»Wenn Sie uns gleich die Wahrheit gesagt hätten, müssten wir nicht Ihre Mitarbeiter ausfragen«, konterte Adams. »Raus mit der Sprache. Wer ist Christina und wo finden wir die?«

»Von wem reden Sie?«, hielt die Heimleiterin gelassen
entgegen. Leyla bewunderte die Frau für ihre Coolness.
Doch Adams ließ nicht locker.

»Na, Sie wissen doch. Christina mit dem Hund der alten Frau, heute Mittag, schon vergessen?«

»Keine Ahnung, wovon Sie reden.«

»Das glaube ich aber doch. Vielleicht fällt es Ihnen
noch ein, wenn Sie ein kleines bisschen nachdenken.«

»Da kann ich denken, soviel ich will, keine Chance.
Ich weiß einfach nicht, wovon Sie reden.«

»Dann will ich es Ihnen mal erzählen. Heute Mittag
kam eine alte Frau aus der Tür dahinten«, Adams wies
auf die geschlossene Tür, »und fragte nach Christina.
Die hatte ihren Stoffhund mitgenommen, als sie das
Licht ausmachte. Also muss das gestern Abend gewesen
sein. Nach halb zehn, denn da wurde es erst dunkel.
Klingelt es jetzt bei Ihnen?«

»Ach, Sie meinen die alte Frau Tjarks. Hätten Sie das
doch gleich gesagt. Die hat den ganzen Tag das Licht an,
kriegt Panik, wenn wir es ausmachen.«

»Und wem wollen Sie diesen Quatsch erzählen?«

»Ihnen, nur dass das kein Quatsch ist, sondern die
reine, pure Wahrheit.«

»Reden Sie keinen Unsinn. Sie haben hier neben den
anderen zwei Frauen auch eine Christina beschäftigt
und die suchen wir.«

»Hier gibt es keine andere Hilfskraft außer Thea und
Heike. Also lassen Sie mich in Ruhe, damit ich mich um
die armen Alten kümmern kann, und verschwinden
Sie.«

»Nun machen Sie mal halblang, es geht hier nicht um illegal Beschäftigte, sondern um die Frau von letzter Nacht, die wir dringend finden müssen.«

»Was weiß denn ich über diese komische Frau. Was hat die mit uns zu tun? Rein gar nichts und nun habe ich keine Zeit mehr.« Mit diesen Worten drehte sie sich um und wollte die Haustür schließen.

Leyla fing an zu würgen und hielt sich die Hand vor den Mund. »Oh Gott, mir wird schon wieder schlecht. Entschuldigung, ich bin schwanger. Tut mir leid, wirklich, aber kann ich Ihre Toilette benutzen? Sonst passiert noch ein Unglück und ich muss mich gleich hier übergeben.« Nun verkrampfte sie die Hände vor dem Magen.

Adams warf ihr einen genervten Blick zu. Doch Leyla zog hilflos die Schultern hoch.

»Das geht den ganzen Tag schon so«, erklärte Adams Frauke Münkenwarf.

»Dahinten, schnell, kotzen Sie mir bloß nicht den Boden voll. Die Alten machen schon genug Dreck.«

Leyla stürzte davon. Doch bevor sie die angewiesene Tür erreichte, torkelte sie wie zufällig gegen die Tür, aus der die alte Frau herausgekommen war. Bei dem Versuch, sich abzustützen, erwischte sie die Klinke und drückte diese wie zufällig herunter. Die Tür schwang auf. »Oh, das tut mir aber leid, war ein Versehen«, brachte sie noch in Richtung Frauke Münkenwarf hervor, bevor sie in das Zimmer stolperte und die Alte in ihrem Bett liegen sah. Neben ihr saß eine junge Frau, die der Alten aus einer Zeitung vorlas.

»Ich bitte um Entschuldigung. Staatsanwältin Zapatka. Keine Aufregung, ich habe nur eine kurze Frage. Sind Sie mit der Dame im Bett verwandt?«

Verdutzt nickte die junge Frau. »Meine Mutter.«

»Wie ich sehe, ist das Licht ausgeschaltet. Hat sie keine Angst?«

»Wieso sollte sie denn? Unsinn. Meine Mutter ist im Moment nur etwas aufgeregt, weil ihr Stoffhund verschwunden ist, an dem sie sehr hängt.«

Leyla nickte. »Können Sie mir sagen, ob Ihre Mutter eine Frau kennt, die Christina heißt?«

»Meine Mutter kennt niemanden mehr, nicht einmal mich. Wie sollte sie dann diese Frau noch kennen?«, erwiderte sie traurig mit dem Kopf schüttelnd.

»Hier aus dem Pflegeheim. Heute Morgen beschwerte sie sich, dass Christina ihr den Hund weggenommen hätte.«

»Ach die Christina. Ja klar. Die pflegt zeitweise meine Mutter, ist doch eine Angestellte hier.«

»So, so. Eine Angestellte hier. Hm, können Sie mir die Frau beschreiben?«

»Wieso denn? Ich habe sie mir nie genauer angesehen. Sie ist halt sehr dick und seltsam ist die auch. So merkwürdig. Ich weiß nicht, wie ich das beschreiben soll. Sie spricht nie mit einem. Und in die Augen gucken kann sie einem auch nicht. Einfach eine komische Type. Mehr weiß ich nicht. Ach doch, halt, vielleicht hilft Ihnen das ja weiter. Ich habe sie zweimal zufällig auf einem Fahrrad auf Höhe des Skulpturengartens in Funnix gesehen.«

Leyla bedankte sich und drehte sich zu Frauke Münkenwarf um, die ihr mit bitterbösem Blick gefolgt war.

»Was fällt Ihnen ein. Das ist Hausfriedensbruch. Ich ruf die Polizei. Einfach in ein fremdes Zimmer zu marschieren. Ich dachte, Ihnen wäre übel?«

»Ja, natürlich war mir übel. Ist gerade verflogen. Danke auch, dass Sie mir Ihre Toilette angeboten haben. Irgendwie muss ich die falsche Tür erwischt haben. Kann ja vorkommen. Und stellen Sie sich vor, wen ich da gefunden habe.«

»Ja und?«

»Das sieht wahrhaftig so aus, als hätten Sie doch noch eine weitere Mitarbeiterin. Also, reden wir nicht lange drum herum. Mich interessiert – vorerst – nicht, wen Sie hier wie beschäftigen. Mich interessiert Christina, die aus Funnix«, stellte Leyla frech in den Raum. »War die gestern Abend hier oder nicht? Und keine Ausreden mehr, sonst werde ich böse. Und wenn ich böse werde, dann ist das wie ein Vulkanausbruch. Dagegen ist Etzel nichts. Und hinterher existiert hier kein Altenwohnheim mehr. Was meinen Sie wohl, was ich dann noch mit Ihnen mache. Ich glaube, das wollen Sie gar nicht wissen. Haben wir uns verstanden?«

Frau Münkenwarf kniff den Mund zusammen und trat einen Schritt zurück. Leyla setzte hinterher. Seit sie schlecht hörte, hatte sie kein Problem mehr damit, den Mindestabstand der sozialen Distanz von gut einem Meter zu anderen Menschen einzuhalten. Zu oft musste sie näher an die Leute heran, um überhaupt etwas zu verstehen.

Wie sie in den Augen von Frau Münkenwarf erkannte, war das jetzt von Vorteil. »Haben wir uns verstanden«, zischte sie die Frau an, während sie ihr scharf in die Augen blickte und sich noch weiter zu ihr vorbeugte.

Nach einem kurzen Zögern nickte Frau Münkenwarf. »Ja. Also manchmal hilft hier eine Christina aus. Auf 450-Euro-Basis. Alles ganz legal.«

Leyla nickte. Sie wies die Frau nicht darauf hin, dass dann das vorherige Leugnen einer weiteren Mitarbeiterin unlogisch war. »Okay, weiter.«

»Und sie hat mir gestern Abend geholfen, die Alten ins Bett zu bringen. Das ist aber auch eine Arbeit mit denen«, wieder schüttelte sie, von sich selbst ergriffen, den dauergewellten Kopf.

»Weiter«, drängte Leyla sie.

»Nichts weiter. Die letzten Tage war sie dauernd so komisch. Keine Ahnung, was mit der los war. Gegen halb elf ist sie dann gegangen. Sie war immer mit ihrem Fahrrad hier.«

»Soweit, so gut. Nun brauchen wir nur noch die Anschrift der Frau.«

»Die habe ich nicht.«

»Moment, Sie haben eben gesagt, dass die Frau hier als geringfügig Beschäftigte arbeitet. Dann müssen Sie sie angemeldet haben und dafür brauchen Sie ihre Adresse.«

»Hab ich aber nicht.«

»Okay, dann geben Sie uns wenigstens ihren Nachnamen.«

»Kann ich nicht.«

»Was soll das nun wieder heißen?«

»Ich kenne ihren Nachnamen nicht.«

»Das gibt's doch nicht, Wie haben Sie sie denn bezahlt?«

»Immer bar.«

Irritiert schaute Leyla zu Adams, bevor sie sich wieder Frauke Münkenwarf zuwandte. »Hören Sie, wir sind nun schon so weit gekommen, da können Sie uns auch den Namen geben.«

»Wenn ich den aber nun mal nicht habe«, versicherte Frau Münkenwarf weinerlich. »Sie ist eben eine komische Frau. Klopfte irgendwann hier an und fragte, ob ich einen Job für sie hätte. Hätte schon früher in der Altenpflege gearbeitet. Wir hatten gerade Riesenstress hier, weil eine unserer Pflegerinnen einen Autounfall hatte und für Wochen ausfiel. Das Arbeitsamt konnte mir niemanden vermitteln. Wir wussten nicht mehr, wo uns der Kopf stand. Da steht diese Frau also plötzlich vor der Tür und fragt nach Arbeit. Mir erschien sie wie ein Engel. Hab sie sofort anfangen lassen.

Zupacken kann die, das muss man ihr lassen. Wuchtet die Alten rum, als wäre es gar nichts. Dass die bereits in einem Heim gearbeitet hatte, konnte man sehen. Ich habe ihr dann am selben Tag den Job angeboten. Sie wollte aber auf keinen Fall auf Karte arbeiten. War mir auch recht. Ich war froh, jemanden zu haben. Das ist jetzt ein halbes Jahr her. Irgendwie ging die Frage nach ihrem Nachnamen unter, alle nannten sie einfach Christina. Mir war alles recht, Hauptsache, ich hatte jemanden. Sie glauben nicht, wie schwer es ist, qualifizierte Fachkräfte zu finden, die auch noch bezahlbar sind«, jammerte sie gleich hinterher.

Leyla war angeekelt von dieser Frau, die auf die hilflosen Heimbewohner unqualifiziertes Personal losließ, dessen Nachnamen sie nicht einmal kannte.

Aus Frauke Münkenwarf war nichts weiter herauszubekommen, obwohl Leyla und Adams intensiv weiterbohrten. Sie blieb stoisch dabei, weder den Nachnamen noch die Adresse von Christina zu kennen. Irgendwann räumte sie ein, dass Heike sie auch einmal in Funnix gesehen hätte und danach gefragt, habe Christina zugegeben, dort zu wohnen.

***

»Donnerwetter«, kam es von Adams. »Das ist heute bereits das zweite Mal, dass Sie mich total überraschen.«

Leyla sah sie verblüfft an. »Wann war denn das erste Mal?«

»Na, als Sie ganz grün im Gesicht gekotzt haben wie ein Reiher.« Beide mussten trotz der Situation lauthals loslachen.

»Das war unsere Rettung. Ohne dieses tolle Erlebnis wäre ich nie auf die Idee gekommen, auf diesem Wege in das Zimmer der Alten zu gelangen.«

»Und ich dachte schon, es geht wieder los und das ganze gute Essen wäre für die Katz gewesen.«

»Nein, mir geht es gut. Und was noch besser ist, wir wissen jetzt, dass Christina unsere Frau sein könnte und in Funnix wohnt. Das passt alles wunderbar zusammen. Der Auffindeort, die Sichtungen und die Beschreibung der Frau. Jetzt müssen wir sie nur noch in Funnix aufstöbern.« Leyla sah auf die Uhr. Es war kurz vor fünf.

***

Thilo schlief tief und fest. Vermutlich hatte er mehr als sonst gesoffen, bevor sie heimkam. Trotzdem hatte sie das Warten eine ganze Stunde gekostet. Höchste Zeit, den Affen endgültig loszuwerden.

Vorsichtig wand sich Christina aus Thilos Arm. Der stieß einen lauten Rülpser aus und drehte sich um. Gut, er würde bestimmt noch ein paar Stunden pennen. Erst im Flur zog sie ihre Crocs an, obwohl die kaum zu hören waren. Doch sicher war sicher. Es wäre fatal, wenn Thilo sie erwischen würde. Obwohl sie mitunter den Verdacht hatte, dass er sehr wohl wusste, was los war. Dass er viel mehr mitbekam, als ihr recht war und er wahrhaben wollte. Auch recht, so musste sie nichts erklären oder sich rechtfertigen.

Nachdem sie sich vergewissert hatte, dass ihre Jungs noch nicht zu Hause waren, ging sie rasch zur Durchgangstür zum Stall. Lautlos öffnete sie diese. Glücklicherweise hatte sie die Scharniere kürzlich geölt. Man konnte ja nie wissen.

Nichts war zu hören. Gut so. Im Schweinestall zog sie die alten Säcke auseinander. Obwohl sie auf den Anblick, der sich ihr bot, gefasst war, war sie geschockt. Da lag das Äffchen und blinzelte sie an. Verdammt noch mal, war der denn gar nicht totzukriegen?

Rasch hob sie ihn auf, darauf bedacht, ihn nicht zu nahe an sich herankommen zu lassen. Das ehemals weiße, inzwischen verdreckte Handtuch zog sie fest um ihn. Vor allem über seinen Kopf, nicht dass er im falschen Moment losplärrte.

Die Tür zum Garten stand offen. Schneller als man ihr zugetraut hätte, verschwand sie im hinteren Teil bei den Brombeerbüschen. Vorsichtig schaute sie sich um.

Dann legte sie das Äffchen ins ungemähte, hohe Gras und ging zum alten Brunnen. Viel war von ihm nicht zu sehen. Nur dreißig Zentimeter des runden Betonschachtes und die Betonabdeckung konnte man im hohen Gras ausmachen.

Seit Jahren benutzten sie den Brunnen nicht mehr. Keiner in der Familie interessierte sich für Gartenarbeit und niemand wäre auf die Idee gekommen, die mickrigen Büsche, die die rüde Behandlung überlebt hatten, zu gießen. Bis auf das Bauerngras und die Brombeer- und Johannisbeerbüsche waren alle Gewächse eingegangen.

Der Betondeckel war nicht leichter geworden. Christina musste sich mächtig anstrengen, um ihn millimeterweise vom Schacht runterzuschieben. Einen Moment lang fürchtete sie, es nicht zu schaffen. Die letzte Nacht und der heutige Tag mit seiner unerträglichen Hitze hatten sie viel Kraft gekostet, die ihr nun fehlte.

Endlich war der Spalt breit genug. Sofort stieg Modergeruch vom Grund des Brunnens Christina in die Nase. Widerlich! Aber auch seltsam. Sonst roch das saubere Grundwasser nie. Schnell stand sie auf und stapfte durch das hohe Gras zu dem Äffchen, das sie noch immer vorwurfsvoll anstarrte. Was fiel diesem Biest bloß ein? Woher nahm es sich das Recht, vorwurfsvoll zu sein? Sie hatte es nicht gewollt. Es hatte sich aufgedrängt und hing an ihr wie eine Klette. Am liebsten würde sie ihm einen Tritt verpassen, dass ihm Hören und Sehen vergingen.

Aber die Zeit hatte sie nicht, wer wusste schon, wann die Jungs heimkamen. Und außerdem konnte man dieses Stück des Gartens von Tjardes Haus aus einsehen. Nein, nein, es musste reichen, ihn da reinzuwerfen.

Sie hob ihn mit angeekeltem Gesicht hoch und trug ihn, weit von sich haltend, zum Brunnen. Die wenigen Meter brachten sie erneut außer Puste und ins Schwitzen. Dieses verdammte Wetter. Wann kam nur endlich das Gewitter?

Schließlich hockte sie vor dem Schacht und setzte das Äffchen auf den Rand, sodass seine Beine in den Brunnen hingen. Ein kleiner Schubs und der Rest folgte hinterher.

Noch bevor sie das Platschen auf das Wasser im Brunnen hören konnte, vernahm sie ihren Namen hinter sich. Zu Tode erschreckt fuhr sie herum und erkannte Ännchen Tjardes, die sich dem Zaun näherte. Mit letzter Kraft schob sie den Deckel auf den Schacht zurück und erhob sich blitzartig. Unglaublich. Ausgerechnet die schon wieder.

»Christina! Hallo, Christina!«, kam erneut.

»Was gibt's?«

»Ich wollte nur wissen, ob Sie heil nach Hause gekommen sind.«

Was war denn mit der los? »Ja klar.«

»Naja, Sie sahen heute Mittag ein wenig blass um die Nase aus.«

Christina verstand überhaupt nichts mehr. Da stimmte was nicht. Hatte Ännchen sie etwa beobachtet? »Nein, nein, alles okay. War die Hitze.«

»Na, dann ist ja gut.« Mit diesen Worten wandte sie sich von Christina ab und ging zu ihrem Gemüsebeet, das nahe dem Grenzzaun angelegt war.

Christina zuckte die Schultern, wagte aber nicht, zum Brunnen zurückzukehren. Dabei musste sie sich dringend davon überzeugen, dass das Äffchen untergegangen und nicht mehr zu sehen war. Sie wandte sich den Brombeerbüschen zu und nahm die wenigen bereits saftigen, aber noch hellroten Beeren in die Hand.

Anfangs, als die Jungs noch klein waren, hatte sie daraus Gelee gekocht. Die beiden hatten dann ihre Finger in den Safttopf gesteckt und sie abgeleckt. Schade, dass die Zeiten vorbei waren. Christina seufzte.

Ännchen fiel ihr wieder ein und sie drehte sich zu ihr um. Natürlich musste die ausgerechnet jetzt ihr blödes Beet jäten. Warum warf sie ihr laufend so komische Blicke zu? Christina blickte unauffällig in Richtung Brunnen. Wenigstens gut zugeschoben hatte sie den Deckel. An den Ecken waren trotzdem kleine Halbmonde offen, weil der Deckel rechteckig und zu klein für den runden Brunnenschacht war. Das war nicht zu ändern. Ännchen würde sich sicherlich wundern, wenn sich Christina noch länger im Garten rumtrieb. Das tat sie sonst nie.

Am besten wartete sie bis zum Abend, bis sie sich davon überzeugte, dass das Äffchen wirklich untergegangen war.

***

Auf dem Rückweg in die Stadt wurden die Straßen stetig voller. Eine erschreckend lange Kolonne von Fahrzeugen mit müden, frustrierten und verängstigten Menschen kam ihnen da entgegen. Dem Anschein nach strömten immer mehr Anlieger von Etzel in Richtung Wittmund, wurden jedoch von der Polizei über die Ortsumgehung mit ihren drei Kreiseln direkt an die Küste weitergeleitet. Die Zufahrten zur Innenstadt waren inzwischen komplett gesperrt.

Nach Vorzeigen ihres Dienstausweises ließ man den Insigna in Richtung Krankenhaus durchfahren. Dort hatte Leylas alter Golf den ganzen Tag in der Sonne geparkt.

»Sind Sie sicher, dass Sie alleine nach Funnix vorausfahren wollen?«, hakte Adams zum wiederholten Male nach. Auf der Rückfahrt vom Altenheim hatten sie überlegt, wie sie weiter vorgehen sollten. Ihnen war klar, dass das Baby in höchster Gefahr schwebte und jede verschwendete Minute sein Schicksal besiegeln konnte.

»Ja klar, alles andere wäre Wahnsinn, weil Zeitverschwendung. Wer weiß, wie lange Sie in dem Chaos im Revier benötigen, um die Adresse alleine über den Vornamen und den Wohnort zu ermitteln. Soll ich so lange Däumchen drehen? Nein, ich will vor Ort sehen, was ich herausfinden kann. Was soll schon passieren? Sie geben mir telefonisch die Adresse durch und ich kann hinflitzen, während Sie sich durch diese Kolonnen nach Funnix quälen. Und außerdem geht es mir im Augenblick richtig gut«, versicherte Leyla, obwohl sich leise eine neue Welle von Übelkeit ankündigte.

»Mag sein, aber wenn es hart auf hart kommt, kann ich einfach besser zulangen.«

Leyla nickte. Da hatte Adams zweifelsohne recht mit ihrer stämmigen Figur und den für eine Frau viel zu großen Händen. »Schon richtig, aber wir haben doch schon besprochen, dass Sie sich auf dem Revier besser auskennen als ich und die Kollegen Sie kennen. Obendrein kennen Sie die Zugangsdaten für das Personenidentifikationsprogramm. Nein, es macht keinen Sinn, wenn wir wertvolle Zeit verplempern, indem ich da rumpfusche. In Funnix kennen Sie sich ebenso wenig aus wie ich. Dort haben wir die gleichen Chancen. Und eine potentielle Kindsmörderin wird sich nicht an einer ausgewachsenen Staatsanwältin vergreifen. Das ist doch keine normale Kriminelle.«

Adams nickte. »Okay, machen wir es so. Aber Sie halten ständigen Kontakt übers Handy, einverstanden?«

»Klar, ich habe doch selbst das größte Interesse daran, sofort von Ihnen die Adresse zu erfahren.« Zur Sicherheit zückte Leyla ihr Handy und prüfte, ob es angeschaltet und geladen war. Nichts war schlimmer als ein im entscheidenden Moment leeres Handy. Dann speicherte sie Adams Handynummer, während Adams das gleiche mit Leylas Nummer machte.

Mittlerweile waren sie auf dem Krankenhausparkplatz angekommen. Schockiert stellten sie fest, dass jede Menge Einsatzfahrzeuge des Rettungsdienstes und der Feuerwehr auf dem für gewöhnlich leeren Platz mit eingeschaltetem Blaulicht rumstanden. Einige wendeten gerade und fuhren mit Blaulicht und eingeschaltetem Martinshorn ab.

»Auweia, was mag wohl in Etzel los sein«, entfuhr es Adams.

»Die Hölle! Aber es hilft nichts, wir müssen uns um die Kleine kümmern. Deren Leben ist ebenso viel wert wie das der vielen anderen Menschen. Also los. Ich schaff das schon.«

Mit diesen Worten stieg Leyla aus dem gut gekühlten Wagen der Kommissarin. Als sie ihren eigenen erreichte und die Tür öffnete, bekam sie doch Bedenken. Er war dermaßen aufgeheizt, dass sie das Lenkrad kaum anfassen konnte. Leyla seufzte. Wenn das alles war, was ihr an diesem miesen Tag noch bevorstand, wollte sie zufrieden sein.

Sie ließ sich auf den Fahrersitz gleiten und drehte den Zündschlüssel im Schloss. Der Wagen sprang zögerlich nach dem dritten Versuch an. Leyla kurbelte alle Fenster herunter und das Schiebedach auf. Jetzt erst nahm sie sich einen Moment Zeit, die Nachrichten auf ihrem Handy durchzusehen. Ihre Dienststelle hatte sich nicht gemeldet. Gottlob!

Frustriert nahm sie aber auch zur Kenntnis, dass sich Stefan nicht wieder gemeldet hatte. Offenbar war das Thema für ihn erledigt und er gedanklich abgeflogen in sein neues Leben. Tränen stiegen in Leylas Augen.

Zum ersten Mal seit Stunden tauchte das Bild des morgigen Termins vor ihr auf. Sie, mit gespreizten Beinen auf einem gynäkologischen Stuhl. Ihr schauderte. Wie sollte sie das bloß aushalten? Sie hatte sich doch auf das Kind gefreut.

Leyla riss sich zusammen. Zum Jammern hatte sie später Zeit und die würde sie auch brauchen.

Jetzt musste sie los. Langsam fuhr sie vom Parkplatz und reihte sich in die Schlange der Fahrzeuge in Richtung Marktplatz ein. Doch obwohl die Zugangsstraßen gesperrt waren, waren die Straßen in Wittmund noch immer hoffnungslos verstopft. Leyla seufzte.

Wenn sie nicht ausscherte, würde sie Stunden für die wenigen Kilometer brauchen. Kurz entschlossen bog sie in eine ruhige Anliegerstraße in die Gegenrichtung ab.

***

Adams brauchte wegen des starken Verkehrs ewig bis zum Revier. Wenn sie den Insigna nicht später für die Fahrt nach Funnix benötigen würde, hätte sie ihn stehen lassen und wäre gelaufen. Sie war viel zu unruhig, um sich auf der kurzen Strecke ausbremsen zu lassen.

Außerdem behagte ihr nicht, dass sich die Staatsanwältin alleine auf die Suche nach der Frau machen wollte. Sie hatte einfach ein mulmiges Gefühl, auch wenn sie der Zapatka insgeheim recht gab, was die Gefährlichkeit einer solchen Verdächtigen anging.

Adams seufzte. Wenn sie doch nur wüsste, warum sie dann so ein komisches Gefühl hatte. Ach was, schließlich war sie nicht Zapatkas Mutter. Wenn die meinte, das im Griff zu haben, gut. Sie hatte Adams auch bei der Vernehmung von Frauke Münkenwarf überrascht. Das hätte sie ihr niemals zugetraut. Obwohl sie selbst die Befragung natürlich viel besser hinbekommen hätte.

Dummerweise hatte Adams Probleme mit den neuen Computerprogrammen. Diese Blöße mochte sie sich aber nicht vor der Zapatka geben, auch wenn sie deutlich netter war als zunächst gedacht.

Keine Ahnung, wie sie diese Christina mit dem Programm finden sollte. So ein Mist. Mit dem alten war sie leidlich klargekommen. Adams stöhnte. Ach, sie würde schon jemanden finden, der ihr half – hoffte sie zumindest.

Endlich hatte sie den Parkplatz des Reviers erreicht. Natürlich war kein Platz frei, obwohl alle Streifenwagen unterwegs waren. Vermutlich hatten sich neben der Presse auch Lokalgrößen eingefunden, um sich über Etzel zu informieren.

Sei's drum, das war nicht ihr Problem. Frech parkte sie quer hinter zwei Zivilfahrzeugen im Schatten. Sollten die sich doch beschweren, wenn es ihnen nicht passte, eingeparkt zu werden.

Wie erwartet hatte sich die Situation im Revier nicht entschärft. Noch immer rannten Uniformierte wie aufgeschreckte Hühner durch die Räume und die Lautstärke hatte einen noch höheren Lärmpegel erreicht.

Adams seufzte erneut. Wie sollte sie hier jemanden finden, der ihr half? Mühsam quetschte sie sich an den Rennenden vorbei zu ihrem Dienstzimmer. Dort saß wider Erwarten ihr toller Superassistent Lemberger. Sein schicker Anzug sah leicht ramponiert und fleckig aus und sein sonst so gepflegter, blond gesträhnter Kurzhaarschnitt mit hoch gegelten Stirnhaaren war derangiert. Adams kicherte. Entnervt sah er hoch.

»Nanu, Sie retten nicht mehr die gesamte Menschheit vor Dr. No?«, konnte Adams sich nicht verkneifen.

»Nein, das ist was für Streifenpolizisten und davon waren mehr als genug vor Ort. Hab mich nach einer Stunde verdrückt.«

»Oha, verdrückt? Genug zu tun gibt es ja wohl in Etzel.«

»Quatsch, das Chaos dort ist einfach nichts für mich.«

»Haben Sie anschließend keinen neuen Einsatzbefehl bekommen?«, hakte Adams nach.

»War niemand da, der mir einen neuen Befehl hätte erteilen können.«

»Nun bin ich ja da. Sie können jetzt mal etwas Sinnvolles tun und mich bei der Suche nach der Frau unterstützen.«

»Hab Besseres zu tun«, nörgelte Lemberger.

»Das glaube ich nun nicht«, erwiderte Adams. »Es ist nicht lustig, wenn sich ein Polizist einem direkten Einsatzbefehl widersetzt. Das kann ganz schmerzliche dienstaufsichtsrechtliche Folgen haben. Das ist kein Spaß hier, auch wenn Sie Chaos nicht mögen. Vor allem hätten Sie sich dann bei mir melden müssen. Denn wenn ich mich recht entsinne, bin ich Ihre direkte Vorgesetzte. Außerdem galt Ihr letzter Auftrag vor Ihrem Einsatz in Etzel dem vermissten Kind.«

»Von dem keiner weiß, ob es wirklich verschwunden und in Gefahr ist.«

»Das diskutieren wir nicht weiter. Dazu fehlt die Zeit. Während Sie hier rumgedöst haben, haben Staatsanwältin Zapatka und ich herausgefunden, wer die verschwundene Frau ist. Wir brauchen nur noch ihren Nachnamen. Und dabei werden Sie mir jetzt helfen.«

»Was bilden Sie billiger Demi Moore-Verschnitt sich eigentlich ein«, explodierte Lemberger, der mit seiner

Rolle an diesem Tag offensichtlich unzufrieden war. »Erst begrapschen Sie alter Drachen Ihren jungen Mitarbeiter in Hannover und dann machen Sie hier einen auf Weibermacho. Wollen mir Befehle erteilen. Ich fasse es nicht! Und behalten Sie bloß Ihre Wurstfinger bei sich, sonst knallts.«

Adams lief tiefrot an. Vor Wut bekam sie kein Wort heraus. Wollte auch nichts rauslassen aus Angst vor dem, was ihr rausrutschen könnte.

»Ha, da fällt Ihnen nichts mehr ein, was?! Klar kennen wir alle hier die Geschichte aus Hannover, wo Sie Ihrem kleinen Assistenten in die Hose gefasst haben. Geschieht Ihnen recht, dass der Sie angezeigt hat, der Schlappschwanz. Und mich zwingen die hier dazu, mit Ihnen zusammenzuarbeiten. Ich habe die Schnauze gestrichen voll davon, das kann ich Ihnen sagen. Das ewige Gekicher hinter meinem Rücken, wenn ich mit Ihnen den Raum verlasse. Es ist zum Kotzen. Ich hab mich schon beim Chef beschwert und darauf bestanden, dass er mich mit jemand anderem zusammenarbeiten lässt. Ist ja nicht auszuhalten mit Ihnen.

Demi Moore-Verschnitt, haha, ich meine natürlich nicht vom Äußeren. Da ähneln Sie eher Hannelore Hoger. Aber die hat sich wenigstens nicht an ihren Mitarbeitern vergriffen.« Er fand seinen Witz so komisch, dass ihm vor lauter Lachen die Augen tränten. Deswegen entging ihm auch das gefährliche Glitzern in den Augen der Kommissarin.

Plötzlich ganz ernst sah er Adams scharf an. »Sie sind eine Niete, eine fette, alte, unfähige Niete. Und ich werde mich ganz sicher nicht mehr länger lächerlich machen, indem ich nach Ihrer Pfeife tanze.«

Das war dann doch zu viel. Adams holte aus und schlug mit der geschlossenen Faust in das verblüffte Gesicht, mitten hinein. Mit Genugtuung nahm sie die Bluttropfen wahr, die aus der Nase ihres Assistenten spritzten. Sein ehemals schneeweißes Hemd färbte sich in Sekunden rot, als hätte er einen Latz umgebunden. In Zeitlupe sank Lemberger mit einem lauten Plumps zu Boden.

»Ich mag die Hoger ohnehin viel lieber, Sie kleines Arschloch. Und nun verschwinden Sie aus diesem Raum, sonst hole ich noch mal aus.« Mit diesen Worten wandte sich Adams um und marschierte zu ihrem Schreibtisch.

Dabei ignorierte sie sowohl das Wutgeschrei ihres Assistenten als auch die Kollegen, die sich mit offenen Mündern im Türrahmen versammelt hatten. Anscheinend war der Stress wegen Etzel nicht so groß, dass sie sich nicht einen Moment an dem unglaublichen Anblick weiden konnten, der sich ihnen bot.

»Lemberger ist gestolpert. Will ihm nicht jemand aufhelfen? Ich hab zu tun.« Mit diesen Worten setzte sich Adams an ihren Rechner und ignorierte das Chaos.

Das funktionierte jedoch nur kurze Zeit. Plötzlich drängte sich der Leiter der Polizeiinspektion, Ulf Brenner, ihr Chef, mit irritiertem Blick durch die Gruppe in der Tür.

»Kann mir mal einer sagen, was hier los ist?«, donnerte er los.

»Die hat mich geschlagen«, kam es von Lemberger mit schmerzverzerrtem Gesicht.

»Wer hat Sie geschlagen?«, hakte Brenner stirnrunzelnd nach.

»Na, dieser Hoger-Verschnitt da. Diese fette alte Kuh, die es auf ihre Assistenten abgesehen hat.«

»Was machen Sie eigentlich hier? Hatte ich Sie nicht in Etzel eingesetzt?«

Lemberger, flammend rot vor Wut, achtete nicht auf die Warnung in der Stimme seines Chefs. »Da waren mehr als genug Leute.«

Nun lief Brenner ebenfalls rot an. »Beide in mein Büro! Alle anderen wieder an die Arbeit, und zwar sofort.«

Gerade als er sich umdrehen wollte, hielt ihn Adams auf.

»Ich hab keine Zeit. Wir haben den Namen der Frau, die mit dem Baby abgehauen ist, und Leyla Zapatka, die Staatsanwältin, wartet auf meine Angaben zur Adresse.«

Brenner drehte sich um. »Welche Frau? Wovon reden Sie überhaupt?«

»Na, Sie wissen doch. Das Baby, das in Lebensgefahr schwebt.«

»Ich habe keine Ahnung, wovon Sie reden. Aber Sie werden mich sicherlich gleich schlaumachen. Ab, in mein Büro.«

»Das geht nicht, wir haben keine Zeit mehr, die Staatsanwältin ist schon vorausgefahren.«

»Und ob wir Zeit haben. Ich wiederhole mich nicht nochmal.«

»Aber ...«

»Kein Aber. In zehn Sekunden sind Sie in meinem Büro, beide, oder das war's hier mit Ihnen!«

Adams holte erneut Luft, die sie jedoch ungenutzt wieder ausstieß. Ihr war gerade klargeworden, dass es nichts nutzte. Es gab nur eins: Das hier schnell hinter sich bringen und dann weitermachen. Sie konnte dem Chef erklären, warum sie es eilig hatte. Er würde es verstehen.

Ein schneller Blick auf die Uhr zeigte Adams, dass es fünf vor sechs war. Die Zapatka war bestimmt schon in Funnix angekommen. Vielleicht schaffte sie es alleine, Christina zu finden und das Baby zu retten. Nein, das konnte sich Adams nicht vorstellen.

Genervt erhob sich Adams von ihrem Bürostuhl und schritt an dem laut vor sich hin schimpfenden Lemberger vorbei, der seinen Anzug abklopfte.

»Sie mieses Stück Scheiße, das zahle ich Ihnen heim«, hörte Adams ihn flüstern, als sie auf gleicher Höhe mit ihm war.

»Wer? Sie lächerliche Karikatur eines Mannes wollen mir drohen?«, giftete sie zurück. Sie trat näher an ihn heran. »Hat Ihnen Ihre Mutter heute Morgen Rum in den Morgenkakao getan oder woher nehmen Sie den Mut, so mit mir zu reden?«

Lemberger trat näher an sie heran und überragte sie nun um eine Kopflänge. Adams tat ihm nicht den Gefallen, an ihm hochzusehen, sondern stupste ihn heftig mit dem Zeigefinger genau auf seinen Solarplexus. Es reichte, um ihn zusammenzucken zu lassen.

»Sagen Sie Ihrer Mutter, sie soll was Härteres reintun, sonst klappt das nicht mit dem starken Mann markieren.«

So würdevoll wie möglich drehte sie sich um und verließ den Raum.

Kapitel 4

Dienstag, der 26.05.2009, 18 Uhr bis 22 Uhr

Die Evakuierung rund um Etzel ist weitgehend abgeschlossen. In Wittmund herrscht noch absolutes Chaos. Auch die Küstenbadeorte, die wegen des guten Wetters voll belegt waren, platzen aus allen Nähten. Die Solidarität ist groß. Alle öffentlichen Gebäude werden für die Flüchtlinge geöffnet und die Restaurants stellen kostenlose Mahlzeiten zur Verfügung.

Mittlerweile hat die Feuerwehr die meisten kleineren Feuer löschen können. Unklar ist derzeit noch, ob die Gasleitung aus Russland standhalten wird.

Nun zeigt sich, dass drei von knapp 100 Kavernen betroffen waren. Diese brennen zwar noch lichterloh, sind jedoch weitgehend unter Kontrolle.

Luftmessungen ergaben, dass die bei dem Brand entstandenen Gase ungiftig sind.

Die Autobahn 29 wird teilweise wieder freigegeben und die Einwohner der von den Kavernen weiter entfernten Orte dürfen in ihre Häuser zurückkehren. Da die Explosionsgefahr noch nicht völlig gebannt ist, gilt das nicht für die Einwohner von Etzel, Horsten und Sande. Doch plötzlich beginnt sich die Erde um die betroffenen Erdgasspeicher zu senken. Es entsteht ein Krater mit einem Durchmesser von 400 Metern und einem halben Meter Tiefe. Erste Vermutungen bestätigen

sich, dass die betroffenen Kavernen kollabiert sind. Plötzlich von ihrem Inhalt entleert, brechen die Salzstöcke in sich zusammen und die Erde sackt immer schneller ab. Wie sich nun zeigt, nützt es nichts, dass sie erst in einer Tiefe von knapp 1000 Metern liegen.
Die Industrieanlagen der EAC sind ebenfalls betroffen. Sie senken sich in Zeitlupentempo ab. Teile der Bundesstraße folgen ihnen. Die nächstgelegenen Bauernhöfe brechen zusammen, weil der Boden unter ihnen nachgibt. Das eingesperrte Vieh wird durch die herabstürzenden Dachkonstruktionen erschlagen. Mit Müh und Not können sich die eingesetzten Hilfskräfte in Sicherheit bringen.
Endlich sind auch die letzten verbliebenen Anwohner bereit, zu fliehen. Doch das müssen sie nun zu Fuß, weil sich kein Fahrzeug mehr in die Umgebung von Etzel wagen kann.

Der Weg endete in einer Sackgasse. Frustriert musste Leyla umkehren und zurück zur Hauptstraße fahren. Dort kam sie wie alle anderen nur im Schneckentempo voran. Die Aufregung ließ sie vibrieren. Doch was sollte sie machen. Leider hatte sie kein Kojak-Blaulicht wie die Adams.

Eingeklemmt in die sich mühsam vorwärtsschiebende Fahrzeugkolonne, benötigte sie fast eine Stunde, um nach Funnix zu gelangen. Alles Hupen und Drängeln half nichts, die Straßen waren hoffnungslos verstopft.

Gegen sechs Uhr kam sie am Ortseingangsschild von Funnix an. Der Skulpturengarten direkt davor war trotz des schönen Wetters geschlossen. Keine Menschenseele war zu sehen. Also fuhr sie weiter um die Kurve, bis sie an einem Parkplatz unterhalb der Kirche, die auf einem kleinen Warfthügel erbaut war, ankam. Dort stellte sie ihren Golf ab. Im Schatten der alten Bäume, die den Friedhof zur Straße hin abgrenzten, war es wenigstens kühler.

Eine leichte Übelkeit war zurückgekehrt, die Leyla verbissen ignorierte. Das konnte sie jetzt überhaupt nicht gebrauchen.

Kaum aus dem Wagen, sah sie sich Hilfe suchend um. Auch hier konnte sie weit und breit keine Menschenseele entdecken. Aus der Ferne klangen die Autohupen von der weiter nach Norden schleichenden Fahrzeugkolonne herüber. Kaum war sie aus dem Schatten getreten, schwirrte die Luft vor Hitze. Himmel, das musste doch irgendwann mal wieder abkühlen, dachte Leyla entnervt und wischte sich den Schweiß von der Stirn.

Langsam ging sie die paar Meter auf den Eingang zum Friedhof zu. Ein Mann mit der Statur eines Sumo-Ringers kehrte den Kirchenvorplatz. Das musste ein Einheimischer sein, ganz klar. Leyla eilte die Warft hoch. Atemlos erreichte sie ihn. Kaum angekommen, fragte sie nach Christina aus Funnix. Doch der Mann stierte sie nur verblüfft an. Leyla wiederholte die Frage, doch er starrte weiter.

Was war bloß los mit dem Kerl? Er setzte ein fleischiges, zahnloses Lächeln auf, das furchterregend wirkte. Leyla wich einen Schritt zurück. Er folgte grienend.

Leyla wich weiter zurück. Der Mann setzte ihr grunzend nach. Leyla wurde panisch. Sie drehte sich um und wollte zu ihrem Wagen flüchten. Doch sie stolperte und fiel auf die Knie. Ehe sie sich versah, wurde sie von hinten gepackt und hochgezogen.

Dabei bemerkte sie nicht, wie ihr Handy aus der Jackentasche auf den Rasen fiel.

***

Adams setzte sogleich mit ihrer Erklärung an, kaum dass sie das Dienstzimmer von Polizeidirektor Brenner betreten hatte. Doch der wedelte sie genervt mit einer Hand zu einem der beiden Besucherstühle. Hinter ihr kam Lemberger in den Raum geschritten. Anders konnte man seinen selbstbewussten Gang nicht nennen. Breitbeinig, die übertrainierten Popeye-Oberarme durch leichtes Anwinkeln vorteilhaft modelliert und mit stolzgeschwellter Brust stolzierte er in den Raum. Fast, als wäre die blutige Nase ein Orden.

Adams kam die Galle hoch. Eben noch hatte er auf dem Fußboden rumgezappelt und nun mimte er den Helden. Es war zum Kotzen.

Brenner winkte ihn zu dem anderen Stuhl vor seinem Schreibtisch.

»So, nun wollen wir mal in aller Kürze klären, was hier eigentlich los ist. Sie«, er deutete auf Adams, »haben ihn ...«, die Hand wanderte in Richtung Lemberger, »... geschlagen. Warum?«

»Ist nicht so wichtig. Was ich sagen wollte ...«, Adams wurde rüde durch die weiterhin erhobene Hand zum Schweigen gebracht.

»Nichts da, ich will wissen, warum Sie ihn geschlagen haben.«

Adams holte tief Luft. »Ist das wirklich so wichtig? Haben wir nicht alle Besseres zu tun?«

»Noch entscheide ich, wer hier was zu tun hat.«

Bei diesen Worten warf Brenner Lemberger einen bitterbösen Blick zu. Der japste nach Luft. »Ich bin von meiner Dienstvorgesetzten geschlagen worden und Sie reden davon, wer was zu tun hat.«

»Schnauze, zu Ihnen komm ich gleich. Also Adams, was war los?«

Adams holte tief Luft. »Er hat mich provoziert und beleidigt.«

»Wenn ich jeden schlagen würde, der mich provoziert, säße ich schon lange nicht mehr hier. Was genau hat er denn gesagt, dass Sie so ausgerastet sind?«

»Ist doch egal. Es war genug, um ihm eins auf die Nase zu geben. Das muss reichen«, presste Adams zwischen den zusammengebissenen Zähnen hindurch.

»Mir reicht das aber nicht. Also?«

Adams schwieg.

»Ich habe ihr gesagt, dass ich mich versetzen lassen werde, weil ich keinen Bock mehr darauf habe, mit einer Grapscherin zusammenzuarbeiten. Außerdem habe ich ihr einen Klaps auf die Finger angedroht, wenn sie die nicht bei sich behalten kann«, kam es unverschämt grinsend von Lemberger. »Schließlich sind wir hier noch Männer, nicht wie in Hannover, wo sie ihre Chefs brauchen, um sich gegen aufdringliche weibliche Vorgesetzte zu wehren.«

Brenner hatte mit offenem Mund den Ausführungen gelauscht. »Ist das so, Adams?«

Mit hochrotem Kopf nickte Adams.

»Okay, das ist jetzt klar. Bleibt noch die Frage offen, warum Sie hier sind statt in Etzel?«, wandte sich Brenner an Lemberger.

Der schluckte. »Waren ohnehin zu viele Leute da am Rumwuseln. Da wurde ich nicht gebraucht.«

»Ach, und das entscheiden Sie also selbst, wo Sie gebraucht werden«, tönte Brenner mit eisiger Stimme.

»Nein«, gab Lemberger gedehnt zurück. »Natürlich nicht. So hab ich das nicht gemeint. Bin nur ganz kurz in mein Büro gegangen, um mich frisch zu machen. Da kam diese«, er nickte abfällig in Richtung Adams, »Furie und hat mich geschlagen.«

»Das heißt also, Sie haben sich einfach so vom Einsatzort entfernt und sich noch nicht einmal hier gemeldet, als Sie ankamen. Hab ich das richtig verstanden?«

»So war das nicht. Ich wollte mich ja melden.«

Brenner drehte sich zu Adams. »Was hatten Sie da eben, was so eilig war? Worum geht es bei Ihnen?«

»Lange Geschichte, für die wir wirklich keine Zeit haben, Chef. Aber Staatsanwältin Zapatka und ich sind der Meinung, dass ein neugeborenes Baby, das von seiner Mutter klammheimlich aus der Klinik mitgenommen wurde, in akuter Lebensgefahr schwebt. Die Einzelheiten sind jetzt nicht so wichtig. Entscheidend ist, dass wir glauben, die Frau identifiziert zu haben. Sie lebt in Funnix und ist wohl auch mit dem Kind dahin unterwegs gewesen. Nun muss ich nur noch den Nachnamen und die Adresse herausfinden, dann können wir nachschauen, was los ist, und hoffentlich dafür sorgen, dass das Kind überlebt.«

Brenner nickte. »Geht es dabei um den Suchaufruf im Radio, den ich vorhin zufällig gehört habe?«

Adams nickte.

»Hm, so weit, so klar. Aber was mache ich jetzt mit Ihnen beiden? Die eine schlägt ihren Assistenten und der Assistent widersetzt sich Dienstanweisungen. Das ist beides nicht lustig und wird Ihnen eine Menge Ärger einbringen, wenn ich das melde.«

Lemberger bekam ebenfalls einen hochroten Kopf. »Ich wurde von einer Vorgesetzten geschlagen«, stammelte er empört.

»Wäre nicht passiert, wenn Sie Ihren Auftrag erfüllt hätten, und nun Schnauze«, fuhr Brenner ihn an. »Sie haben Glück, wenn Sie dafür nicht Ihren Job verlieren. In so einer Situation abzuhauen, ich glaub's ja nicht.«

Adams hatte sich kerzengerade aufgerichtet. »Ist mir schon klar, Chef, dass das hier Konsequenzen für mich hat. Aber jetzt zählt nur das Baby, und die Staatsanwältin wartet auf mich in Funnix. Lassen Sie mich das noch durchziehen, ist doch sowieso niemand anders frei als dieser ...«, sie nickte in Richtung Lemberger.

Brenner nickte langsam mit dem Kopf. »Okay, ich gebe Ihnen beiden noch eine einzige Chance. Bringen Sie das zusammen gut zu Ende und beschweren Sie sich nie mehr bei mir über den anderen. Dann vergesse ich, was ich heute hier mitbekommen habe, und mache keine Meldung.«

»Aber ...«, stammelte Lemberger.

»Alles, nur das nicht«, stöhnte Adams.

»Und ob. Ansonsten können Sie beide direkt nach Hause gehen und das war's dann. Wollen Sie das?« Er sah von einem zum anderen.

»Chef, das geht nicht. Der stürzt die ganze Ermittlung ins Chaos«, flehte Adams ihn an.

»Schluss, entweder Sie ziehen das jetzt gemeinsam durch – und ich erwarte noch heute Abend eine Erfolgsmeldung – oder das war Ihrer beider letzter Tag hier in Wittmund. Entscheiden Sie das selbst. Ich habe jetzt Wichtigeres zu tun.« Damit winkte er sie aus seinem Büro.

Unter dem Gekicher der anwesenden Polizeibeamten, die nicht gerade am Rennen waren, staksten beide mit gesenktem Kopf in das gemeinsame Büro.

Nachdem sie eingetreten waren und die Tür hinter sich geschlossen hatten, packte Adams Lemberger am Kragen. Ganz dicht zog sie sein Gesicht zu ihrem herunter. »Damit das klar ist: Ich werde dieses Baby retten. Mir ist scheißegal, was Sie in der Zeit machen, nur stören Sie meine Ermittlung nicht. Alles andere ist mir piepschnurzegal, klar? Sie können mitziehen und Ihren Job retten oder Sie können nach Hause gehen und Muttern die Ohren vollheulen. Nur eins sollten Sie nicht: Mir in die Quere kommen. Verstanden?«

Lemberger packte ihre Handgelenke und zog sie von seinem Kragen weg. »Ich habe nicht vor, wegen Ihnen«, er spie das Wort regelrecht aus, »meinen Job zu verlieren. Also werde ich mitkommen. Aber danach ist Schluss, ist Ihnen das klar?«

Adams nickte. »Gut, dann ziehen wir das jetzt durch. Die Scheiße hat mich genug Zeit gekostet. Also ran ans Werk, Einstein. Die Frau heißt Christina, ist dick und wohnt in Funnix, ist noch im gebärfähigen Alter. Sie haben zehn Minuten Zeit, um mir den Nachnamen zu liefern.«

Damit drehte sie sich um und verließ den Raum. Sofort marschierte sie in Richtung Damentoilette – der einzige Ort im ganzen Revier, in dem sie nicht ständig damit rechnen musste, dass ein Kollege reingerannt kam. In Wittmund gab es noch nicht viele Streifenbeamtinnen, geschweige denn Kommissarinnen, die ihr die Einsamkeit der Toilette streitig machen konnten.

Dort drehte sie den Kaltwasserhahn am Waschbecken auf und ließ das Wasser über ihre Handgelenke laufen.

Der Gau war eingetreten. Dass alle von Klaus wussten, hatte sie befürchtet, so etwas sprach sich blitzartig rum. Doch dass die Details ebenfalls bekannt waren und sie sich so etwas von Lemberger sagen lassen musste, damit hatte sie nicht gerechnet.

Keiner von diesen Dreckskerlen ahnte, was sie in Hannover durchgemacht hatte. Gelitten hatte sie. Jeden Tag neben Klaus zu arbeiten, mit ihm rumzuflachsen, die Arbeitstage gemeinsam am Schreibtisch zu verbringen, die Nächte im Auto beim Observieren. Irgendwann hatte sie sich eingebildet, dass auch er die Überstunden machte, um in ihrer Nähe zu sein.

Wenn sie ihn dann heimkutschierte, konnte es schon mal passieren, dass sie im Auto vor seiner Tür sitzen blieb und zusah, wie in seiner Wohnung das Licht an- und ausging. Ein- oder zweimal musste sie im Wagen eingeschlafen sein, höchstens. Sie hatte nicht bemerkt, dass Klaus sie aus dem Fenster beobachtete.

Als sie ihn dann eines späten Abends im Büro versucht hatte zu küssen, hatte er ein Riesengeschrei losgebrochen und sich am nächsten Tag bei ihrem Chef beschwert. Stalking nannte er ihre sehnsuchtsvollen Blicke auf sein Fenster. Dabei hatte sie nur ganz selten bei ihm angerufen. Mal, um seine Stimme zu hören.

Mal um festzustellen, ob er weiblichen Besuch hatte. Nie hatte sie den Mut gefunden, sich zu melden. Was hätte sie auch sagen sollen?

Ihr Chef hatte alles falsch interpretiert und ihr die Pistole auf die Brust gesetzt, sich versetzen zu lassen. Sie hatte keine andere Wahl gehabt.

Klaus war sofort an ihre Stelle aufgerückt und als Trostpflaster für die ›unangemessene Bedrängung durch eine Vorgesetzte‹ zum Kommissar befördert worden. Das war alles so ungerecht. Aber sie war auch selten dämlich gewesen. Wie hatte sie ihren Gefühlen nur freien Lauf lassen können?

Es war das erste Mal in ihrem ganzen Leben gewesen, dass sie sich verliebt hatte. Die Liebe hatte sie beschwingt, sodass sie alle Vorsicht hatte fahren lassen. Nie wieder, schwor sie sich. Nie wieder wollte sie mit solchen Gefühlen zu tun haben. Die taten nur weh.

Und nun hatte sie sich bei Lemberger auch noch gehen lassen. Mal wieder. Sie hatte sich einfach nicht mehr im Griff. Was war nur in sie gefahren?

Zurück in der Gegenwart war ihr nicht klar, ob es der Chef ernst gemeint hatte damit, dass sie nicht fliegen würde, wenn sie die Suche nach dem Baby erfolgreich mit Lemberger durchzog. Obwohl der Gedanke unsinnig war. Mit dem Idioten zusammen konnte nichts gelingen, der Mann war eine absolute Niete. Aber hatte sie eine Wahl? Die Versetzung aus Hannover war schon schlimm gewesen. Wenn sie nun auch noch ihre Stelle hier verlor, war alles aus. Sie würde sich nie wieder in den Kriminaldienst bewerben können. Alle würden wissen, dass sie den einen Assistenten angebaggert und den anderen geschlagen hatte. Ein trockenes Lachen drang ihre Kehle hinauf.

Nein, sie brauchte ihren Job, hatte doch sonst nichts im Leben, definierte sich darüber. Sollte sie etwa zu einer drittklassigen Privatdetektei gehen und für die Ehebrecher filmen? Oder als Kaufhausdetektivin kleine Diebe erwischen? Nein und nochmals nein. Ihr Chef hatte ihr eine Chance geboten und die würde sie ergreifen.

Sie atmete tief durch und fuhr sich mit den nassen Händen über den Nacken. Für einen kurzen Moment schloss sie die Augen und genoss die Erfrischung.

Doch der Moment verging und ihr stand das Bild des Babys vor Augen. Schluss jetzt, sagte sie sich. Hier geht es nicht nur um mich.

Damit drehte sie sich entschlossen um und ging zurück in ihr Dienstzimmer.

***

Leyla nahm entsetzt die Pranken des Mannes unter ihren Armen wahr. Wie eine Feder hob er sie hoch und zerrte sie zur offenstehenden Kirchentür. Gerade, als Leyla um Hilfe schreien wollte, kam eine dicke Frau mit langen offenen Haaren aus dem Portal.

»Was machst du denn da, Willem?«, fragte sie den Hünen.

Der gab nur grunzende Töne von sich.

Daraufhin wandte sich die Frau an Leyla, die noch immer nach Luft schnappte. »Was ist denn hier los? Was haben Sie mit Willem gemacht?«

»Ich gemacht?«, empörte sich Leyla. »Fragen Sie lieber mal, was dieser Glöckner mit mir gemacht hat.«

»Willem ist ein ganz Lieber. Sie müssen ihn erschreckt haben. Willem, lass die Frau runter!« Der Hüne lockerte seinen Griff. Leyla schlüpfte ihm durch die Hände und stand nun vor den beiden.

Die Frau schüttelte den Kopf. »Alle haben Angst vor ihm, dabei ist er nur taubstumm. Er ist der freundlichste Mensch, den ich kenne, und hilft mir immer, die Friedhofswege sauber zu halten. In der Kirche kehrt er auch. – Bei der Gelegenheit, ich bin die neue Pastorin, Arnhild Evers.« Sie streckte Leyla ihre Pranke hin. Alle Menschen hier schienen auffallend große Hände zu haben. Seltsam, dachte Leyla, während sie die hingehaltene Hand ergriff und schüttelte.

»Das trifft sich gut. Als Pastorin kennen Sie sicherlich all Ihre Schäfchen in Funnix. Ich bin auf der Suche nach einer Frau namens Christina, die hier wohnen soll. Können Sie mir weiterhelfen?«

»Naja, wie ich schon sagte, ich bin hier neu. Ich kenne natürlich die Frauen, die sonntags in die Kirche kommen. Schade, es werden immer weniger.« Sie schüttelte bedauernd den Kopf. »Nein, eine Christina ist nicht dabei. Vielleicht kann Ihnen aber unsere zweite Vorsitzende im Kirchenvorstand, Taletta Ulfers, weiterhelfen. Die lebt schon seit ihrer Geburt in Funnix. Wenn jemand alle Leute hier kennt, dann sie.«

Dankbar nickte Leyla. »Wo finde ich die denn? Es ist eine sehr eilige Angelegenheit, wegen der ich Christina suche.«

»Die wohnt ganz in der Nähe. Willem kann Sie hinbringen.« Als sie Leylas entsetzten Blick bemerkte, lachte sie lauthals los. »Der ist wirklich absolut harmlos. Sie können natürlich auch alleine gehen, ist nicht schwer zu finden. Sie müssen diesem Weg«, sie deutete auf eine kleine Seitenstraße, die wenige Meter weiter abbog, »folgen und das Sträßchen rauf bis fast ganz oben gehen. Dann ist es das fünfte oder sechste Haus auf der linken Straßenseite.«

Leyla dankte und folgte der Anweisung. Nach wenigen Metern kam sie sofort wieder ins Schwitzen. Oben auf der Warft stellte sie fest, dass sie vergessen hatte, die Häuser zu zählen, an denen sie vorbeigekommen war. Dann musste sie eben nochmals nachfragen.

***

Keine Tür öffnete sich und Namensschilder konnte sie auch nicht entdecken. Der Ort schien wie ausgestorben.

Wieso war sie bloß so dumm gewesen und hatte sich nicht von Willem den Weg zeigen lassen? Immer diese Ängste vor Menschen, die anders waren. Leyla war stinksauer auf sich. Wie wohl die Leute auf sie reagierten, wenn sie später ganz taub würde? Ob die auch vor ihr Angst hätten oder schlimmer noch, über sie lachen würden? Der Gedanke war kaum zu ertragen. Und doch musste sie sich vielleicht irgendwann daran gewöhnen, auch eine Ausgestoßene zu sein. Und allein. Stefan hatte ihr bereits einen Vorgeschmack darauf geliefert, wie andere über solche Behinderungen dachten. Mit Blinden hatten die meisten noch Mitleid, aber Taube waren isoliert, galten als dumm, weil sie nicht antworten konnten oder falsche Antworten gaben. Irgendwann trauten sie sich gar nicht mehr unter Menschen, das war klar. Wozu auch, sie konnten ohnehin nicht mehr am Gemeinschaftsleben teilnehmen. Wer nicht sah, verlor die Dinge, wer nicht hörte, die Menschen.

***

Als Adams fünf Minuten später ihr Büro betrat, hing Lemberger noch vor dem Bildschirm.

»Wie weit sind Sie gekommen?«, fragte Adams im unfreundlichsten Ton, den sie auf Lager hatte.

»Bin gleich soweit.«

Erstaunlich, dachte Adams, er klingt ja richtig konzentriert. Wie schaffte er das nur mit seinem Spatzenhirn?

»Legen Sie mal einen Zahn zu. Wir haben durch diesen Mist eben viel zu viel Zeit verloren.«

»Dafür kann ich nichts, das haben Sie uns eingebrockt. Immer schön mit der Ruhe«, knurrte Lemberger. »Gleich hab ich es. Es gibt, soweit ich sehen kann, drei Christinas in Funnix. Zwei sind fast gleichaltrig, zwischen fünfunddreißig und vierzig. War wahrscheinlich damals in deren Geburtsjahr einer der beliebtesten Vornamen für Mädchen. Die Dritte ist erst einundzwanzig. Die können wir wohl ausschließen. Ich lasse die Namen und Adressen ausdrucken.«

Adams schnappte sich die Ausdrucke noch frisch aus dem Drucker. Natürlich sagten ihr die Namen nichts.

»Wie können wir noch mehr über die Frauen herausbekommen?«

»Keine von ihnen ist vorbestraft, das habe ich schon abgecheckt. Also bleibt uns nur, hinzufahren«, kam die lapidare Antwort.

Adams nickte. Doch zuvor wollte sie noch der Staatsanwältin alle Adressen durchgeben. Nach dem dritten Klingelton wurde abgenommen. Ein Grunzen war zu hören. Ob die schon wieder kotzend im Graben liegt, fragte sich Adams leicht beunruhigt.

Trotz mehrfacher Hallo-Rufe bekam sie keine andere Antwort als weiteres Grunzen. Das gab's doch nicht. War die durchgedreht oder ging es ihr schlecht? Wohl eher schlecht, mutmaßte Adams. Es war also doch ein Fehler gewesen, sie alleine fahren zu lassen, dachte sie mit schlechtem Gewissen.

Und das Grunzen hatte gar nicht gut geklungen. Verdammt. Durch ihre Blödheit hatten sie wahnsinnig viel Zeit verloren und nun steckte die Zapatka garantiert in Schwierigkeiten. Andererseits hatte sie ihr gleich gesagt, dass sie zusammen hinfahren sollten. Aber die hatte es ja besser gewusst.

Hm, trotzdem ließ sich ihr schlechtes Gewissen nicht beruhigen. Adams packte ihre Tasche und stürmte in Richtung Tür.

»Halt, warten Sie auf mich«, kam es von Lemberger, der es noch nie so eilig gehabt hatte, hinter ihr herzukommen. Das brachte ihm lautes Gelächter der Kollegen ein. Ausnahmsweise schien es ihn nicht zu interessieren.

Adams hatte den Insigna bereits angelassen, als er hektisch die Tür aufriss. »Was soll das? Schon vergessen, dass wir beide das zusammen erledigen müssen?

Ich jedenfalls habe keine Lust, wegen Ihnen meinen Job zu verlieren. Also warten Sie gefälligst auf mich.«

Adams sah ihn mitleidig an und gab so stark Gas, dass Lemberger mehr in den Sitz fiel als stieg. Doch er verkniff sich jede Bemerkung, wie Adams grinsend feststellte.

Das Grinsen verging ihr schnell wieder. Kaum waren sie vom Parkplatz runter auf der Straße, standen sie wieder. Eine einzige Schlange von Fahrzeugen blockierte die Straßen. Adams schlug mit der Faust auf das Lenkrad. »Verdammt, verdammt, verdammt.«

Nach einem kurzen Augenblick setzte sie ihr Kojak-Blaulicht auf das Dach und fuhr über den Bürgersteig. Lemberger neben ihr fluchte leise vor sich hin. Nachdem sie heil am Marktplatz angekommen waren, wurde es besser. Vermutlich benutzten die meisten Etzel-Flüchtlinge die Knochenburgstraße durch Wittmund.

Die Freude währte kurz. Kaum hatten sie die Carolinensieler Straße erreicht, standen sie wieder.

»Wenn wir es wirklich so eilig haben, warum nehmen wir dann nicht die Seitenstraßen?«, fragte Lemberger zu Adams Erstaunen.

»Weil ich mich hier nicht so gut auskenne, Sie Schlauberger.«

»Nun, dann sollten Sie vielleicht doch mal Ihren Assistenten um Hilfe bitten. Zufällig kenne ich mich hier sehr gut aus. Meine Freundin wohnt in Tettens.«

Was? Der Typ hatte eine Freundin? Dabei hätte Adams schwören können, dass er schwul wäre. Schon zum zweiten Mal an diesem Tag musste sie ihre Meinung grundlegend korrigieren, wenn auch ungern. Irgendwie gab ihr das zu denken.

Zwar hätte sich Adams lieber den Arm abgehackt, als Lemberger um Hilfe zu bitten. Das Bild einer sich übergebenden, schwangeren Staatsanwältin im Graben und eines kleinen verdurstenden Mädchens überzeugten sie jedoch vom Gegenteil. Sie riss sich zusammen. »Okay, Schlauberger, wo soll ich langfahren?«

»Bitte!«

»Hä?«

»Bitte!«

»Hören Sie auf mit dem Quatsch. Oder wollen Sie Ihre Stelle doch noch verlieren?«

»Bitte!«

Adams stöhnte. Genau das hatte sie von diesem Armleuchter erwartet. »Also gut, bitte!«

»Da vorne rechts.«

Adams gab Gas und fuhr auf der linken Spur an den stehenden Fahrzeugen vorbei, bis sie zu einem Kreisel kamen. Aus dem fuhr sie wie vorgegeben rechts heraus statt weiter geradeaus Richtung Funnix. Gleich wurde die Straße freier und Adams konnte mit über einhundert Stundenkilometern in Richtung Rehau brausen.

***

Halb versteckt hinter einem Haus an der Straße entdeckte Leyla eine gebückte Frau.

»Können Sie mir sagen, wo Frau Ulfers wohnt?«, rief Leyla ihr zu.

Die antwortete nickend.

»Und wo finde ich die?«

Sofort ging ein Wortschwall los. Mit beiden Armen wedelte die Frau in alle Richtungen. Kein Wort verstand Leyla.

»Äh, bitte, ich kann Sie nicht verstehen.«

Wieder brach eine Tirade los und wieder gestikulierten die Hände wüst in der Gegend herum.

So kam Leyla nicht weiter. Kurz entschlossen zog sie ihren eng anliegenden Rock ein Stück höher und stieg über den niedrigen Jägerzaun. Weiter lamentierend kam ihr die Frau entgegen.

»Entschuldigung, ich höre nicht so gut.« Plötzlich fiel es Leyla nicht mehr schwer, das auszusprechen, was sie seit Wochen quälte. Sogar lächeln konnte sie dabei.

»Dat macht nicks, ik hör ok nicks«, erwiderte die Frau lachend.

»Ich suche Taletta Ulfers«, setze Leyla erneut an.

»Dor häbt ji voll Glück, de steiht nu vör di.«

»Das trifft sich hervorragend. Ich habe es sehr eilig. Können Sie mir verraten, wo hier in Funnix eine Christina wohnt?« Mit Müh und Not hatte Leyla verstanden, dass sie Frau Ulfers gefunden hatte. Das konnte ja heiter werden.

»Welk Christina?«

»Das weiß ich auch nicht. Ich kann nur sagen, dass sie dick ist und kurzes, braunes, dauergewelltes Haar mit grauen Strähnen hat.«

»Da häbt wi mehr von in Funnix. Ik kenn mennig hier in Dörp. Up annern Siet sind so völe Utlanner kömmen und die kenn ik nich. De Noms meent wohl ehr een Toetrucken. Lat mi mal nasinnen.«

Leyla winkte hilflos ab. »Keine Chance, ich verstehe Sie nicht und das hat wenig mit meinem Gehör zu tun. Könnten Sie bitte hochdeutsch mit mir reden?«

»Klar, mache ich gerne. Manchmal vergesse ich, dass unser Plattdeutsch nicht von jedem verstanden wird. Ich sagte gerade, dass wir mehrere Christinas in Funnix haben. Ich kenne fast alle Leute hier im Dorf. Aber in den letzten Jahren sind einige Auswärtige hierher gezogen. Das Leben ist billiger als im Ruhrpott oder weiter südlich. Und die kenne ich nicht alle. Der Vorname deutet darauf hin, dass es sich um so eine Zugezogene handelt. Lassen Sie mich mal nachdenken.« Sie legte die Stirn in Falten, was sie noch älter aussehen ließ, als sie ohnehin war.

»Eine wohnt dor achtern, äh, da hinten. Wenn Sie an der Hauptstraße ankommen gleich links das dritte Haus.« Sie wies mit dem Finger die Straße auf der anderen Seite der Warft hinunter. »Die zweite Christina, die ich kenne, ist Thilos Frau. Dick ist die auch. Die hat kaum Kontakt zu uns und in die Kirche geht die schon gar nicht. Und dann wird Jansens Sohn bald eine Christina heiraten.«

Nun legte Leyla fragend ihre Stirn in Falten.

»Sie müssen den großen Hof gesehen haben, als Sie von der Bundesstraße abgebogen sind. Gleich rechts hinter der Abzweigung. Aber die ist noch sehr jung, das passt also nicht. Am besten passt die Beschreibung auf Christina Nannen da hinten. Die ist aber vielleicht nicht zu Hause. Die haben gerade Nachwuchs bekommen.«

»Nachwuchs?«, fragte Leyla wie elektrisiert.

Frau Ulfers zuckte zusammen. »Dazu sag ich nichts. Ist nicht meine Sache. Aber in dem Alter …«

Mehr war nicht aus ihr rauszubekommen. Eilig bedankte sich Leyla und sputete sich, zurück über den Zaun und in Richtung Süden zu kommen.

Toll, diese kleinen Orte, wo jeder jeden kennt, schoss es ihr mit einem leisen Lächeln auf den Lippen durch den Kopf. Vielleicht war doch alles in Ordnung mit dem Baby, wenn bereits das ganze Dorf darüber Bescheid wusste. Doch warum war die Frau dann heimlich verschwunden? Das passte nicht zusammen.

Ihr Lächeln erstarb genauso plötzlich, wie es gekommen war, als sie in die Tasche ihres Jacketts fasste, um Adams Bescheid zu geben. Das Handy war weg, einfach so weg. Leyla stöhnte.

Klar, das musste passiert sein, als sie vor der Kirche gestürzt war. Was sollte sie jetzt machen? Weitere Zeit verschwenden, indem sie das Handy suchte?

Nein, beschloss sie. Die Zeit lief ihr davon. Jetzt galt es, die Frau und das Kind so schnell wie möglich aufzustöbern. Adams konnte sie dann immer noch informieren. Sie hastete weiter in die eingeschlagene Richtung.

Der Weg war nicht weit und nach kurzer Zeit stand sie vor dem beschriebenen weiß geklinkerten Haus aus den 50er Jahren.

Auf ihr Klingeln öffnete eine Frau, auf die die Beschreibung von Schwester Melanie perfekt passte. Leyla stockte der Atem. Das musste sie sein, ganz sicher.

»Wo ist das Baby, Christina?«

***

Im zweiten Kreisel bogen sie in Richtung Eggelingen ab. Adams nahm rasant die Kurve und gab sofort wieder Vollgas.

»Rufen Sie die Staatsanwältin an. Irgendwas stimmt da nicht. Eben hat sie nur Grunzlaute von sich gegeben.« Mit diesen Worten zückte sie ihr Handy aus der Jackentasche und reichte es Lemberger. »Einfach die Wahlwiederholungstaste drücken.«

Lemberger tat, wie ihm geheißen. Es erklang das Freizeichen, schließlich sprang die Mailbox an. Lemberger hielt Adams das Handy so hin, dass sie es hören konnte.

»Mist. Wie lange brauchen wir noch bis Funnix?«

»Naja, wenn wir nicht wieder in einen Stau geraten, sollten wir in zwanzig Minuten, maximal einer halben Stunde ankommen.«

Adams stöhnte und gab noch mehr Gas.

***

Pikiert starrte die dicke Frau Leyla an. »Kennen wir uns? Wovon reden Sie?«

»Lassen Sie das Theater«, herrschte Leyla sie an. »Macht doch keinen Sinn, weiterhin zu leugnen. Das ganze Dorf weiß es doch schon.«

»Das Kind ist bei meiner Tochter, da wo es hingehört.«

»So, bei der Tochter. Und wo ist die?«

»Was soll das? Was erlauben Sie sich? Stehen hier plötzlich vor meiner Tür und fragen nach dem Baby. Das geht Sie überhaupt nichts an.« Mit diesen Worten versuchte Christina Nannen, Leyla die Tür vor der Nase zuzuschlagen.

Sofort setzte Leyla ihren Fuß in den Türspalt. »Jetzt reicht es. Ist Ihnen denn gar nicht klar, dass wir Sie schon den ganzen Tag suchen? Wie konnten Sie heute Vormittag einfach so aus der Klinik verschwinden?«

»Ich bin nicht aus dem Krankenhaus verschwunden. Ich habe es nach Ende der Besuchszeit verlassen! Was bitte soll daran so schlimm sein, dass Sie mich seit Stunden suchen?«

»Soso, nach Ende der Besuchszeit. Und das Baby haben Sie einfach mitgenommen, unversorgt.«

»Ich habe kein Baby mitgenommen! Was ist mit Ihnen los? Sind Sie betrunken?«

Das war nun schon das zweite Mal an diesem schrecklichen Tag, dass man Leyla für betrunken hielt. Das wirkte ernüchternd, obwohl sie das nicht nötig hatte. Ihr reichte es. Auch wenn sie vermutlich entsprechend aussah, trotz der versuchten Renovierung in Carolinensiel.

Trotzdem dämmerte ihr allmählich, dass das Verhalten von Christina Nannen außerordentlich seltsam für eine Frau war, die am Morgen heimlich mit ihrem frischgeborenen Baby aus einem Krankenhaus verschwunden war.

Sie holte tief Luft, ließ ihren Fuß jedoch weiterhin im Türspalt stehen. »Okay, noch mal von vorne und ganz langsam. Waren Sie heute Morgen im Wittmunder Krankenhaus und haben ein Baby zur Welt gebracht, ein kleines Mädchen?«

Christina bekam einen solch hochroten Kopf, dass Leyla fürchtete, sie bekäme einen Schlaganfall. Unerwartet öffneten sich ihre Lippen sperrangelweit und ein Lachen, das Ähnlichkeit mit einem Wiehern hatte und die ganze Frau erbeben ließ, brach heraus. Die Frau schüttelte ihre kurzen Haare und hielt sich den Bauch.

»Ich würde gerne mitlachen«, kam es von der vorsichtig gewordenen Leyla. War die Frau verrückt? Wieso lachte die dermaßen bei solch einem Thema?

Nach einem Moment hatte sich die Frau soweit beruhigt, dass sie reden konnte. »Ist ja schön, dass Sie mich für so jung halten. Das muss ich heute Abend meinem Mann erzählen, vielleicht kommt der ja endlich mal wieder auf Ideen.

Nicht ich habe heute Morgen ein Baby bekommen, sondern meine Tochter vor drei Tagen.« Sie wurde ernst. »Wer sind Sie überhaupt? Von der Jugendfürsorge? Den Weg hätten Sie sich sparen können. Wir werden den Kleinen bei uns großziehen, während meine Tochter die Schule fertigmacht. Ist alles schon beschlossen. Auch wenn Mara erst fünfzehn ist, wird sie das schon hinkriegen. Versuchen Sie ja nicht, uns den Kleinen wegzunehmen, verstanden?«

Leyla war zu verdattert, um etwas erwidern zu können. Wie peinlich, schoss es ihr durch den Kopf, der mal wieder flammend rot wurde.

Aber es half nichts, dann musste sie eben weitersuchen. »Okay, okay, war ein großes Missverständnis. Tut mir sehr leid. Können Sie mir sagen, wie ich auf kürzestem Wege zu Thilo Onkens Haus komme?«

***

Es dauerte ewig, bis Thilo endlich fest eingeschlafen war. Nachdem Christina aus dem Garten ins Haus zurückgekommen war, hatte er sich auf dem Sofa umgedreht und bemerkt, dass sie nicht mehr neben ihm saß. Sofort hatte er rumgebrüllt. Was blieb ihr anderes übrig, als sich zu ihm zu setzen. Noch im Halbschlaf schob er seine Hand zwischen ihre Beine. Panisch drückte Christina sie zusammen. Das würde sie heute nicht ertragen. Alles, bloß das nicht.

Zwischendurch waren ihre Söhne nach Hause gekommen, hatten sich allerdings sofort wieder verdrückt, als sie sahen, was los war. Von ihnen war keine Hilfe zu erwarten. Das war schon lange klar, auch wenn sie inzwischen größer als Thilo waren.

Christina atmete schwer. Wenn Thilo so weitermachte, würden die Jungs bald ausziehen. Und dann wäre sie ganz alleine mit ihm. Grauenhafte Vorstellung. Wieder atmete Christina schwer. Wenn sie doch nur wüsste, wo sie hin sollte. Alles wäre anders, wenn sie einen ordentlichen Beruf gelernt hätte. Wie hatte sie nur ihre Ausbildung hinschmeißen können. Wie oft schon hatte sie sich das gefragt und ihren damaligen Entschluss, alles für Thilo stehen und liegen zu lassen, bitter bereut.

Doch es half nichts, es war zu spät dafür. Nun musste sie dafür sorgen, dass sie wenigstens hier bleiben konnte.

Thilo stöhnte im Schlaf. Erschrocken fuhr Christina herum. Doch er atmete ruhig weiter, war nicht aufgewacht. Christina entspannte sich wieder.

Die Zeit drängte. Sie musste unbedingt kontrollieren, ob der Affe auch wirklich im Brunnenwasser versunken war.

Vorsichtig stand sie auf und trat ans Fenster in Richtung Garten. Es war nicht zu erkennen, ob Ännchen noch jätete. Nein, sie musste noch einen Moment warten. Punkt sieben sahen sie und Hermann regelmäßig die Heute Nachrichten. Dann waren die beiden garantiert drin. Ihr Blick auf die Uhr zeigte, dass es erst in einer Viertelstunde soweit war.

Christina ließ den Vorhang an seinen Platz fallen.

***

Es war nicht einfach, der Beschreibung von Frau Nannen zu folgen. Anscheinend war Leyla eine Straße zu früh abgebogen und stand erneut oben auf der Warft. Das Haus sollte sich indes unten in der Funnixer Siedlung befinden.

Leyla folgte einer schmalen Gasse in Richtung Norden. In die Richtung hatte Christina Nannen gewiesen. Doch der Weg endete in einer Sackgasse. Von dort aus konnte sie zwar die Häuser sehen, zu denen sie musste, runter kam sie jedoch auf diesem Weg nicht. Leyla seufzte. Nun gut, dann konnte sie bei der Gelegenheit auch zur Kirche marschieren und nach ihrem Handy suchen. Das war kein Umweg mehr.

Es lag nicht im Gras, wie Leyla gehofft hatte. Leider war auch die Pastorin mit ihrem Willem verschwunden. Ergo musste Leyla ohne Handy klarkommen. Die Zeit drängte immer mehr.

Leyla blickte gen Südosten. Die Rauchsäule von Etzel war weithin sichtbar. Wenigstens war es in der letzten halben Stunde abgekühlt. Die Sonne stand schon hinter den Häusern und warf lange Schatten auf die Wege. Leyla schaute auf die Uhr. Fünf vor sieben.

Mit einem Schlag fühlte sie sich erschöpft. Wusste nicht, wie sie den nächsten Schritt schaffen sollte. Alles wurde ihr zu viel. Sie legte die Hand auf ihren Bauch. Wenn doch wenigstens Adams da wäre. Die war zwar eine Nummer für sich und ruppig, doch Leyla hatte bei ihr eine Energie gespürt, die sie jetzt dringend brauchen könnte. Zu zweit ließ sich alles besser durchstehen.

Immer, immer hatte Leyla alles alleine gemacht, doch nun sehnte sie sich nach einem verlässlichen Partner. Dass sie bei solchen Gedanken ausgerechnet an die Adams dachte, verblüffte sie.

Wo sie wohl blieb? Sie würde sich sicherlich darüber wundern, dass sich Leyla nicht meldete.

Leyla strich sich ihren schweißnassen Pony aus den Augen. Ihre Kleidung klebte widerlich an ihr und strotzte vor Dreck. Es half nichts. Das musste sie jetzt durchziehen.

Inzwischen verspürte sie einen Durst, als habe sie seit Tagen nichts mehr getrunken. Langsam setzte sie sich wieder in Bewegung, ging den alten Pflasterweg von der kleinen Kirchenwarft runter und bog in den, wie sie hoffte, richtigen Weg ein.

Einhundert Meter, dann machte die Straße die beschriebene Rechtskurve.

Schnell erreichte Leyla das erste Haus. Auf der Klingel an der Pforte stand Tjardes. Aha, das war zu früh. Endlich mal ein Namensschild, dachte Leyla.

Das nächste Haus stand zurückgesetzt von der Straße. Es war genauso heruntergekommen, wie von Christina Nannen beschrieben. Ein altes Landarbeiterhaus mit einem großen Stallteil, nicht so groß, wie bei den Gulfhöfen, aber noch immer riesig im Verhältnis zum Wohnteil.

Der Garten war zugewuchert und die Platten zur Haustür hatten sich durch Wurzeln und Unkraut gehoben. Dazwischen stand das Gras einen halben Meter hoch.

Da entdeckte Leyla das blaue Fahrrad. Es lag neben dem Plattenweg im Gras. Sie starrte es an. Das musste es sein, das Fahrrad, das in Wittmund gestohlen worden war. Hier war sie richtig. Sofort suchte sie nach der Klingel. Sie fand keine.

Also schlug sie mit der Faust gegen die Tür. Nichts rührte sich. Leyla wurde unruhig. Irgendetwas sagte ihr, dass es drängte. Sie schlug noch fester dagegen. Wieder nichts. Leyla reichte es. Ihre Geduld war zu Ende. Sie holte aus und trat zu. Noch mal und noch mal. Ihr rechter Fuß jaulte. Pumps waren für solche Aktionen einfach nicht geschaffen. Doch endlich hörte sie, wie der Schlüssel im Schloss umgedreht wurde.

Ein kurzer Blick auf die Uhr zeigte Leyla, dass es kurz nach sieben war.

***

Christina hatte gewartet, bis die Kirchenglocke der alten Backsteinkirche die volle Stunde schlug, bevor sie sich aus dem Haus schlich. Ein vorsichtiger Blick zu den Tjardes rüber verschaffte ihr Gewissheit, dass Ännchen nicht mehr im Garten rumlungerte. Endlich.

Kurz bevor sie den Brunnenschacht erreichte, hörte sie das Pochen an der Haustür. Wer mochte das sein? Sonst kam niemand mehr so spät.

Egal, jetzt musste sie sich um das Äffchen kümmern, sicherstellen, dass es für alle Zeiten verschwunden war. Gerade drehte sie sich in Richtung Brunnen, da wurde gegen die Tür getreten. So klang es zumindest.

Alarmiert hetzte Christina zum Schacht. Bereits auf halbem Weg dorthin vernahm sie leises Wimmern. Das konnte doch nicht wahr sein. Christina beeilte sich noch mehr und schob den Deckel schneller als beim ersten Mal beiseite.

Der Anblick, der sich ihr bot, raubte ihr den Atem. Der Brunnen, der drei Meter tief war und einen Durchmesser von gut zwei Metern besaß, war fast leer. Erst auf dem Grund konnte sie Wasser glitzern sehen.

Das gabs doch nicht. Sonst stand das Wasser bis kurz unter dem Rand. Wo war es hin? Stattdessen lag auf einer dicken Schicht Schlick ein noch halb aufgerollter Gartenschlauch. Er wurde umspült von Wasser. Obendrauf lag dieses widerliche Affenwesen. Wie konnte das sein? Christina verstand die Welt nicht mehr.

Plötzlich hörte sie Thilo ihren Namen rufen. Egal, das hier musste erledigt werden.

Klar, wenn sie früher bei langer Trockenheit zu viel Wasser entnommen hatten, war der Brunnen hinterher auch leer gewesen. Es hatte einen ganzen Tag gedauert, bis das Grundwasser nachgeflossen und der Brunnen wieder vollgelaufen war. Damals hatten sie festgestellt, dass der Schlick und sonstiger Abfall, der sich dort angesammelt hatte, einen halben Meter hochstand. Im Laufe der Jahre dürfte sich noch mehr auf dem Schachtboden angesammelt haben. Niemand hatte sich die Mühe gemacht, ihn zu säubern. Wozu auch? Sie hatten kein Wasser mehr entnommen.

Doch wo kam der Schlauch her? Christina konnte sich nicht daran erinnern, ihn jemals gesehen zu haben.

Unglaublich! Sie hatte gewusst, dass es schiefgehen würde. An diesem verdammten Tag war alles mies gelaufen, warum sollte das jetzt klappen.

Das blöde Äffchen lag da unten und wimmerte. Was sollte sie nur machen? Wenn irgendjemand ihn hörte, wäre sie geliefert. Das Geheule musste aufhören, sofort. Aber sie konnte doch nicht da runtersteigen. Und selbst wenn, wie sollte sie den blöden Affen loswerden?

Vielleicht musste sie nur abwarten, bis das Wasser hoch genug gestiegen war. Es umspielte ihn bereits. Vielleicht kullerte er runter und ersoff endlich. Dann würde sich das Problem von alleine erledigen.

Wieder vernahm sie ihren Namen. Sie musste sich beeilen. Über Nacht würde der Schacht wieder volllaufen. Wenn dieses blöde Ännchen allerdings nochmals in den Garten käme und das Äffchen hören würde, wäre alles verloren.

Am besten wäre es, ihn in den Schlick zu drücken, bis er nicht mehr zu sehen war. Der Schlamm war wie Moor und gab nichts mehr frei. Danach könnte sie den Schlauch einfach wieder obendrauf legen. Dann wäre das Problem gelöst. Den Rest würde das Wasser erledigen.

Aber wie sollte sie da runter kommen? Jetzt, wo sie so dick geworden war. Christina stöhnte. Etwas anderes blieb ihr nicht übrig, um zu erledigen, was erledigt werden musste.

Doch halt, sie könnte ihn mit einer der alten Bohnenstangen runterdrücken. Das war die Lösung. Dann brauchte sie nicht runter.

Zuerst musste sie sich jedoch um Thilo kümmern. Sie schob den Deckel zurück auf den Schacht. Das Äffchen hatte aufgehört zu wimmern, ein Glück.

Gerade, als sie sich erhob, hörte sie eine Frauenstimme hinter sich.

***

Ein schlaftrunkener Mann hatte die Tür geöffnet. Kein Wunder bei der Fahne, die Leyla riechen konnte, als er ein: »Was isn los?«, grunzte.

Er war klein und ungepflegt, hatte ein altes Rippenhemd und eine schmuddelige Jogginghose an, die vollgekleckert war. Sein dünnes Haar hing ungewaschen in Strähnen bis über seine Ohren und seine Zähne waren nur noch Stifte im zahnfleischlosen Kiefer.

»Wo ist Christina?« Leyla hatte keine Geduld mehr für lange Erklärungen. Sie war erschöpft, ausgelaugt und körperlich am Ende. Diesem versoffenen Kerl lang und breit zu erklären, was sie wollte, dafür fehlte ihr einfach die Kraft.

»Und wer will das wissen?«

»Leyla Zapatka, Staatsanwaltschaft Aurich. Wo ist Christina?«

»Keine Ahnung.« Er drehte sich um und brüllte nach seiner Frau. »Eben war se noch da.« Ohne einen weiteren Kommentar verschwand der Mann im Inneren des Hauses.

Leyla nahm das als Aufforderung, ihm zu folgen. Vor ihr hergehend rief er weiter nach ›Christina‹, bekam jedoch keine Antwort.

Sofort wurde ihr wieder übel, als ihr ein abgestandener Geruch im Flur entgegenschlug. Es roch schimmelig und feucht, als wäre seit Jahren nicht gelüftet worden. Die Stockflecken an den ehemals weißen Wänden erklärten den Geruch. Leyla musste sich an leeren Bierkästen, Stiefeln, Jacken, die in mehreren Lagen am Kleiderständer hingen, und Mülltüten, die darauf warteten, entsorgt zu werden, vorbeiquetschen. Trotz allem machte das Haus einen halbwegs sauberen Eindruck, was nicht zu den Gerüchen passte.

Alle Türen standen offen. Gleich hinter der ersten verbarg sich die Küche. Die billige, alte Einbauküche aus lindgrünem Schleiflack war blitzblank, ebenso wie der unter einem Bein mit Bierdeckeln stabilisierte Küchentisch mit vier verschiedenen Stühlen. Auch der alte Linoleumfußboden wirkte sauber. Christina befand sich nicht in dem Raum.

Gegenüber führte eine Holztreppe ins Obergeschoss. Da der Mann an ihr vorüberging, glaubte Leyla nicht, dass sich Christina dort oben befand. Sie folgte dem Flur.

Im Wohnzimmer war ein alter, abgenutzter Teppichboden in den vor Jahren modernen Brauntönen verlegt. Die bunte, heruntergekommene Sitzgruppe mit einfachem Couchtisch in Nierenform stammte aus den frühen 80ern. Auf ihm standen mehrere Flaschen Bier, alle leer. Gläser waren nicht zu sehen. Der Mann hatte sich auf das Dreisitzersofa gelegt. Leyla hörte seine lauten Schnarchtöne. Bei der Fahne kein Wunder, dachte sie und nahm erstaunt zur Kenntnis, dass ihm eine Staatsanwältin im Haus offenbar nicht den Schlaf raubte. Verblüffend!

Auch hier keine Christina.

Gegenüber dem Wohnzimmer befand sich eine alte Holztür. Leyla zog sie auf. Dahinter verbarg sich der alte, leere Stall, der offenbar als Rumpelkammer genutzt wurde. Leyla spürte keine Bewegung in ihm.

Seitdem sie ihr Gehör verließ, hatte sich ihr Gespür für Bewegungen intensiviert. Kleinste Luftzüge durch Bewegung konnte sie wahrnehmen. Doch hier war nichts Lebendes außer Ratten und Mäusen.

Zurück im Flur öffnete sie die letzte Tür, die nur angelehnt war. Sie führte ins Freie.

Leyla erblickte einen verwilderten Garten. Das erste Stück bestand noch aus in früheren Zeiten gemähtem Gras, das nun schon lange wachsen durfte. Daran grenzten Büsche an, die verholzt waren. Nur wenige Blätter und einzelne Beeren zeugten davon, dass es sich um Johannisbeerbüsche handelte. Ihnen folgten zwei knorrige Apfelbäume im hinteren Teil des Gartens, deren abgebrochene Zweige auf dem Boden verstreut lagen. Ein paar Apfelblüten versuchten, dem Schicksal der Bäume zu trotzen.

Urplötzlich bemerkte Leyla eine Bewegung. Sie trat auf die Wiese und näherte sich den Büschen. Tatsächlich, gerade als sie weitergehen wollte, sah sie eine Frau aus dem Gebüsch hinter den Johannisbeeren hochkommen.

»Christina?«

Die Frau sah genauso aus wie im Krankenhaus beschrieben. Obwohl es heiß und stickig war, trug sie noch immer die bunte Bluse und die weite Schlabberhose in Blau. Sogar die Crocs hatte sie noch an den Füßen.

Leyla ging näher an sie ran. Was sie wohl im Garten gemacht hatte? Ihr war das schlechte Gewissen ins Gesicht gemeißelt und selbst der halbherzige Versuch, zu lächeln, änderte daran nichts. Leyla stand nahe genug, um den starken Geruch nach Schweiß, der Christina auch auf der Stirn stand, riechen zu können. Sie schien außer Puste geraten.

Die Frau starrte ihr so fest in die Augen, als wolle sie Leylas Blick festnageln. Leyla ahnte, dass genau das der Zweck des Blickes war.

Deshalb riss sie sich von ihm los und sah sich die Umgebung näher an. Verschiedene Büsche mit vielen Dornen waren ineinander verwachsen. Zwischen ihnen war ein Pfad in Richtung des Nachbarzaunes zu erkennen. Direkt hinter der dicken Frau befand sich ein freier Platz. Dort lag ein großer rechteckiger Betondeckel auf einer runden Umrandung. Ob es sich um eine

Kläranlage handelte? Hatte die Frau davor gekniet? Und wenn ja, warum?

Die Frau starrte sie weiterhin an und sprach kein Wort.

»Sind Sie Christina?«

Die Frau nickte langsam und starrte weiter, diesmal jedoch, als würde sie durch Leyla hindurchsehen.

»Wo ist das Baby?«

Christinas Blick verwandelte sich in den eines gehetzten Tieres. Leyla erkannte Angst in ihrem Blick. Überhaupt strahlte die Frau regelrecht vor Panik. Warum wohl? Wovor hatte sie solche Angst? Leyla spürte, dass da etwas war, fühlte ein Kribbeln im Nacken. Hier musste das Kind sein, da war sie sich sicher.

Langsam schritt sie auf den Deckel zu. Die Frau wich einen Schritt zurück. Beinahe wäre sie gestürzt, weil sie mit dem Bein gegen die Umrandung stieß.

Leyla ging weiter. Nichts konnte sie mehr aufhalten. Die Frau entfernte sich rückwärts, vorbei an dem abgedeckten Betonring, bis sie von den Stacheln des Brombeerbusches gebremst wurde.

»Was ist das?« Mit dem Kopf auf die Abdeckung weisend, sah Leyla Christina fragend an. Die zuckte mit den Schultern. So kam Leyla nicht weiter, das war ihr klar. Sie musste nachsehen.

Leyla ging in die Hocke. Der Deckel war schwer, so schwer, dass sie ihn kaum bewegen konnte.

Christinas Augen weiteten sich entsetzt, wie Leyla zu erkennen glaubte. Sie war auf dem richtigen Weg. Millimeter für Millimeter schob sie den Deckel beiseite.

Darunter öffnete sich ein Schacht in die Tiefe. Ein widerlicher Gestank stieg aus dem größer werdenden

Spalt in ihre Nase. Doch sie ließ sich nicht bremsen, auch nicht von der altbekannten Übelkeit, die sofort wieder einsetzte.

Immer weiter und weiter schob Leyla den Deckel, bis der Schacht halb offen war. Erst dann kam Leyla wieder auf die Beine, die sich durch die hockende Haltung und die Anstrengung verkrampft hatten. Sie beugte sich über die Öffnung und schaute nach unten.

***

Adams hatte nur bis zum nächsten Kreisel mit einhundert Stundenkilometern rasen können, eine Strecke von einem Kilometer. Auf Weisung von Lemberger war sie anschließend auf eine kleinere Landstraße abgebogen, die wenigstens noch achtzig bis neunzig Sachen zuließ. Doch kurz hinter einer Häuseransammlung mit dem stolzen Namen Toquard ging es auf einen noch schmaleren Weg, auf dem keine zwei Fahrzeuge nebeneinander passten.

Trotz ihrer inneren Unruhe verlangsamte Adams das Tempo auf unter siebzig. Das war auch gut so, denn direkt hinter einer scharfen Rechtskurve radelte ein alter Mann mit einer Angel über der Schulter mitten auf der Straße. Adams brauchte mehrere Minuten, um ihn durch Hupen und Blaulicht davon zu überzeugen, sie vorbeizulassen.

Die rechten Winkel der Straße häuften sich und Adams musste noch langsamer werden. Es war zum Verrücktwerden. Und dieser kaltschnäuzige Volltrottel neben ihr blieb absolut cool. Das machte Adams noch nervöser.

Endlich konnten sie links über den Wiesen ein großes Gebäude erkennen. Das sei das kleine Gewerbegebiet von Funnix, erläuterte Lemberger.

Und schon erreichten sie eine Querstraße, die direkt in diese Richtung führte. Nach wenigen hundert Metern hatten sie die Hauptstraße nach Carolinensiel erreicht.

Schräg gegenüber war ein großer Bauernhof erkennbar, auf den Lemberger hinwies. »Dort wohnt die erste Christina. Sollen wir gleich da anhalten und schauen, ob sie es ist? Aber das ist die zu junge Frau.«

Adams überlegte. »Nein, schauen wir zuerst nach der Staatsanwältin, die muss hier irgendwo stecken.«

Nur durch das erneute Einschalten des Blaulichtes konnten sie die Durchfahrt durch die Fahrzeugkarawane der Etzel-Flüchtlinge erzwingen. Noch immer schlich Fahrzeug an Fahrzeug in Richtung Küste.

Ist der Kerl doch manchmal zu was nütze, dachte Adams, der ganz flau bei der Vorstellung wurde, sie hätte alleine über die Hauptstraße versucht, nach Funnix zu gelangen.

Nach wenigen Metern erreichte sie die Abfahrt nach Funnix. Die fünfhundert Meter bis zur Kirche, die links neben der Straße auf einer kleinen Warft thronte, fuhr sie im Schritttempo. Schaute links und rechts neben der Straße in die Gräben in der Befürchtung, die Staatsanwältin darin zu entdecken. Dumm von ihr, schalt sie sich insgeheim, hier wäre sie bestimmt schon von jemandem entdeckt worden. Doch sie wurde das Bild der sich übergebenden Zapatka am Straßenrand von vorhin einfach nicht los.

Als sie der Straße folgend um eine Kurve bogen, entdeckte sie sofort den alten Golf. Er stand mutterseelenallein auf dem Parkplatz vor dem Friedhof. Adams parkte direkt daneben. Gerade als sie ausstiegen, läutete die Glocke zur achten Stunde.

Nachdem endlich der laute Glockenschlag verstummt war, zückte die Kommissarin ihr Handy und wählte erneut das der Staatsanwältin an. Kaum hörte sie das Freizeichen, stupste Lemberger sie an. Empört wandte sie sich zu ihm um, um ihn zusammenzustauchen – sie einfach so anzufassen.

»Ich glaube, ich habe ein Telefonklingeln da oben gehört«, kam Lemberger ihr zuvor und hastete den alten Kirchenweg in Richtung der mächtigen Kirchenpforte hoch. Adams konnte beobachten, wie er sich um die eigene Achse drehte, dann etwas von einem Absatz nahm und hochhielt: ein silbernes Handy, das aussah, wie das der Zapatka. Adams drückte die Verbindung weg.

»Tja, da haben wir wohl ein Problem«, stellte Lemberger fest.

Adams warf ihm einen verachtungsvollen Blick zu. Welch weise Aussage! Als hätte sie das nicht selbst gewusst. Wie nur war das Handy der Staatsanwältin zur Kirche gekommen und warum lag es da auf einem Absatz ohne die Zapatka? Seltsam. Seltsam und beunruhigend. Was sollte sie nun machen?

Als habe er ihre Gedanken gelesen, sagte Lemberger: »Wir sollten die Adressen abklappern, die ich rausgesucht habe. Wenn die Staatsanwältin diese Christina gesucht hat, werden wir auf dem Weg auch die Staatsanwältin wiederfinden.«

Adams musste ihm gedanklich zustimmen. Natürlich wäre sie kurze Zeit später auf dieselbe Idee gekommen, klaro.

»Logisch, Schlauberger. Dann wissen Sie sicher auch, mit welcher wir anfangen?«

Lemberger grinste sein überhebliches Machogrinsen, in das sie am liebsten reingetreten hätte.

»Wenn ich mir die Liste so anschaue, und vor allem die Geburtsdaten, dann würde ich auf Christina Nannen oder Onken tippen. Sie haben die Wahl.«

Als hätte es mehr als diese zwei Frauen gegeben, dachte Adams bei sich. Der Typ war einfach nervend mit seiner überheblichen Art. Wie konnte Brenner ihr den nur zumuten? Als ein kleines Glöckchen in ihrem Hirn einen leisen Bimmelton von sich gab, brachte sie ihn sofort wieder zum Verstummen. Sie hätte sich auch alleine durchgewurschtelt bis hierher. Dazu brauchte sie wahrhaftig nicht Mister Universum – auch wenn er die Sache erleichtert hatte. Nun denn.

»Okay, Schlauberger, dann geben Sie mal die Adressen in das Navi ein und schauen, welche näher liegt.«

Lemberger zückte den Ausdruck einer Straßenkarte, studierte ihn einen Moment und nickte in Richtung Süden. »Brauch ich nicht. Da vorne gehts lang.«

***

Leyla traute ihren Augen nicht, als sie das kleine Mädchen auf dem Grund des Schachtes liegen sah. Auf einem Schlauch liegend, wurde es vom Wasser im Brunnen umspielt. Es bewegte sich nicht, lag ruhig auf der

Seite und hatte wie zum Trost den Daumen in den Mund gesteckt.

Neben Leyla war Christina aufgetaucht und hatte ebenfalls nach unten geschaut. Sie blockierte ihr den Weg zu den Steigeisen, die an der gegenüberliegenden Seite angebracht waren. Doch Leyla hatte keine Zeit mehr, sie musste da runter, und zwar schnellstens.

»Aus dem Weg«, herrschte sie Christina an. Die schien ihrerseits nichts zu verstehen. Sie stand wie zur Salzsäule erstarrt im Weg und rührte sich nicht.

»Weg!«, Leyla hatte die Geduld endgültig verloren und schubste die Frau unsanft zur Seite. Hier war keine Zeit für Geplänkel oder falsch verstandene Rücksichtnahme.

»Aus dem Weg!« Grob schob sie die dicke Frau noch weiter weg und umrundete den Schacht. Bevor sie das erste Steigeisen betreten konnte, musste der Deckel noch ein Stück beiseitegeschoben werden.

»Los, packen Sie mit an«, herrschte sie die Frau an. Doch die stand wie ein Götzenbild und rührte und regte sich nicht. Leyla ging erneut in die Hocke, diesmal hinter der Abdeckung, und zog.

Die Angst um das Baby verlieh ihr ungeahnte Kräfte. Mit aller Macht zerrte sie an dem Betonstück. Stemmte sich mit den Füßen gegen das Rund des Schachtes und schaffte es endlich, den Deckel zentimeterweise von den Steigeisen wegzurücken. Nun lag er zwar noch über einem Drittel des Schachtes. Doch Leyla mit ihrer schlanken Figur konnte sich an ihm vorbei auf den Weg nach unten schlängeln.

Das war mühsamer als gedacht in dem engen Rock und den halbhohen Pumps, die vorne spitz zuliefen.

Schon das Steigen über den Rand war unmöglich. Kurzerhand zog Leyla Rock und Jackett aus, um mehr Bewegungsfreiheit zu haben. Auch die Pumps streifte sie von ihren Füßen.

Dann schwang sie das rechte Bein über den Rand, suchte vorsichtig mit dem Fuß das erste Steigeisen. Sie fand es zwar, doch es war glitschig. Leyla drehte sich auf den Bauch und hielt sich an der Umrandung fest, während sie das linke Bein über den Rand schwang und auf das nächste Steigeisen setzte. Vorsichtig ließ sie ihren Oberkörper über den Rand gleiten. Dadurch nahm der Druck unter ihren Füßen zu und das schmale Eisen presste sich in ihre Fußballen. Den Schmerz nahm Leyla nicht wahr.

Um weiter hinabsteigen zu können, musste sie sich vom Rand lösen und mit den Händen ebenfalls die Steigeisen ergreifen.

Leichte Panik stieg in ihr auf. Was, wenn jetzt der Schwindel einsetzen würde? Ein Blick nach unten verscheuchte jeglichen Gedanken an die eigene Gefahr. Das Wasser hatte bereits das Gesicht des Babys erreicht, das trotzdem nicht reagierte. Es stieg rasch an, sie musste sich beeilen.

Sofort löste Leyla den rechten Fuß vom Eisen und wagte den nächsten Schritt. Der führte in die Leere. Leyla schlug mit ihrem ganzen Körper gegen die Wand. Ihr Kinn streifte ein Eisen. So musste sich ein Faustschlag anfühlen. Leicht benommen zog sie sich wieder hoch auf das letzte Steigeisen. Der Blick unter sich zeigte, dass das nächste Eisen abgebrochen war und schräg herunter hing. Vorsichtig ließ sie sich weiter runter bis zum nächsten unbeschädigten.

Weiter und weiter hangelte sie sich, bis sie auf dem letzten über der Wasseroberfläche angekommen war. Sie verharrte, um zu überlegen, wie sie an das Kind rankommen könnte.

Zunächst verstand sie überhaupt nicht, warum es mit einem Mal dunkler wurde. Wahrscheinlich beugte sich die Frau vor die Sonne. Es war ihr egal. Sie wollte nur das Baby zu fassen bekommen, das da am Rande des Schlauches im Wasser lag.

Erstaunlicherweise war sein Mund geschlossen. Wie war das möglich? Es schrie doch die ganze Zeit. Es klang fast, als hätte es viele Stimmen, nicht nur eine. Und wieso schrie es zwar, hatte aber gleichzeitig die Augen geschlossen und schien zu schlafen? Trotz des kalten Wassers, in dem es bereits lag. Leyla hatte keine Zeit für solche Gedanken. Sie musste die Kleine aus dem Wasser holen.

***

Christina konnte nicht fassen, dass die fremde Frau in den Brunnen stieg. Sogar ihre Klamotten hatte sie ausgezogen, um über den Rand zu steigen. Der Blick, den sie ihr dabei zugeworfen hatte, hatte Christina fast wieder erstarren lassen. Doch sie schaffte es, sich zu lösen, als die Frau aus ihrem Blickfeld entschwand.

Sie war nun schon so weit gegangen, um ihr mieses, kleines Leben aufrechtzuerhalten. Zu verlieren hatte sie ohnehin nichts mehr. Wenn die Frau das Äffchen retten würde, wäre alles vorbei. Thilo würde sie ganz sicher rausschmeißen. Irgendwie ahnte Christina, dass das wahrscheinlich noch ihr kleinstes Problem wäre.

Ganz sicher würde ihr die ganze Sache mächtig Ärger einbringen.

Das hielt sie nicht aus. Das war nicht fair. Was konnte sie für den dämlichen Affen, das war doch nicht ihre Schuld. Nein, dafür wollte sie nicht an den Pranger gestellt werden. Was hätte sie denn tun sollen? Mit Thilo reden? Worüber? Es gab nichts mehr zu sagen zwischen ihnen. Schon seit Jahren nicht mehr. Er hatte ihr immer klargemacht, dass er keine weiteren Kinder mehr wollte. Ihre Wünsche waren nicht zur Sprache gekommen.

Nie hatte irgendjemand sie gefragt, was sie eigentlich wollte. Davon abgesehen hätte sie auch nicht gewusst, was sie hätte antworten sollen. Hatte das Reden fast verlernt. Klar konnte sie normal sprechen und Fragen beantworten. Doch zu mehr konnte sie sich nach all den sprachlosen Jahren nicht mehr aufraffen. Wozu auch? Ihre Wünsche wurden niemals beachtet. Egal was sie wollte, sie musste immer machen, was andere ihr sagten oder von ihr verlangten. Das hatte im Kinderheim begonnen und sich durch ihr ganzes Leben wie ein roter Faden gezogen. Irgendwann hatte sie einfach nur noch die anderen entscheiden lassen, so wie im Kinderheim.

Nein, dafür ließ sie sich jetzt auch keine Verantwortung mehr aufzwingen. Das war vorbei. Wer nie entscheiden durfte, musste auch nicht den Kopf hinhalten, wenn etwas schiefging. Und schief war viel gegangen.

Langsam beugte sie sich über die Schachtöffnung und sah zu der Frau hinunter. Die hatte das letzte Steigeisen erreicht und beugte sich zu dem Äffchen.

Das war zu viel für Christina. Das konnte sie nicht ertragen. Die Frau war tatsächlich auf dem besten Wege, das Ding wieder hochzuholen. Die ganze Quälerei wäre umsonst gewesen. Wozu hatte sie sich all das heute angetan, wenn diese blöde Kuh einfach in den Brunnen stieg und ihr ganzes Leben zerstörte? Dazu hatte sie kein Recht. Nein, was mischte sie sich ein in ihr Leben? Und wer war sie überhaupt?

Doch was konnte sie jetzt noch machen? Die Frau hatte das Äffchen gesehen und wer wusste schon, was die damit vorhatte? Vielleicht würde sie schnurstracks zu Thilo rennen. Oder schlimmer noch, woanders hin. Christina wagte sich nicht vorzustellen, wem sie alles das Äffchen zeigen würde. Und alle würden mit dem Finger auf sie zeigen, als wäre sie eine Verbrecherin.

Nein und nochmals nein, das konnte sie nicht zulassen. Das musste sie unter allen Umständen verhindern. Doch wie?

In ihrem Hirn wiederholten sich immer wieder die Worte ›Deckel drauf, Deckel drauf.‹ War das die Lösung? Konnte sie es wagen? Hatte sie denn eine andere Wahl?

Und zum dritten Mal: Nein.

Christina erhob sich schwerfällig von den Knien, auf die sie gesunken war, um in den Brunnen schauen zu können, und richtete sich auf. Sah den Himmel an, als könnte er ihr zeigen, was zu tun war. Doch auch der hatte ihr nie geholfen. Also brauchte sie auch den nicht.

Langsam umrundete sie den Brunnenschacht. Blieb hinter dem Deckel stehen. Holte ein letztes Mal tief Luft. Dann ging sie in die Hocke und fing an zu schieben.

***

So sehr sich Leyla auch streckte, sie berührte das Tuch, das um das kleine Mädchen geschlungen war, lediglich mit den Fingerspitzen.

So funktionierte das nicht. Inzwischen war es so dunkel, dass Leyla nur unscharf erkennen konnte, was sich unter dem Schlauch befand. Der lag knapp einen Meter unter ihrem Fuß.

Ein letzter Blick auf das verkniffene Gesicht des kleinen Mädchens überzeugte Leyla, es zu wagen. Vorsichtig griff sie noch ein Steigeisen tiefer, bevor sie mit dem rechten Bein abwärts trat.

Zunächst fühlte sich das Wasser nur kalt an. Leyla hatte fürchterliche Angst, den Schlauch so instabil zu machen, dass das Baby ganz ins Wasser rutschte und für immer verschwand. Also schob sie ihn vorsichtig mit dem Fuß beiseite, während sie sich noch weiter hinabgleiten ließ. Der Schlick, in den sie eintauchte, fühlte sich widerlich matschig an. Was sollte sie machen? Noch war das Baby nicht verrutscht, aber das Wasser war weiter gestiegen. Sie wusste nicht wie hoch der Schlamm unter ihr war. Was, wenn sie komplett darin versank? Mit dem Kopf in den Morast geriet und nicht mehr atmen könnte? Panik stieg in Leyla auf. Sie zwang sich, ruhig zu atmen. Das durfte jetzt nicht geschehen. Sie war so weit gekommen, hatte die Kleine gefunden.

Ein Blick zu ihr zeigte, dass sie sich noch immer nicht rührte. Nur immer diese Schreie aus seinem geschlossenen Mund, die Leyla schier wahnsinnig machten.

Da half nichts. Wenn es für die Kleine überhaupt noch eine Chance geben sollte, dann jetzt.

Leyla fasste nach dem letzten Steigeisen und trat auch mit dem anderen Fuß in die Tiefe, während sie gleichzeitig mit der freien Hand nach dem Mädchen griff.

***

Der Weg war nicht weit. Das weiße Haus stand ein Stück zurückgesetzt von der Straße. Die Einfahrt war so schmal, dass der Insigna nicht reinpasste. Kurzerhand ließen sie den Wagen auf der Straße stehen und gingen den kurzen Fußweg zur Tür.

Adams klopfte fest gegen das Holz. Sie hatte weder die Nerven noch die Zeit, einen Klingelknopf zu suchen, was ihr einen tadelnden Blick von Lemberger einbrachte. Sollte der doch denken, was er wollte. Sie hatte ihre eigene Art, die Dinge zu lösen.

Schon der Moment, bis sie hinter der geriffelten Glasscheibe eine schemenhafte Figur eine Treppe herunterkommen sah, dauerte Adams zu lange und sie pochte nochmals.

»Moment, Moment«, kam es prompt von der anderen Seite. Endlich fingerten unsichtbare Hände an einem Schlüssel herum und die Tür schwang einen Spalt auf.

Adams hielt die Luft an. Da hatten sie ihre Christina, endlich. Fragte sich nur, wo die Zapatka steckte. Doch nicht zu gebrauchen, die Frau.

Noch während sie ihren Dienstausweis zückte, schob sie die Frau in der Tür beiseite. Versuchte es zumindest. Doch die ließ sich keinen Millimeter bewegen. Stand

215

mit ihrem ganzen Gewicht in der Tür. Und das war gewaltig, wie Adams feststellte. Außerdem hatte sie ihren Fuß hinter der Tür postiert. Und der ließ sich noch weniger verschieben.

»Adams, Kripo Wittmund. Lassen Sie uns rein, Sie machen alles nur noch schlimmer!«

Die Frau drückte noch fester gegen die Tür. »Lassen Sie mich erst mal Ihren Ausweis ansehen. Heute sind hier lauter Verrückte unterwegs«, knurrte sie zwischen zusammengepressten Zähnen hindurch.

Adams stöhnte genervt, reichte dennoch den Ausweis durch den Türspalt. Dort wurde er intensiv begutachtet.

»Langsam müssten Sie ihn auswendig kennen«, herrschte Adams Christina an. »Machen Sie endlich auf, wir haben es eilig – wie Sie ganz sicher wissen.«

»Ich weiß überhaupt nichts und schon gar nicht, warum Sie es eilig haben. Also, was ist los? Was wollen Sie von mir?«

»Stellen Sie sich nicht dümmer, als Sie sind. Wo ist das Baby und wo die Staatsanwältin?«

»Hab ich's doch geahnt! Sie sind genauso verrückt wie die andere. Mit Ihnen rede ich überhaupt nicht. Wer ist der denn?« Sie wies auf Lemberger.

»Mein Assistent«, knurrte Adams zurück. Sie hatte die Nase gestrichen voll von der dicken Frau.

»Prima, mit dem rede ich. Der sieht halbwegs vernünftig aus.«

Adams reichte es. Nicht nur, dass sie behandelt wurde wie eine Idiotin. Dieser Volltrottel, den sie zwangsweise mitschleppen musste, sollte auch noch als Einziger vernünftig aussehen. Das brachte das Fass zum

Überlaufen. Adams warf sich mit voller Wucht gegen die Haustür. Christina, die nicht mit einem spontanen Angriff gerechnet hatte, stolperte zurück in die Diele und gab den Weg frei.

Adams stürmte ins Haus, gefolgt von einem offensichtlich perplexen Lemberger, der sofort beruhigend auf Christina einredete. Adams war das egal. Sie stürmte zuerst die Treppe rauf, denn von dort war die Dicke runtergekommen.

Gleich die erste Tür zur Rechten stand sperrangelweit auf. Das Zimmer war eindeutig für ein Baby dekoriert mit einer kleinen Wiege, die liebevoll mit hellblauem Satin ausgeschlagen war, und einem Regal voller Teddybären und Puppen.

Adams blieb abrupt stehen. Sollte Christina ihr Baby doch lieben? Sie wollte es doch töten, hatten alle gedacht. Und nun fand sie hier ein hübsch geschmücktes und aufgeräumtes Kinderzimmer. Das passte nicht zur Theorie. Adams trat an die Wiege. Leer! Also doch. Bestimmt hatte es sich die gute Frau nach der Geburt anders überlegt. Adams zuckte die Schultern. Besser, sie sah gleich noch in den anderen Zimmern nach.

Das gegenüberliegende war ein Jungmädchenzimmer. An den Wänden Poster von Madonna und Tokio Hotel, der Boden voller schmutziger und zerknäulter Kleidung, das Bett ungemacht. Der Kontrast zu dem Babyzimmer irritierte Adams. Auch darüber ging sie mit einem Schulterzucken hinweg.

Es folgten ein frisch geputztes Bad und ein Eichenholzschlafzimmer mit Doppelbett. Alles ordentlich aufgeräumt, aber ebenfalls leer. Wo zum Teufel waren nur die Zapatka und das Baby?

Als sie die Treppe runterstieg, grinste sie dieser Volltrottel unverschämt an. »Na, fündig geworden?«

Die dicke Frau neben ihm hatte die Arme vor der Brust verschränkt, ganz wie ein Preisboxer. Ihre Mine verunsicherte Adams dann doch.

»Haben Sie nun alles gesehen?«, fauchte sie Adams an. Die zuckte unbestimmt mit den Schultern.

Noch bevor sie etwas erwidern konnte, mischte sich Lemberger ein. »Die Zapatka war hier, vor über einer Stunde. Offenbar hat die Staatsanwältin jedoch schneller als Sie bemerkt, dass sie am falschen Haus ist. Die Tochter von Frau Nannen hat vor drei Tagen ein Baby zur Welt gebracht und befindet sich wohlbehalten in der Klinik – zusammen mit dem Kind. Die Zapatka hat dann nach dem Weg zu Onkens gefragt und ist in die Richtung losmarschiert.«

Adams lief rot an. »Oh, dann war das wohl ein Missverständnis, sorry! Tut mir leid.«

»Das glaube ich Ihnen gerne. Es wird Ihnen aber erst richtig leidtun, wenn Sie von unserem Anwalt hören. Einfach so in mein Haus zu stürmen! Sie müssen noch betrunkener sein als die andere. Und nun raus.«

Adams drehte sich wortlos mit hochrotem Kopf um und marschierte, dicht gefolgt von einem leise kichernden Lemberger, zum Wagen.

Kaum saßen sie im Insigna, wandte sie sich ihrem Assistenten zu. »Was in drei Teufels Namen ist so komisch?«

Lemberger griente noch immer. »Nichts, Chefin. Ich habe mir nur das Gesicht von Brenner vorgestellt, wenn die Beschwerde von Frau Nannen eingeht. Mussten Sie die denn unbedingt Dicke nennen?«

»Hab ich doch gar nicht!«, empörte sich Adams, die blass wurde. Hatte sie diesen Gedanken etwa laut ausgesprochen?

»Egal, sie glaubt es aber gehört zu haben. Nun ja, wenn Sie nett zu mir sind, werde ich mir überlegen, was ich gehört habe. Dafür will ich aber ab sofort nicht mehr Schlauberger genannt werden, klar? Und passen Sie auf, dass Sie das ›nett‹ nicht falsch verstehen.«

Adams schluckte, während ihr das Blut ins Gesicht zurückschoss. Am liebsten hätte sie ihm wieder eins auf die Nase gegeben. Dieser Mensch war unerträglich.

»Na, was ist?«, hakte der nach.

Adams Mund fühlte sich ganz trocken an. Immer wieder war sie zu impulsiv. Damit brockte sie sich ein Problem nach dem anderen ein.

»Ich warte!«

Widerwillig nickte sie. »Als ob mir das bei Ihnen passieren könnte, Mister Universum. Können wir jetzt weiter Christina suchen?«

Lemberger grinste und gab die zweite Adresse aus dem Computerausdruck in das Navigationsgerät ein.

***

Christina hatte bis zum Schluss nach unten gesehen. Doch die fremde Frau blickte nicht ein einziges Mal zurück. Sie musste doch bemerkt haben, dass der Deckel über den Brunnenschacht geschoben wurde. Seltsam, dachte Christina. Nun war der Deckel ganz drüber, gut so.

Langsam erhob sie sich von den Knien und schlurfte in Richtung Haus. Jacke, Rock und Schuhe der Fremden nahm sie mit. Die Sachen waren zu schade, um sie wegzuwerfen.

Währenddessen überlegte sie, was sie zum Abendessen kochen sollte. Viel hatte sie nicht im Haus. Wenn sie Glück hatte, verschlief Thilo das Essen. Und ihr reichte eine Tiefkühlpizza.

Im Wohnzimmer schnarchte Thilo laut und vernehmlich. Gott sei Dank, schoss es Christina durch den Kopf. Offenbar hatte er nichts mitbekommen von dem Besuch. So blieben ihr auch seine dummen Bemerkungen oder, schlimmer noch, Andeutungen von Geilheit erspart. Die hätte sie nicht mehr ertragen. Sie schlich weiter in die Küche. Dort warf sie die Kleidungsstücke auf einen Stuhl, die Schuhe darunter. Ihr Hunger war einfach zu groß. Seit fast einem Tag hatte sie nichts mehr gegessen. Um die Klamotten würde sie sich später kümmern.

Natürlich war keine Pizza mehr im Gefrierfach. Hätte sie sich ja gleich denken können. Auch der Brotkasten war leer. Wenn sie schon mal Hunger hatte.

Resigniert öffnete sie die Tür zur Speisekammer. Gähnende Leere. Eine alte Dose kochfertiger Linsensuppe stand einsam auf dem verstaubten Regal. Christina ergriff sie und trat zurück in die Küche. Der Dosenöffner klemmte schon wieder. Seufzend nahm sie den alten aus der Schublade, den man in den Deckel reinschlagen musste. Natürlich rutschte sie ab und der Dorn stieß in den Daumen der anderen Hand.

Christina schrie auf. Für einen Moment verstummte das Schnarchen im Wohnzimmer. Sie biss die Zähne zusammen. Bloß nicht aufwecken, dachte sie.

Thilo wachte nicht auf. Christina verging der bereits vorher kaum vorhandene Appetit auf die Fertigsuppe endgültig. Erst mal musste sie sich ein Pflaster suchen. Der Finger schmerzte höllisch, dachte sie wehleidig. Natürlich war keins mehr in der Schublade, in der sie neben den Kochutensilien meistens Verbandszeug aufbewahrte. Sie wickelte ein Tempo um den Daumen und hielt ihn hoch, um die Blutung zu stoppen.

Gerade als sie zum Kühlschrank zurückging, hörte sie die Autotüren vor dem Haus zuschlagen. Erschreckt zuckte sie zusammen. Wer mochte das nun wieder sein? Sie beschloss, einfach nicht zu öffnen.

***

Leyla erreichte mit der freien Hand einen Zipfel des Tuches, das um das Mädchen geschlungen war. Derweil ging es immer weiter abwärts in den widerlichen Morast mit dem ekelhaften Gestank, der sich nach dem Eintauchen ihres Fußes noch verstärkt hatte.

Bis zum Oberschenkel war Leyla eingesunken, als sie endlich unsanft auf dem Boden ankam. Durch ihren rechten Fuß zuckte ein Stich, als sie auf etwas Spitzes trat.

Ohne sich darum zu kümmern, ließ sie das Steigeisen los, plumpste auch mit dem zweiten Bein auf dem Boden auf und riss das Stoffbündel an sich. Sogleich legte sie auch ihren zweiten Arm um das Baby, das sich eiskalt anfühlte.

Nur undeutlich konnte sie das blassblaue Gesicht der Kleinen erkennen. Warum war es nur so finster hier unten? Vorsichtig legte Leyla eine Hand auf die Brust des Babys. Sie konnte keinen Herzschlag spüren. Oh Gott, die Kleine durfte nicht tot sein, das würde sie nicht ertragen. Sie legte ihre beiden Daumen auf das Brustbein des Babys und begann reflexartig, das Kind kräftig zu streicheln. Eigentlich wollte sie nur die Kälte vertreiben. Doch plötzlich durchfuhr ein Zucken die Kleine, schemenhaft erkannte Leyla ein Flackern der Augenlider, der Mund öffnete sich und endlich kam der echte Schrei.

Er hallte durch die Brunnenröhre und verstärkte sich um ein Zehnfaches. Doch am lautesten hallte es noch immer in Leylas Kopf. Nicht ein einzelner Schrei. Nein, es klang wie ein ganzer Schreichor.

Leyla war viel zu glücklich, um sich darum zu kümmern. Liebevoll zog sie das Baby an sich, tröstete es, küsste seine schmutzigen Wangen und flüsterte ihm aufmunternde Worte ins Ohr. Zog das nasse Tuch von ihm weg und versuchte, es warm zu rubbeln.

Nun bereute sie, Rock und Jackett ausgezogen zu haben. Wie gut hätte sie die Sachen brauchen können, um das Kind darin warm einzupacken.

Sie wog es so lange in den Armen, bis ihr selbst kalt wurde und sie aus der Trance erwachte.

Endlich warf sie einen Blick nach oben – und erstarrte. Der Deckel war zu, nur schmale Halbmonde ließen einen Rest von Tageslicht in den Schacht fallen.

***

Vor der Haustür der Onkens angekommen, wollte Adams wieder gegen die Tür bollern. Ihre Nerven waren zum Zerreißen angespannt. Doch Lemberger schnappte ihren Arm, noch bevor dieser die Tür erreichte.

»Jetzt reichts. Noch so ein Auftritt wie eben und wir landen beide in der Klapse. Das mach ich nicht mehr mit. Jetzt bin ich dran.«

Perplex starrte Adams ihren Assistenten an. Der klopfte einfach an die Holztür. Natürlich regte sich nichts. Das hatte sich Adams gleich gedacht.

Lemberger klopfte erneut, diesmal fester und lauter. Wieder nichts. Adams starrte ihn an, gespannt darauf, was folgen würde. Nachdem Lemberger ein drittes und viertes Mal erfolglos geklopft hatte, wandte er sich ab von der Tür.

»Was ist denn jetzt los?«, herrschte ihn Adams an.

»Sie sehen doch, dass niemand da ist, also gehe ich wieder und komme später zurück.«

»Machen Sie Witze?«, brachte Adams überrascht hervor.

»Wieso Witze? Niemand da, also komme ich später wieder! Mehr gibt es nicht zu tun. Schließlich können wir nicht einfach die Tür aufbrechen und reinmarschieren.«

Adams war sprachlos. Wie brachte er das fertig, in dieser Situation einfach so zu gehen? Was glaubte er denn, wo die Zapatka steckte? Egal, sollte er doch verschwinden, dann wäre sie diesen Mister Volltrottel endlich los.

Was auch immer er nicht konnte, sie konnte es sehr wohl. Adams drehte sich zur Tür und griff nach dem

Türknauf. Ein halber Dreher und die Tür schwang auf. Ohne Zögern trat Adams ein.

»Halt, stopp, sind Sie verrückt?«, hörte sie Lemberger hinter sich. »Kommen Sie sofort zurück.«

Adams kümmerte sich nicht um die Rufe.

»Haben Sie noch immer nicht die Nase voll? Eben noch ganz kleinlaut, weil Frau Nannen Sie anzeigen will, und jetzt spielen Sie schon wieder Rambo.«

Adams zögerte. Da war was dran. Sie drehte sich zur Haustür und starrte auf Lemberger, der lächerliche Verrenkungen machte, um ihr zu deuten, zurückzukommen.

»Wenn Sie so weitermachen, verlieren wir beide unseren Job«, schob Lemberger hinterher. »Ist es das wert?«, fügte er nun hinzu, offenbar überzeugt, das schlagende Argument gefunden zu haben. Doch mitnichten. Es war das Zauberwort, um Adams wieder in Gang zu setzen. Was war es im Leben schon wert, dafür etwas zu riskieren, wenn nicht das Leben eines kleinen Kindes? Na ja, ganz unwichtig war ihr das Leben der Zapatka auch nicht.

Sie wandte sich um und ging weiter. Dabei hörte sie Lemberger laut fluchen.

Der Flur roch nach altem Muff und Feuchtigkeit, Staub und Tieren. Überhaupt sah es unaufgeräumt und chaotisch aus. An dem einzigen Kleiderständer hingen alte Jacken und Mäntel, die vor Dreck erstarrt schienen. Die Schuhe darunter hätten ebenfalls einer Grundreinigung bedurft.

Adams hielt sich nicht mit solchen Gedanken auf. Auch wenn ihr durch den Kopf schoss, was wohl zufällige Besucher ihrer eigenen unaufgeräumten Wohnung von ihr denken mochten.

Die erste Tür zur Linken stand offen. Adams betrat den Raum und blieb wie angewurzelt stehen. Es handelte sich offensichtlich um die Küche, einfach, aber blitzblank geschrubbt.

Doch das war es nicht, was Adams verharren ließ, sondern die dicke Frau, die am Küchentisch stand und keinen Mucks von sich gab. Es war schon verrückt. Hatte Adams bei der ersten Christina bereits gedacht, die Richtige vor sich zu haben, so war sie nun absolut sicher. Dieselbe Kleidung wie beschrieben, dieselbe Figur und Frisur. Alles passte.

Adams betrat die Küche. Hinter sich hörte sie noch immer Lemberger, der von der Haustür aus leise nach ihr rief. Dieser Volltrottel, als ob sie sich von ihm von irgendetwas abhalten ließe. Sollte der weiter Dienstanweisungen fressen, sie war mehr fürs Handeln.

Außerdem wollte sie endlich die Staatsanwältin wiederfinden. Ihr schlechtes Gewissen, sie alleine nach Funnix fahren gelassen zu haben, nahm minütlich zu.

»Adams, Kripo Wittmund«, stellte sie sich der regungslosen Frau vor. »Sind Sie Christina?«

Die Frau starrte sie wortlos an. In diesem Moment hörte Adams aus der Tiefe des Hauses einen Mann brüllen. »Christina, was ist denn jetzt schon wieder los?« Keiner beachtete ihn. Doch nun wusste Adams, dass sie richtig war.

»Wo ist das Baby und wo die Staatsanwältin?«, herrschte sie Christina an.

Die antwortete nicht. Sah aus wie ein Opferlamm auf dem Weg zur Schlachtbank. Hinter sich hörte Adams Schritte. Ein schneller Blick über die Schulter zeigte ihr Lemberger, der auf Zehenspitzen hereingeschlichen kam, jedoch verdattert stehen blieb, als er Christina entdeckte.

»Oh, Entschuldigung, äh, wir, äh, sorry, äh ...«, weiter kam er nicht.

»Schnauze«, raunzte Adams ihn an und wandte sich wieder der Frau zu. »Ich habe Sie gefragt, wo das Baby und die Staatsanwältin sind, und will nun binnen Sekunden die Antwort. Also los, wo sind die beiden? Oder muss ich erst Dr. Folkerts und die Schwester aus dem Wittmunder Krankenhaus kommen lassen, um den Beweis zu liefern, dass Sie heute Nacht ein Kind bekommen haben?«

»War's nicht«, kam es stockend von der Frau, als habe sie gerade erst bemerkt, dass sie einen Mund zum Sprechen hatte.

»Quatsch, lassen Sie den Unsinn!«, schnauzte Adams sie an.

Lemberger fasste von hinten an ihre Schulter. »Kommen Sie, wir dürfen hier gar nicht sein. Lassen Sie uns gehen«, drängte er.

Doch Adams war nicht bereit zu gehen, nicht ohne die Zapatka. Irgendwo hier musste die doch stecken.

Bei diesem Gedanken ließ sie ihren Blick durch den Raum schweifen. Unter dem Tisch entdeckte sie es: die spitz zulaufenden Pumps der Staatsanwältin. Sie hatte sich den ganzen Tag über gewundert, wie es die Zapatka fertigbrachte, in solchen Dingern zu laufen. Sofort bückte sie sich und zog die Schuhe hervor.

»Wem gehören die?«, brüllte sie die verzagt dreinschauende Christina an.

»Mir?«, kam es zaghaft zurück.

Adams war nach Lachen zumute. »Spielen wir hier Aschenputtel oder was? Die gehören Staatsanwältin Zapatka. Also wo ist die?«

Lemberger hatte aufgehört, an ihrer Schulter rumzuzerren, und trat neben Adams. »Ist das Ihr Ernst? Sind die von der Staatsanwältin? Scheiße!« Er wandte sich von Adams in Richtung Christina ab. »Was haben Sie mit ihr gemacht? Sind Sie verrückt geworden? In Deutschland tut man Staatsanwälten nichts an. Raus mit der Sprache, wo ist sie?«

Adams war überrascht, wie massiv Lemberger werden konnte. Fast wäre ihr tatsächlich ein Lacher rausgerutscht, als sie sich fragte, ob man nur Staatsanwälten in Deutschland nichts antun durfte. Doch der Moment verging, ebenso wie ihre Lust zu lachen.

Zu Lemberger gewandt, brachte sie zähneknirschend »Versuchen Sie, aus der was rauszukriegen, ich suche die beiden«, hervor, dann drehte sie sich um und ging in den Flur.

Die Treppe würde sie sich für später aufsparen. Zunächst war das Erdgeschoss dran. Hinter der ersten Tür, die sie öffnete, befand sich das Wohnzimmer, bieder wie das ganze Haus, dachte Adams. Doch bis auf einen schnarchenden Mann entdeckte sie niemanden. Der musste ganz schön was intus haben, wenn ihn die Polizei im Haus nicht aufschrecken konnte.

Durch die Tür gegenüber gelangte sie in einen Stall ohne Tiere. Obwohl Adams sorgfältig alle Ecken durchsuchte, fand sie nichts außer Ratten und Mäusen, die wegflitzten, sobald sich Adams näherte.

Wo mochte die Zapatka bloß stecken?

***

Christina schwieg. Das konnte sie am besten. Hatte früh gelernt, dass nichts zu sagen die sicherste Verteidigung war. Alles andere brachte einen in Teufels Küche. Jeder Versuch, etwas zu erklären, wurde ihr stets im Munde umgedreht und kehrte sich gegen sie.

Zumal ihr das Reden ohnehin nicht leichtfiel. Das hatte sie nie gelernt. Alle hatten ihr immer nur den Mund verboten. Wenn sie etwas sagen oder auch nur fragen wollte, hieß man sie zu schweigen. Irgendwann hatte sie es dann ganz gelassen und nur noch zugehört.

Was auch hätte sie sagen sollen und zu wem? Niemand hatte sich je die Mühe gemacht, ihre Gedanken oder Wünsche zu erforschen. Freunde, mit denen sie über ihre Gefühle hätte reden können, hatte sie nie besessen. Die wenigen Versuche, das zu ändern, hatten ins Chaos geführt. Nicht einmal Thilo hatte sie danach gefragt. Hatte einfach vorausgesetzt, dass sie froh und dankbar wäre, wenn er sie zur Frau nähme. Was ja auch stimmte.

Jetzt wollte sie nicht mehr sprechen. Zu spät. Nein, sie würde einfach schweigen. Dann würde sie sich auch nicht verraten.

Wenn die den Brunnenschacht nicht fanden, konnte ihr nichts passieren. Mit ein wenig Glück übersahen sie ihn. Nun musste sie auch noch den letzten Schritt gehen, um sich zu schützen. Schließlich konnte sie ja nichts dafür, dass da plötzlich so eine fremde Frau daherkam und einfach so in ihren Brunnen stieg. Durfte die das überhaupt? Gefragt hatte sie jedenfalls nicht. In amerikanischen Filmen durften die Leute einfach erschossen werden, wenn sie fremde Grundstücke betraten.

Sie hatte nichts gegen die Frau im Brunnen. Kannte sie ja nicht einmal. Aber wenn sie einfach so im Garten auftauchte, dann war das schließlich ihre eigene Schuld, wenn was passierte. Das alles ging die Fremde schließlich nichts an. Dann musste sie auch die Verantwortung für ihr Tun selbst tragen, basta.

***

Leyla wiegte das Kind im Arm. Langsam setzte ihr das kalte Wasser zu. Sie dachte an ihr eigenes Baby im Bauch. Daran, dass die Situation zu einer Fehlgeburt führen könnte. Das war nicht zu ändern. Dieses Mädchen in ihrem Arm lebte und brauchte sie, um am Leben zu bleiben. Vielleicht rächte sich das Schicksal schneller als gewöhnlich, weil sie sich zu einer Abtreibung hatte überreden lassen. Wollte sie ihr Kind doch behalten?, fragte sie sich erstaunt. Gewollt hatte sie es immer. Nur traute sie sich nicht zu, das alleine durchzuziehen. Leyla stöhnte auf.

Als habe die Kleine verstanden, gab sie einen leisen Grunzton von sich und starrte Leyla an. Sie musste lächeln. Richtig, hier war ein kleines Mädchen, das leben wollte. Und es lag an ihr, dafür zu sorgen.

Das würde nur gelingen, wenn sie es schaffte, aus diesem vermaledeiten Brunnen herauszukommen. Sie sah sich in dem fahlen Licht um. Das unterste Steigeisen war auf Brusthöhe. So hoch käme sie mit den Füßen nie, ohne sich festzuhalten und hochzuziehen. Das aber konnte sie nicht mit dem Baby im Arm. Keine Chance, sich nur einhändig hochzuziehen.

Wenn sie eine Chance haben wollten, musste sie beide Arme benutzen. Das bedeutete, das Baby abzulegen und alleine bis oben zu klettern. Schließlich musste sie auch noch den Deckel von unten beiseiteschieben, ohne wieder runterzufallen. Es war schon schwer gewesen, ihn oben mit der Möglichkeit, sich abzustützen, wegzubewegen. Wie also sollte sie das von unten mit nur einem Arm schaffen?

Das nächste Problem war, dass es keinen Platz gab, an dem sie die Kleine sicher hätte ablegen können. Das Wasser bedeckte inzwischen den kompletten Schlauch und umspielte bereits Leylas Hüfte.

Leyla küsste die Kleine auf die Wange. Sie hatte sich beruhigt und schien in Leylas Armen zu schlafen. Das wenige Licht, das durch den Spalt herunterfiel, zeigte, dass sie einen Hauch mehr Farbe bekommen hatte.

Ihre einzige Chance war Adams. Was sehnte sie die mit ihrer Rambo-Manier herbei! Aber wie sollte die sie finden, hier, in diesem Brunnenschacht?

Sollte Leyla laut um Hilfe rufen? Vielleicht konnte sie irgendjemanden auf sich aufmerksam machen. Aber von hier unten wäre sie kaum zu hören. Sie musste hoch bis an den Rand, alles andere würde nichts bringen. Doch das war mit einem freien Arm unmöglich. Alles scheiterte daran, dass sie die Kleine nicht ablegen konnte.

Blieb als einzige Möglichkeit, sie an sich festzubinden. Aber womit? Das Tuch, in das die Kleine eingewickelt gewesen war, war viel zu klein. War praktisch nur ein Lappen, der gerade einmal um das Baby herumreichte. Der Stoff reichte auf keinen Fall auch noch um Leyla herum.

Der Schlauch war zu steif und etwas anderes konnte sie mit den Händen im Schlick nicht ertasten. Auf dem Boden spürte sie mit ihren Füßen nur harte Stöckchen und Steine.

Langsam sollte ihr mal eine Idee kommen, sagte sich Leyla. Wenn das Wasser weiter so schnell anstieg, bekämen sie ernsthafte Probleme. Abgesehen davon, dass sie sich vom langen Stehen im eiskalten Brunnenwasser ganz steif fühlte.

Die Kleine zitterte ebenfalls. Leyla hob ihr T-Shirt an und steckte das Baby darunter, sodass es mit dem Kopf aus dem Ausschnitt rausschaute. Unten hielt Leyla das Shirt fest zusammen, sodass sie nicht herausrutschen konnte. Wenn sie doch nur etwas zum Festbinden hätte.

Hatte sie, fiel ihr siedend heiß ein. Zumindest war es einen Versuch wert.

Vorsichtig zog sie das Baby unter dem Shirt hervor. Gut, dass sie heute kein eng anliegendes gewählt hatte. Dann wuchtete sie die Kleine auf den linken Arm und hangelte mit der freien Hand nach dem Träger ihres Büstenhalters über ihrer linken Schulter.

Die Kleine war zu groß, um sie unter dem Büstenhalter hindurch auf der Brust festzustecken, doch wenn sie ihn ein Stück zur Taille runterziehen konnte, könnte der Platz reichen. Gott sei Dank hatte sie heute Morgen den neuen hyperelastischen BH gewählt. Der sollte stabil genug sein.

Mit dem Zeigefinger schob sie den linken Träger über die Schulter auf den Arm bis über den gebeugten Ellbogen. Vorsichtig hievte sie das Baby auf den rechten Arm und zog mit der freien rechten Hand den Träger über ihre linke Hand. Das Ganze wiederholte sie auf der rechten Seite, was deutlich einfacher klappte, nachdem der linke Träger frei war.

Anschließend schob sie sich die Kleine, die leise murrte, auf die linke Schulter und mit der freien Hand den BH runter in Richtung Taille. Das kleine Mädchen jammerte los, als Leyla sie unter den Büstenhalter auf ihrem Bauch zwängte. Gut, dass sie so klein geraten war. Ein massiveres Baby hätte nicht unter die Konstruktion gepasst.

Nachdem das wider Erwarten gut geklappt hatte, band sich Leyla das T-Shirt am Bauch unter dem Baby zusammen, indem sie die Enden verknotete. Richtig stabil war das Ganze nicht, aber besser als gar nichts.

Die Kleine sah sie vorwurfsvoll von unten an, als sich Leyla aufmachte, das unterste Steigeisen zu ergreifen. Mit beiden Händen umfasste sie das schmale Eisen. Mit dem rechten Fuß trat sie gegen die Schachtwand, rutschte allerdings sofort ab.

Nein, so funktionierte das nicht. Außerdem brauchte sie Platz für ihren Fuß, sollte sie jemals mit dem Bein hoch genug kommen.

Leyla sprang vorsichtig in die Höhe und griff nach der nächsthöheren Steige. Natürlich war sie zu hoch. Mist.

Sie atmete tief durch. Da gab es nur eins, sie musste eben höher springen. Das kalte Wasser, das ihren Bauchnabel erreicht hatte, motivierte Leyla.

»Halt dich fest, Schatz«, warnte sie die Kleine unsinnigerweise. Doch als hätte sie verstanden, griff das Mädchen nach dem Ausschnitt des T-Shirts und hielt es mit ihren kleinen Händchen fest. Leyla grinste.

Dann ging sie in die Knie und stieß sich fest vom Boden ab. Schon ein Stück höher, wie Leyla feststellte, aber nicht hoch genug.

Doch sie gab nicht auf und beim vierten Sprung erreichte sie tatsächlich die Steige. Sofort klammerte sie sich daran fest und zog die zweite Hand nach. Dabei prallte sie leicht mit dem Bauch und dem davor festgebundenen Baby gegen die Wand. Sofort schrie die Kleine los, diesmal mit offenem Mund. Die anderen Schreie hatten nicht aufgehört.

»Scht, Kleine, wird gleich alles gut«, tröstete Leyla mehr sich selbst als das Baby.

Leyla war nicht mehr zu stoppen. Fest die Steige umklammernd, zog sie das rechte Bein an und hangelte damit nach dem untersten Tritt.

Langsam fing das Baby an zu rutschen. Leyla fluchte und zog das Bein weiter hoch, ohne die Steige loszulassen. Und tatsächlich erreichte sie mit dem Fuß das Eisen. Sofort zog sie das andere Bein nach. Das Baby ruhte auf ihren Oberschenkeln. Vorsichtig zog Leyla es mit einer Hand höher, sodass ihre Beine entlastet wurden.

Gerade aufrichten konnte sie sich nicht, dann wäre das Baby aus der Halterung gerutscht. Es grenzte ohnehin an ein Wunder, dass es noch halbwegs fest auf ihren Bauch gebunden war.

Der Gedanke machte Leyla Mut und so zog sie sich mit der linken Hand ein Stück höher zu nächsten Steige. Wenn sie sich nicht komplett aufrichtete, konnte sie das Baby mit den Oberschenkeln stabilisieren.

Es funktionierte, Leyla jubelte. Sie schaffte es tatsächlich bis zum obersten Griff, ohne dass das Kind aus der Halterung rutschte.

Nun war sie so dicht unter dem Betondeckel, dass sie vorsichtig ihre Hand in den offenen Spalt schieben konnte.

Leyla fing an zu drücken.

***

Adams hatte im Erdgeschoss keine weitere Spur von der Zapatka entdecken können. Zuletzt nahm sie sich das obere Stockwerk vor.

Hier herrschte Chaos pur. Sie fand drei Schlafzimmer, alle in unaufgeräumtem Zustand. Die Betten waren ungemacht und auf dem Fußboden häuften sich ungewaschene Hosen, Pullover und Unterwäsche. Der Geruch ließ Adams erbleichen. Trotzdem öffnete sie jede Schranktür. Als ob die Zapatka in einem hocken würde, schoss Adams durch den Kopf. Aber sie wusste aus Erfahrung, dass jede kleine Nachlässigkeit sich bitter rächen konnte. Sogar unter den Betten sah sie nach. Doch der Blick darunter brachte nur einen Niesanfall.

Zum Schluss nahm sie sich das kleine Badezimmer vor. Hier gab es nun wirklich nichts zu entdecken. Es war so winzig, dass gerade einmal eine alte Toilettenschüssel, ein Miniwaschbecken und eine Dusche, in der man sich kaum drehen konnte, reinpassten. Die Fliesen im 70er Jahre Stil waren ockerbraun, mit orange meliert. Dazu ein lindgrüner Duschvorhang. Adams schüttelte es. Sogar hinter ihm sah sie nach. Doch konnte sie weder eine Spur der Zapatka noch des Babys entdecken.

Als sie die Treppe wieder herunterstieg, hörte sie Lemberger in der Küche auf die Frau einbrüllen. Eine Antwort vernahm Adams nicht.

Suchend sah sie sich um. Da entdeckte sie die offene Tür nach draußen. Dahinter lag ein verwilderter Garten. Es hatte wenig Sinn, sich dort umzusehen. Zu dicht bei der Nachbarschaft. Adams konnte zwischen den Bäumen ein anderes Haus in der Nähe erkennen. Von dort aus würde man jede Bewegung beobachten können. Nein, wenn die Zapatka nicht im Haus irgendwo steckte, war sie auch nicht mehr hier. Aber wo könnte sie sein? Sie musste sich den alten Stall nochmals genauer ansehen. Vielleicht hatte sie da etwas übersehen.

Noch im Umdrehen hörte sie es. Sie konnte nicht sagen, was das war. Es klang wie ein Schaben oder Kratzen. Auf jeden Fall war es ungewöhnlich.

Sie ging tiefer in den Garten hinein, folgte einem Pfad, der hinter den Büschen verschwand, bis sie auf einen kleinen freien Platz kam.

Was sie dort zu sehen bekam, sollte sie in ihrem ganzen Leben nicht mehr vergessen.

Leyla hatte es nicht geschafft. Der Deckel war zu schwer. Egal wie fest sie mit den Fingerkuppen schob, er rührte sich keinen Millimeter.

Vielleicht ginge es einfacher, wenn sie die ganze Hand durch den schmalen Spalt schob und mit dem Handballen statt mit den Fingerkuppen drückte. Sie machte ihre Hand so schmal wie möglich und versuchte, sie durch den dünnen Spalt zu quetschen. Gut, dass sie kleine Hände hatte.

Der raue Beton zerkratzte ihre Haut. Die wunden Stellen fingen sofort an zu brennen und zu bluten. Leyla biss die Zähne zusammen und schob die Hand immer weiter raus. Ihr traten die Tränen in die Augen vor Schmerz, doch sie kämpfte sich durch. Endlich steckte der Handballen hinter dem Deckelrand, ihre Finger konnten sich ungehindert bewegen, waren also im Freien. Leyla stemmte ihre ganze Kraft hinter die Hand und schob.

Schnell merkte sie, dass es so noch schlechter ging als zuvor. Die Wunden brannten wie Feuer und die Hand steckte so fest, dass sie weder vor noch zurück kam. Da war kein Spielraum zum Schieben.

Und außerdem fehlte ihr die Kraft. Mit dem linken Arm umfasste sie das Baby und hielt die Trittsteige fest. Das erforderte alleine schon ihre ganze Kraft. Dann auch noch mit dem anderen Arm das schwere Ding bewegen zu wollen, war schier unmöglich.

Leyla schnaufte und gab auf. Blieb nur, um Hilfe zu rufen. Doch wer sollte sie hören?

Leyla wollte die Hand wieder reinziehen, doch das klappte nicht. Was war denn jetzt los? Sie zog noch fester, doch die Hand kam nicht frei. Der Schmerz dagegen wurde immer heftiger. Das gabs doch nicht. Hilflos sah sie zu dem Baby auf ihrem Bauch. Als könne es ihr weiterhelfen. Ein letztes Mal zog sie mit ihrer ganzen Kraft. Dann musste sie auch diesen Versuch aufgeben.

Sie steckte fest.

***

Adams traute ihren Augen nicht: Mitten auf einer kleinen Lichtung in diesem verwilderten Garten entdeckte sie einen alten Brunnen, der mit einem Betondeckel abgedeckt war. Das regte sie nicht weiter auf. Nur die blutverschmierten Finger, die aus einem Spalt zwischen Deckel und Umrandung in Richtung Himmel wiesen, ließen ihr das Blut in den Adern gefrieren.

Sofort rannte sie hin und begann mit aller ihr zu Gebote stehenden Kraft, den Deckel wegzuschieben. Das gelang ihr auch. Doch kaum hat sich der Spalt vergrößert, verschwanden die Finger ruckartig und Adams hörte nach einem lauten Schrei ein Aufplatschen.

Laut nach Lemberger brüllend, schob sie weiter und weiter. Die Abdeckung ließ sich nur langsam bewegen. Viel zu langsam für Adams' Geschmack.

Sie nahm sich nicht die Zeit, weiter nach Lemberger zu rufen, als die Abdeckung endlich auf der anderen Seite von dem Brunnen fiel.

***

Leyla war darauf konzentriert gewesen, die Hand aus dem Spalt zu ziehen. Die raue Betonkante verursachte ihr gemeine Schmerzen. Gleichzeitig musste sie das Kind fest mit dem Arm auf ihren Bauch drücken, damit es nicht runterfiel. Ihr Büstenhalter hatte sich just in dem Moment gelöst, als ihre Hand feststeckte. So hatte sie nicht mitbekommen, dass von der anderen Seite an dem Deckel geschoben wurde.

Kaum war ihre Hand frei, konnte sie sich nicht mehr halten in ihrer Hockstellung. Ungebremst stürzte sie nach hinten und runter ins Wasser. Sie hatte nur den einen Gedanken, das Kind weiter festzuhalten, es nicht loszulassen. Hatte Angst, es nicht rechtzeitig zu finden in dem undurchsichtigen Schlick, es so kurz vor der Rettung doch noch zu verlieren. Der Gedanke löste Panik in ihr aus.

Der Aufprall war nicht so hart wie befürchtet, doch Leyla geriet sofort unter Wasser. Der Schlauch unter ihrem Rücken gab nach und sie sank ein in den Schlick. Wasser und Schlamm schlugen über beiden zusammen.

***

Adams sah Leyla im letzten Moment noch versinken. Dabei hatte sie etwas Seltsames auf deren Bauch bemerkt. Fast, als wäre sie bereits im neunten Monat schwanger. Doch schon war sie weg, eingetaucht in das Wasser des Brunnens, das sich sofort schlammbraun verfärbte.

Ein letzter Schrei nach Lemberger, dann schwang sich Adams über den Rand zu dem ersten Steigeisen.

Noch nie war sie so schnell geklettert. Prompt trat sie daneben und rutschte aus. Doch ihre Hände, Männerpranken gleich, hielten sie sicher an der Steige. Vorsichtiger stieg sie weiter runter. Bei einem Blick nach unten sah sie Luftblasen aufsteigen.

Da half alles nichts. Direkt an der Wand ließ sie ihre Beine nach unten in das braune Wasser gleiten. Sie spürte zappelnde Bewegungen und ließ das Steigeisen los.

Unsanft kam sie auf dem Boden auf, doch das Wasser reichte ihr lediglich bis zur Brust. Sie löste sich von der Wand und ging in die Hocke, nach irgendetwas greifend, was sie packen konnte. Plötzlich schnappte etwas nach ihrem Arm. Adams packte zu und zog.

***

Nur mühsam konnte sie Leyla aus dem Schlick zerren. Der war so zäh wie Moor, das die einmal Verschlungenen nicht mehr freigab.

Adams ließ nicht locker. Nein, sie nicht. Und so tauchte langsam der Kopf der Zapatka aus dem braunen Brackwasser auf. Wild prustend spuckte sie den Schlamm von den Lippen und schoss weiter hoch.

»Helfen Sie mir, die Kleine muss raus aus dem Wasser«, stieß sie mühsam hervor.

Adams verstand kein Wort, doch sie fasste unter die Achselhöhlen der Staatsanwältin und zog. Langsam tauchte aus dem Wasser eine Halbkugel auf, die fest an die Brust der Zapatka gepresst war.

Derweil zerrte die Zapatka an etwas und hob es schließlich aus dem Wasser. Einen Moment lang erkannte Adams nicht, was es war. Als jedoch der Schrei einer Sirene einsetzte, verstand sie endlich.

»Sie haben die Kleine gefunden«, brachte sie schwer schluckend hervor. Etwas hatte sich in ihrem Hals festgesetzt, sie konnte kaum sprechen. War sie etwa gerührt? Nein, sie doch nicht!

»Sie kann man aber auch keine fünf Minuten aus den Augen lassen. Entweder Sie landen im Graben oder im Brunnen«, sie sprach die Worte ungewohnt leise aus. Sogar ein wenig zittrig war ihre Stimme. Das war ihr noch nie passiert. »Geben Sie die Kleine schon her und sehen Sie zu, dass Sie hochkommen. Sie haben schon ganz blaue Lippen.«

In diesem Moment erschien Lembergers Kopf über dem Brunnenrand.

»Konnten Sie sich nicht etwas beeilen? Immer muss ich die Drecksarbeit machen«, herrschte Adams ihn an. Endlich hatte sie wieder einen Grund zu brüllen, das hatte etwas Befreiendes an sich. Wirklich wütend war sie jedoch nicht. Der letzte Rest ihres Zornes, auf wen auch immer, schmolz bei dem Blick in das verdreckte Gesicht des kleinen Mädchens, das sie vorwurfsvoll anstarrte, dahin. Ihr Schreien hatte aufgehört. Eine einzelne Träne rann die kleine blasse Wange hinunter und zog eine Spur in den Schlamm in ihrem Gesichtchen. Wieder musste Adams schlucken, doch sie riss sich zusammen, bevor sie endgültig rührselig werden konnte.

»Kann mir mal einer sagen, wie man so was hält?«

Epilog

Glück im Unglück, am Abend sind alle Brände gelöscht. Der Gasgeruch, der den ganzen Tag in der Luft hing, verflüchtigt sich aufgrund der Witterungsverhältnisse. Gegen 23 Uhr liegt die Erdgaskonzentration erstmals unterhalb der Explosionsgrenze. Den Rest erledigt eine Fackel.

Im Laufe der nächsten Monate füllt sich das Sinkloch bei Etzel mit Wasser. Ein See entsteht, wo vorher Bauernhöfe und Wohnhäuser standen. Auch ein Großteil der Betriebsanlagen der EAC sind versunken.

Der Tümpel wächst monatlich um mehrere Meter und hat inzwischen einen Durchmesser von einem Kilometer erreicht. Experten gehen davon aus, dass er noch wesentlich größer werden kann. Wie groß, weiß niemand. Schließlich gibt es keine Erfahrungswerte mit solch einer Katastrophe. Es ist denkbar, dass im Laufe der Zeit die gesamte Gemeinde Etzel darin verschwindet.

Die zu Zeiten der Antragstellung für den Bau weiterer Kavernen versprochenen Rücklagen der EAC Group für betroffene Hauseigentümer hat bisher in keinem einzigen Fall finanzielle Unterstützung geleistet. Die Betroffenen sind verzweifelt.

Nun stellt sich heraus, dass sich die Muttergesellschaft der EAC mit Immobiliengeschäften in eine finanzielle Schieflage gebracht hat. Verschärft wird die Lage noch durch die Finanzkrise, die inzwischen auch Amerika, wo sich der Stammsitz der Gruppe befindet, erreicht hat.

Die Rücklagen, die in Abstimmung mit dem Gemeinderat Friedeburg für durch die Kavernen beschädigte Häuser bereits gebildet wurden, sind dadurch ebenfalls zusammengeschrumpft. Das Geld wird nicht einmal für ein Viertel aller Betroffenen der Katastrophe von Etzel reichen.

Landrat, Bergbauamt und Bauamt schieben sich gegenseitig die Verantwortung dafür zu, trotz der bereits eingetretenen und deutlich sichtbaren Absenkungen im Boden weitere Genehmigungen erteilt zu haben.

Zu spät!

Leyla war froh, dass sie über Nacht im Krankenhaus bleiben sollte. Nach dem längsten Tag ihres Lebens hatte sie nicht die Kraft, sich ihrem Ex-Lebensgefährten, oder schlimmer noch, der leeren gemeinsamen Wohnung zu stellen.

Sie konnte sich nicht mehr erinnern, wie sie aus dem Brunnen herausgekommen war. Sie wusste nur noch, dass ihre einzige Sorge dem kleinen Mädchen gegolten hatte.

Doch sie hatte Adams vertraut. Wenn jemand einarmig den Weg nach oben schaffen würde, dann sie. Kaum war Leyla aus dem Schacht, beugte sich Adams Assistent weit über den Rand und griff nach unten. Als er wieder auftauchte, zog er stolz das Baby mit sich hoch. Selbst ihn störte nicht, dass sein teurer Armanianzug vorne schlammbedeckt war. Grinsend hielt er das kleine Mädchen hoch, so, als habe er allein es gerettet. Sei's drum, dachte Leyla.

Glücklich nahm sie die Kleine wieder in Empfang. Die lächelte Leyla an, als sei nichts Schlimmes geschehen. Leyla lächelte zurück. Doch dann zuckte sie zusammen. Noch immer hörte sie die Schreie aus dem Brunnen. Konnte das Adams sein? Nein, die Stimmen klangen viel zu jung. Außerdem tauchte just in diesem Moment ihr nasser Kopf über dem Brunnenrand auf. Ihr Mund war geschlossen, obwohl die Schreie nicht aufhörten. Woher also kamen sie? Leyla dröhnte davon der Kopf.

Als Adams endlich neben ihr stand, fragte Leyla sie. »Schreie? Was für Schreie? Die Kleine hat sich doch beruhigt, schauen Sie. Sie lächelt, als sei ihr nie was Böses zugestoßen.«

Leyla sah in das Babygesicht. Die Lippen waren geschlossen.

»Nein, das meine ich nicht. Die Schreie kommen aus dem Brunnen. Hören Sie die denn nicht? Sie sind doch ganz laut.«

Erstaunt hatte Adams zu Lemberger geschaut, der verwirrt und ratlos zurückgestarrt hatte. Dabei hatte er den Kopf geschüttelt. Seinem Blick nach zu urteilen, musste Leyla durchgedreht sein. Wahrscheinlich sah sie auch so aus nach diesem fürchterlichen Tag und dem Schlammbad im Brunnen.

»Nee, da ist nichts. Das kommt bestimmt von der langen Zeit, die Sie im Brunnen gehockt haben. Das gibt sich bestimmt wieder, keine Sorge.« Doch entgegen Adams Worten bildeten sich steile Sorgenfalten auf ihrer Stirn.

»Hören Sie denn gar nichts?«, hakte Leyla unsicher nach. Beide schüttelten betroffen den Kopf.

Hinter Lemberger war in diesem Moment Christina Onken aufgetaucht, dicht gefolgt von ihrem Mann, der sie offenbar vor sich hertrieb.

Leyla hatte in diesem Moment die Fassung verloren, ganz gegen ihre Art. Doch das Schlottern ihrer Glieder und die Tatsache, dass sie hier halb nackt stand, taten ein Übriges. Sie konnte sich nicht mehr zurückhalten. »Wie konnten Sie das tun?«, brüllte sie die dicke Frau an. »Ein kleines Baby. Wie kann man so herzlos sein?«

Die Frau antwortete nicht.

»Nun sagen Sie schon, was hat Sie dazu gebracht, ein kleines Kind in einen Brunnen voller Wasser zu werfen? Es zu ersäufen wie eine junge Katze. Was geht nur in Ihrem Hirn vor?«

Christina starrte sie aus leeren Augen weiter an. Das Gesicht starr wie eine Maske. Leyla trat vor, packte die Fremde mit der freien Hand an der Schulter und schüttelte sie. Deutete auf die Kleine in ihrem Arm. »Fast wäre sie ertrunken. Nun sagen Sie endlich, was Sie sich dabei gedacht haben. Sie hätten die Kleine doch nur im Krankenhaus zurücklassen müssen. Es war doch gar nicht nötig, sie zu töten.«

Christina schwieg. Schwieg wie immer, wenn es schwierig wurde. Fand wieder keine Worte.

»Und warum haben Sie über uns beide den Betondeckel geschoben? Wir hätten da unten sterben können, ist Ihnen das klar?«

Christina schüttelte hilflos den Kopf.

»Und Sie«, wandte sich Leyla an Thilo, »haben natürlich von all dem nichts mitbekommen, stimmts? Ihre

Frau ist neun Monate lang schwanger und Sie merken davon nichts.«

Doch Thilo machte lediglich eine wegwerfende Handbewegung. »Die«, er deutete mit dem ausgestreckten Zeigefinger auf Christina und verzog dabei das Gesicht, als müsse er sich gleich übergeben, »braucht mir nicht mehr ins Haus zu kommen. Mit der hab ich nichts mehr zu schaffen. Und den Bankert können Sie auch gleich mitnehmen. Für so was ist in meinem Haus kein Platz. Mit dem will ich nichts zu tun haben.« Er drehte sich um und wankte ins Haus.

Leyla wandte sich fassungslos nach Adams um. Doch auch die schien sprachlos.

Die Kleine in ihrem Arm jedoch sah Leyla mit einem Blick an, der sie erschaudern ließ. War es möglich, dass die Kleine verstanden hatte, was vor sich ging? Nein, das war unmöglich, tröstete sich Leyla.

***

Als sie sich die Szene später im Krankenhaus erneut in Erinnerung rief, klingelte etwas in ihrem Kopf. Lag es an der Reaktion des Ehemannes, der das Baby aus seinem Haus mit harten Worten verbannt hatte?

Nein, das war es nicht. Ihr schwirrte noch immer der Kopf von den lauten Schreien. Das war es. Hastig griff sie nach dem Telefon, das neben ihrem Bett stand. Sie bekam kein Freizeichen. Außerdem hatte sie die Handynummer der Adams nicht im Kopf. Mist. Wie konnte sie die bloß erreichen?

Leyla klingelte nach der Schwester, die sofort angestürzt kam. »Ich brauche ein Telefon und eine Handynummer«, rief ihr Leyla schon in der Tür entgegen.

»Gar nichts brauchen Sie«, erwiderte die Schwester streng. »Es ist weit nach Mitternacht. Sie rufen jetzt niemanden mehr an. Soll ich Ihnen eine Schlaftablette holen?«

Alles Drohen von Leyla nützte nichts, die Schwester ließ sich nicht erweichen. Leyla schwang die Beine aus dem Bett, wollte sich anziehen und nach einem Telefon suchen, während die Schwester immer massiver versuchte, sie dazu zu bringen, sich wieder hinzulegen. Da setzten abrupt die Schmerzen ein. Sie konnte sich nicht mehr auf den Beinen halten. Hätte die Schwester sie nicht aufgefangen, wäre sie auf dem Boden zusammengebrochen.

»Sehen Sie, was passiert, wenn Sie nicht auf mich hören?«, schimpfte die Schwester. Doch Leyla konnte auch einen ängstlichen Ton in der Stimme wahrnehmen. Kaum lag sie wieder, rannte die Schwester los und kam kurze Zeit später mit einer jungen Ärztin zurück.

Leyla krümmte sich. Ihr war, als würden sämtliche Eingeweide aus ihrem Unterleib gezogen. Stoßweise, wie Wehen zog sich ihr Bauch krampfartig zusammen. Dann begannen die Blutungen, die immer schlimmer wurden.

Die Ärztin untersuchte sie, dann schüttelte sie mitleidig den Kopf. »Bei der physischen und psychischen Belastung heute und in dem frühen Stadium der Schwangerschaft ist das kein Wunder«, war ihr einziger Kommentar.

Dann verabreichte sie Leyla eine Tablette und ließ das Bett neu beziehen. Schließlich konnte Leyla nicht in ihrem Blut liegen bleiben.

***

Als Adams das Krankenzimmer der Zapatka am nächsten Morgen betrat, war sie schockiert, wie leichenblass die in den weißen Laken aussah. Mit ihren geschlossenen Augen und den fest aufeinander gepressten Lippen ähnelte sie mehr einer Toten. Adams kam sich lächerlich vor mit ihrem Nelkensträußchen und wollte gerade wieder leise das Zimmer verlassen, als sie ihren Namen hörte.

»Ich wollte Sie gestern unbedingt erreichen. Aber die haben mir kein Telefon gegeben und Ihre Nummer hatte ich auch nicht. Was ich wissen wollte: Haben Sie im Brunnen die Schreie wirklich nicht gehört?«, kam es aufgelöst von ihr.

Adams sah sie verständnislos und mitleidig an. Ob die ganze Aufregung doch zu viel für die Zapatka gewesen war? »Nein, nun beruhigen Sie sich erst mal. Alles okay. Da waren keine Schreie bis auf die der Kleinen.«

»Doch, da waren ganz laute Schreie. Sie müssen sofort wieder hin und den Brunnen leer pumpen. Sie müssen nachsehen.«

Adams betrachtete die Zapatka, die sich beruhigt hatte und sie mit durchdringendem Blick ansah. »Sie müssen hin!«

Adams nickte. Sie hatte verstanden.

***

Damit, dass sie die Skelette von drei weiteren Babys finden würden, hatte niemand ernsthaft gerechnet. Dr. Peter Winterstein, der als Gutachter bei der Befragung von Christina Onken hinzugezogen worden war, fühlte sich in seiner Einschätzung bestätigt.

Christina hatte ihre vier Schwangerschaften verdrängt und keine Kontrolluntersuchungen vornehmen lassen. Ihre größte Angst war gewesen, von ihrem Ehemann aus dem Haus geworfen zu werden, was er ihr im Falle eines weiteren Kindes angedroht und nun auch umgesetzt hatte.

Vom Wesen her war sie ein passiver Mensch, der seine Bedürfnisse den Wünschen anderer komplett unterordnete. Immer hatte sie alles mit sich machen lassen und den Dingen ihren Lauf gelassen. Entscheidungen war sie ausgewichen. Typischer Fall von fehlendem Bewältigungsmechanismus, würde Dr. Winterstein später in das Gutachten schreiben.

Damit hatte Winterstein fest gerechnet, entsprach es doch den üblichen Diagnosen bei Kindstötungen. Überrascht war er jedoch, als er bei Christina einen der selten Fälle von selektivem Mutismus feststellte. Er wäre gar nicht darauf gekommen. Sein alter Doktorvater aus Heidelberg, den er wegen des beharrlichen Schweigens Christinas um Rat fragte, brachte ihn auf die Idee. Er kannte Mutismus bisher nur bei Kindern. Einmal auf der Spur, entdeckte er schnell weitere Indizien, die ihn darin bestärkten.

Als er Christina auf ihre Kindheit ansprach, berichtete sie immerhin noch stockend über ihre Jahre im Kinderheim in Gelsenkirchen. Als er jedoch versuchte, tiefer in ihre Erfahrungen im Heim einzudringen, machte sie prompt wieder dicht. Schließlich erhielt er über die Staatsanwaltschaft Einblick in Christinas Heimakte, aus der sich ergab, dass sie mehrfach von anderen Jugendlichen dort missbraucht worden war.

So führte eins zum anderen und der Untersuchungsbefund stand. Typisch für missbrauchte Kinder hatte sie sich abweichende Problemlösungsmechanismen angeeignet, um in ihrer grauenhaften Welt zu bestehen. Flucht gelang nicht, darüber reden half nicht, also ließ man es geschehen, war aber auch nicht bereit, die Konsequenzen zu tragen.

An diesem Punkt fing Winterstein an, Christina zu bedauern. Was für ein Leben! Erst der Missbrauch im Heim und dann ein Mann, der sich nahm, was er wollte, und den Rest der Frau überließ. Wenn sie nicht mehr funktionierte, warf man sie raus. Was für ein erbärmliches Leben.

Und so war folgerichtig geschehen, was geschehen musste: Nach dem emotionalen Ereignis der Geburt fand Christina keinen Weg, ihr Dilemma auf legalem Weg zu lösen. Also tötete sie ihre Neugeborenen und warf sie anschließend in den Brunnen. Geplant waren die Taten nicht. Wie auch? Zu zielgerichteter Planung war sie gerade nicht in der Lage, sonst hätte sie einen Ausweg aus ihrer Misere finden können.

***

Schon immer war Christina schweigsam gewesen, doch nach der Entdeckung der Babyskelette schien sie die Sprache gänzlich verloren zu haben. Das Reden übernahm jetzt ihre Rechtsanwältin.

Und natürlich hatte ihr Mann von den Schwangerschaften nichts mitbekommen. Thilo Onken hatte sich mit der fadenscheinigen Begründung für die Gewichtszunahme, die die Wechseljahre mit sich bringen würden, angeblich zufriedengegeben. Weil er das nie hinterfragt hatte, blieb der Konflikt, in dem sich Christina Onken verheddert hatte, unerkannt und sie erhielt keine Hilfe – bis es zu spät war.

Alle drei Geburten hatten im eigenen Haus stattgefunden. Die erste abends im Badezimmer, während ihr Mann und die Söhne nebenan vor dem Fernseher saßen. Bei den nächsten beiden Kindern hatte sie sich in den alten Stallteil verkrochen, als die Wehen einsetzten. Dort, unter einem Stapel alter Säcke, verbarg sie die Kleinen, zwei Jungen und ein Mädchen, bis nachts alle im Bett lagen. Dann entsorgte sie die Babys im Brunnen, der zu der Zeit randvoll mit Wasser gewesen war.

Es hatte Wochen gedauert, die ganze Geschichte aus ihr herauszuholen. Dr. Winterstein lief es eiskalt den Rücken runter, als er sich vorstellte, wie die hilflosen Kleinen im Wasser versanken. Hoffentlich waren sie in dem Moment bereits tot gewesen.

Zu ihrem Mann äußerte sie sich überhaupt nicht. Trotz mehrfacher Nachfrage gab sie keine Antwort auf die Frage, ob er denn nichts bemerkt habe. Sie wiederholte nur immer wieder stockend, dass er kein weiteres Kind wollte und sie Angst hatte, dass er sie aus dem Haus warf.

Nun würde sie vor Gericht gestellt und für das fast getötete Baby und den Mordversuch an Leyla Zapatka angeklagt werden. Bei den anderen waren nur noch Knochen übrig, das Wasser hatte den Rest erledigt. Niemand würde mehr die von Christinas Anwältin vorgetragene Behauptung widerlegen können, dass alle Babys tot geboren worden waren. Christina äußerte sich nicht mehr.

Und ihr Mann? Der wurde zwar von dem inzwischen zuständigen Staatsanwalt befragt. Leyla hatte man wegen ihrer persönlichen Betroffenheit vom Fall abgezogen. Doch Thilo Onken blieb stur dabei, dass er keine Ahnung gehabt habe von dem Treiben seiner Frau. Natürlich wurde er nicht angeklagt.

Wie sich herausstellte, hatten die Nachbarn Tjardes heimlich Wasser aus dem Brunnen der Onkens für ihre Beete und den Rasen abgepumpt. Von ihnen stammte auch der alte Wasserschlauch, der das Kind gerettet hatte. Nur widerwillig hatten sie das zugegeben. Nachdem die Geschichte um Christina publik geworden war, hatten sie sich jedoch gegenüber einem Journalisten verplappert.

Über das alles hatte Dr. Peter Winterstein lange mit Leyla Zapatka geredet, noch während sie im Krankenhaus lag, um ihre Fehlgeburt zu verkraften.

Zufällig war er Kriminalkommissarin Adams drei Tage nach der Etzel-Katastrophe im Krankenhauseingang begegnet, die ihm von dem tragischen Ausgang für Leyla berichtet hatte. Daraufhin hatte er Leyla sofort besucht und wieder besucht und auch, als sie aus dem Krankenhaus längst entlassen worden war, besuchte er sie weiterhin.

Natürlich erst, nachdem sie eine eigene Wohnung in der Innenstadt von Wittmund bezogen hatte. Adams hatte ihr die leerstehende Wohnung in ihrem Wohnblock direkt über ihrer eigenen besorgt.

Peter Winterstein hatte das nicht gefallen. Die Lage war mies und die übrigen Hausbewohner eine muntere Schar von Exoten. Doch Leyla hatte ihm lächelnd erklärt, die Hauptsache sei, in der Nähe ihrer beiden besten Freunde Adams und Peter – dieser Titel schmerzte ihn noch immer, wäre er doch liebend gerne mehr als nur ein Freund – zu wohnen.

Wie man hörte, kriselte es zwischen Leylas Ex und seiner Neuen bereits. Ihr Ehemann strengte sich mächtig an, seine Frau zurückzuholen. Dr. Winterstein wünschte ihm einerseits von ganzem Herzen, dass ihm das gelänge, nach allem, was Stefan Leyla angetan hatte. Andererseits fürchtete er, dass die beiden dann wieder zusammenfänden.

Er wählte ihre Handynummer. War schon lustig, wie das mit dem Handy gelaufen war. Sie beide hatten viel darüber gelacht. Willem, der Dorftrottel von Funnix, der alles andere als dumm, sondern einfach nur taubstumm war, hatte die Vibration des Handys bei den Anrufen der Adams gespürt. Leyla hatte die Funktion eingeschaltet, weil sie selbst nie den Klingelton hörte. Als es dann vibrierte, hatte Willem zufällig den richtigen Knopf erwischt und so den Anruf angenommen, bevor die Pastorin es ihm weggenommen hatte.

Die, ganz schlechtes Gewissen, hatte über die Staatsanwaltschaft Leyla ausfindig gemacht und sich bei einem Besuch im Krankenhaus dafür entschuldigt, dass sie das teure Handy auf dem Kirchensims hatte liegen lassen. Sie war erst wieder beruhigt, als Leyla ihr versicherte, dass sie es längst zurückerhalten habe.

Die Pastorin war es auch gewesen, die eine gute Pflegefamilie für das Baby in ihrer Pfarrei gefunden hatte. Ihrem strengen Blick würde nicht entgehen, wenn das kleine Mädchen nicht bestens versorgt und bemuttert würde.

Leyla hatte ungeheuer unter der Fehlgeburt gelitten. Weil sie sich zu dem Abtreibungstermin hatte überreden lassen, machte sie sich die größten Vorwürfe. Sie war felsenfest davon überzeugt, dass die Fehlgeburt die Strafe für die geplante Abtreibung war.

Dr. Winterstein hatte viele Stunden damit verbracht, ihr klarzumachen, dass sie keine Schuld träfe. Im Gegenteil hatte ihr selbstloser Einsatz in dem Brunnen Felicitas, so hatten sie das kleine Mädchen getauft, gerettet. Nicht gesagt hatte er ihr, dass sie ihr eigenes Baby wahrscheinlich deswegen verloren hatte. Das Überleben des einen hatte den Tod des anderen herbeigeführt. Ein Leben für ein Leben.

Es machte wenig Sinn, Leyla mit solchen Gedanken zu belasten. Sie würde darüber hinwegkommen und hatte bereits wieder angefangen zu lachen.

Wirklich erstaunlich fand Dr. Winterstein etwas anderes: Obwohl gegensätzlich wie Tag und Nacht, hatte Adams an Leyla einen Narren gefressen. Täglich war sie ins Krankenhaus gekommen und hatte Leyla stets etwas mitgebracht. Mal Blumen, mal Konfekt, mal Zeitschriften. Als der Umzug anstand, hatte sie alles organisiert und den Großteil von Leylas wenigen Sachen persönlich die drei Treppen hochgeschleppt.

Als er einmal Leyla nach ihrem Verhältnis zueinander fragte, lächelte die ihn nur geheimnisvoll an. Er würde wohl nie das Geheimnis von echten Frauenfreundschaften ergründen.

Leylas Handynummer war besetzt. Seufzend wandte er sich der vor ihm liegenden Akte zu. Nachdem er über den Fall der kleinen Felicitas bekannt geworden war, hatte man ihn zum nächsten Fall von Neonatizid zur Begutachtung herangezogen. Eine Sechsunddreißigjährige hatte ihrem ersten Baby direkt nach der Geburt die Kehle durchgeschnitten und die Leiche am Banter See vergraben. Das zweite Neugeborene war bei der Geburt in der Badewanne ertrunken. Ihre Liebhaber wollten von der Schwangerschaft nichts bemerkt haben. Und das, obwohl sie noch kurz vor der Geburt Sex mit ihr hatten. Beide schilderten die Beschuldigte, die angeblich keine Fliege totschlagen konnte, sondern sie in einem Glas eingefangen nach draußen brachte, als eine Frau mit zwei Gesichtern.

Nun denn.

Triggerwarnung (Achtung Spoiler!)

Dieser Roman enthält potentiell triggernde Inhalte:
Neonatizid (Säuglingstötung)